Joachim H. Peters

Koslowski und der Schattenmann

Roman

Verlag topp+möller
Detmold 2009

„Die Kurzhaarigen haben in Deutschland mehr Schaden angerichtet als die Langhaarigen!“

Spruch aus dem „Pütt“

Bibliografische Information Der Deutschen Bibliothek
Die Deutsche Bibliothek verzeichnet diese Publikation in der Deutschen Nationalbibliografie; detaillierte bibliografische Daten sind im Internet über http://dnb.ddb.de abrufbar.

ISBN: 978-3-936867-32-9

Erste Auflage 2009

Verlag und Gesamtherstellung: topp+möller, Detmold
Lektorat: Volker Maria Neumann

Für Frau Untermüller,

wenn es sie wirklich geben würde!

☺

Eins

Richard Birkel blieb kurz stehen, um sich den Schnürsenkel am linken Laufschuh neu zu binden. Sein Blick schweifte über die graue Nordsee in Richtung England. Über den Wellen lag ein leichter Dunstschleier. Es war früh am Morgen. Im Ferienhaus in Nørre Lyngvig lagen seine Frau und die beiden Kinder noch in ihren Betten, während er sein morgendliches Joggingtraining absolvieren wollte. Von der Ferienhaussiedlung aus durch die Heide, über die Dünen bis zum Strand und dort auf dem festen Sand am Wasser entlang in Richtung Søndervig. Die Strecke betrug gut sieben Kilometer. Mit Hin- und Rückweg würde Richard Birkel also fast seine täglichen 15 km schaffen, die er anstrebte.

Er trabte über den nassen Sand an der Wasserkante entlang und sog bei jedem Atemzug die salzhaltige Luft in die Lungen. Dabei genoss er die Leere des Strandes und konnte schon bald von Ferne die alten Bunker sehen, welche Teile des ehemaligen Atlantikwalls der deutschen Besatzungsmacht in Dänemark waren. Mit den Kindern war er am Vortag schon hier gewesen und hatte ihnen erklärt, wozu die hässlichen Betonklötze einmal gedient hatten. Zum Teil waren sie bereits im Sand des Nordseestrandes versunken, und Richard Birkel hoffte, sie würden irgendwann mal komplett darin untergehen.

Er kam den Betonkolossen immer näher und konnte bereits den Durchgang zwischen den Dünen erkennen, der nach Søndervig führte. Nach einem anstrengenden Stück im weichen Sand ging es von dort über den geschotterten Radweg zurück zum Ferienhaus. Birkel machte die beiden Bunker aus, zwischen denen er hinauf in Richtung Düne laufen musste. Er bog vom festen Sand an der Wasserlinie auf den weichen Sand des Strandes ab und merkte, wie schwer ihm darin das Laufen fiel. Mühsam kämpfte er sich weiter in Richtung Düne und sah in alle Richtungen, nur nicht nach vorn, da er den Eindruck hatte, er käme ihr kein Stück näher.

Überall lag Treibholz am Strand, außerdem leere Flaschen und eine kaputte Kühltasche, die vermutlich von irgendeinem Ausflugsdampfer in die Nordsee gelangt war.

Schritt für Schritt kämpfte sich Birkel die Düne hinauf und schnaufte vor Anstrengung. Links neben dem mit frischer, roter Farbe beschmierten Bunker lag ein Bündel Lumpen. Als er sich dem Bündel näherte, bemerkte er auch ein paar neue Schuhe aus hellbraunem Leder. Sie lagen am Fuß des Bündels, und er steuerte unbewusst darauf zu.

Je näher er kam, desto langsamer wurden seine Schritte. Jetzt nahm er eine helle Hose wahr, und er konnte sich des Eindruckes nicht erwehren, dass in dieser Hose zwei Beine und in den hellbraunen Slippern die dazugehörigen Füße steckten. Als Birkel das Bündel erreichte, blieb er keuchend stehen. In diesem Moment wurde ihm bewusst, dass er kein Bündel Lumpen, sondern einen Menschen beziehungsweise das, was von ihm übergeblieben war, vor sich hatte.

Nur da, wo ein Gesicht sein sollte, sah Birkel nur eine blutige Masse und dazwischen das Schimmern heller Schädelteile.

Richard Birkel lehnte sich gegen die Bunkerwand und übergab sich in den Sand. Einige Möwen stiegen bei diesem Geräusch mit ärgerlichen Krächzen aus dem Strandhafer auf und flogen in Richtung See.

* * *

Kommissar Gerald Larsson parkte seinen Wagen an der Absperrlinie der Schutzpolizei und hob das Flatterband an, um darunter durchzuschlüpfen. Er war immer richtig begeistert, wenn er zum Fundort einer Leiche gerufen wurde.

Und es war mal wieder typisch. Immer wenn er Bereitschaft hatte, kam so eine unangenehme Sache. Nicht, dass es ihm nach so vielen Jahren noch etwas ausmachte, aber es war jedes Mal ein Haufen Arbeit, der da auf ihn zukam. Und wie jede Polizei der Welt war auch die dänische chronisch unterbesetzt.

Larsson kramte in der Jackentasche nach einer Zigarette und drehte sich aus dem Wind, um sie anzuzünden. Langsam stieg er den Betonweg zur Düne hinauf. Oben angekommen sah er zwei uniformierte Polizisten stehen, von denen einer in sein Handy sprach. Der immer stärker werdende Wind zerrte an ihren Hosen und Jacken. Als Larsson näher kam, bemerkte er, dass einer der Uniformierten eine junge Kollegin war. Mit ihren langen, blonden Haaren wirkte sie schon auf den ersten Blick sehr attraktiv.

Manchmal beneidete er seine jüngeren Kollegen, für die Frauen bei der Polizei eine Selbstverständlichkeit waren. Er warf die Kippe in den Sand neben dem Betonweg und versenkte sie mit dem Fuß. „Hey“, sagte er, als er bei den Kollegen angekommen war.

Die Blonde sah ihn mit bleichem Gesicht und zaghaft lächelnd an. Mit kriminalistischem Kennerblick schätzte Larsson sie auf Anfang zwanzig.

Der Kollege beendete gerade sein Gespräch mit dem Handy. „Hey, Larsson!“

Larsson erkannte Lasse Ström, mit dem er vor langer Zeit die Bank der Polizeischule gedrückt hatte. Ström war bei der Schutzpolizei geblieben, während Larsson zur Kripo gewechselt hatte. Die beiden hatten schon so manchen Zug durch die Gemeinde gemacht. Und Ström war früher kein Kind von Traurigkeit gewesen.

„Hey Ström, alter Suffkopp!“, sagte Larsson und schlug seinem Kollegen kräftig auf die Schulter.

Ström grinste und steckte das Handy in Tasche. „Hat es dich mal wieder erwischt?“

Larsson nickte und blickte zum Bunker hinunter. „Was gibt es denn Schönes?“

Ström deutete zum Bunker „Da unten liegt ein Toter! Und ob das ein so schöner Anblick ist? Eher das Gegenteil ...!"

„Alt? Jung?" Larsson sah Ström fragend an.

„Tja", meinte Ström und schob die Mütze in den Nacken. „Das wissen wir noch nicht, denn beim Kopf, oder besser bei dem, was mal ein Kopf gewesen ist, kann man auf nichts schließen!"

Larsson sackte in sich zusammen. Er bekam zusätzlich zu der Menge auch noch immer die hässlichsten Leichen und die schmutzigsten Fälle zugewiesen.

„Was ist denn mit dem Kopf?", fragte er vorsichtig und angelte sich eine Zigarette aus der zerknautschten Packung.

Ström gab ihm Feuer. „Ich würde mal sagen, man hat ihm den Schädel mit einer Schrotflinte weggeschossen. Sein Gehirn klebt jedenfalls noch an der Bunkerwand." Ström nahm einen tiefen Zug und drehte sich zur Seite um, als er hörte, wie die junge Kollegin hustete und anschließend würgte. „Sorry", entschuldigte sich Ström und lächelte.

Die Kollegin bekam sich wieder in die Gewalt.

„Kein erfreulicher Anblick, nicht wahr?", meinte Larsson und sah die junge Frau mitleidig an.

„Das ist nicht das Problem", sagte sie und wischte sich über den Mund „aber das Kraut, das ihr da raucht, stinkt scheußlich und ich stehe genau im Wind."

Die beiden älteren Polizisten sahen sie zunächst verblüfft an, wechselten aber dann brav ihren Standort.

„Besser?", fragte Ström.

„Viel besser!", lobte sie und deute auf einen Mann in kurzer Jogginghose. „Der junge Mann dort hat übrigens die Leiche gefunden."

Larsson sah zu dem Jogger hinüber, der mit T-Shirt und Sporthose bekleidet war und dem man eine Decke aus dem Streifenwagen um die Schultern gelegt hatte. Er saß auf den Stufen des noch geschlossenen Kiosk und starrte vor sich auf den Boden.

„Ein deutscher Tourist, der mit seiner Familie in Nørre Lyngvig ein Ferienhaus gemietet hat", informierte die Kollegin Larsson, der sein Notizbuch herausnahm und damit begann, sich Notizen zu machen.

Die beiden Beamten der Schutzpolizei setzten ihren Kollegen kurz über den Stand der Dinge in Kenntnis.

Larsson deutete zum Strand hinunter, wo am Bunker die Leiche lag und mit einer Alufolie abgedeckt worden war. „Wer kommt von der Spurensicherung?", wollte Larsson wissen.

Ström nahm noch einen Zug von der Zigarette. „Stenberg und seine Truppe! Aber du weißt ja, wie lange die brauchen, bis sie hier oben in Søndervig auftauchen. Es ist halt eine lange Strecke am Fjord entlang."

Larsson trat seine Zigarette aus und klappte das Notizbuch zu. Er sah zwei Streifenwagen an der Absperrung halten, und vier Kollegen kamen zu Fuß die Düne hinauf.

„Fahrt doch bitte mit dem jungen Mann zu seinem Ferienhaus und stellt die Personalien zweifelsfrei fest. Ich werde ihn heute Nachmittag aufsuchen und seine Aussage zu Protokoll nehmen."

Ström nickte, und die Kollegin machte sich bereits auf den Weg zu dem Zeugen.

Die beiden älteren Polizisten sahen ihr nach. Larsson seufzte. „Du hast es gut. Mit so einem netten Mädel allein auf Streife."

Ström sah ihn von der Seite an. „Neidisch?"

Larsson konnte sich ein Grinsen nicht verkneifen. „Besser als mit dem alten, bärbeißigen Wikinger!" So nannten sie den Chef der Kripo, der aus der Wikingerstadt Ribe stammte.

Ström lachte kurz auf. „Vergiss es, Larsson!"

„Schon klar, wir sind einfach zu alt!", feixte Larsson.

„Du vielleicht!", grunzte Ström und steckte die Hände in die Tasche der Lederjacke. „Auf jeden Fall hast du das falsche Geschlecht, um bei ihr landen zu können."

Nun war es an Ström zu grinsen, und er ließ Larsson mit einem relativ dämlichen Gesichtsausdruck auf der Düne zurück.

Eine Stunde später war Larsson bereits ein Stückchen schlauer. Stenberg, der Kriminaltechniker, war mit seiner Truppe eingetroffen und hatte den Strand rund um die Leiche in Beschlag genommen. Das Wetter blieb kühl und bewölkt, aber es regnete zum Glück nicht. Die Kollegen der Schutzpolizei hatten die wenigen Strandbesucher bereits weggeschickt, und auch die Presse hatte sich auf ein paar Aufnahmen des abgesperrten und zugehängten Leichenfundorts beschränkt. Im Gegensatz zu den Vertretern der Großstadtpresse war man hier kooperativ. Man kannte sich untereinander und wusste miteinander umzugehen.

Mittlerweile war auch ein Arzt erschienen, den Larsson aber nie zuvor an einem Tatort gesehen hatte. Er begutachtete die Leiche und hatte sich freundlicherweise sogar angeboten, die Fingerabdrücke abzunehmen. Das war in Stenbergs Sinne, da er bereits damit beschäftigt war, den Sand um die Leiche herum zu sieben. Die beiden Leichenbestatter warteten auf der Düne mit ihrem Zinksarg.

„Wer ist denn das?“, fragte Larsson und zeigte mit dem Kopf in Richtung des Mediziners. „Den habe ich ja noch nie gesehen.“

Stenberg blickte kurz auf, beschäftigte sich aber sofort wieder mit seinem Sieb. „Ist neu hier. Ein gewisser Doktor Fischer aus Ringkøbing. Ein Deutscher.“ Stenberg siebte drauflos, als sei er beim Goldwaschen. „Ich habe ihn erst zweimal gesehen.“

Er schüttelte sein Sieb und durchforstete die Reste mit den Fingern. „Du weißt ja, was ich von der europäischen Idee halte, oder? Von wegen jeder kann in jedem Land arbeiten? Die Zentrale hat ihn benachrichtigt.“

Kurze Zeit später hielt Larsson eine Geldbörse in der Hand. Diese hatte Stenberg, nachdem er die Leiche aus allen möglichen Winkeln fotografiert hatte, aus deren Gesäßtasche gezogen. Larsson fand darin zwar nur wenig Hartgeld, dafür aber etliche hundert Euro in Scheinen. Dazu Bankkarten und einen alten deutschen Führerschein. Das Foto darin war sicher nicht mehr aktuell, aber so wie die Leiche aussah, wären sie bei der Identifizierung auch damit kein Stück weitergekommen. Trotzdem würde der Führerschein ein wichtiger Ansatzpunkt für ihre Ermittlungen sein.

„Falls der Führerschein dem Toten tatsächlich gehört haben sollte“, korrigierte er sich kriminalistisch korrekt. Es müsste ein älterer oder sogar alter Mann gewesen sein, darauf ließen unter anderem die ausgeprägten Altersflecken an den Händen schließen.

Der Führerscheinbesitzer war Jahrgang 1920, würde in diesem Jahr noch neunundachtzig Jahre alt. Der Schein wies ihn als einen gewissen Cordt Kleine-Natrop aus Detmold aus. Ein Ort, von dem Larsson noch nie etwas gehört hatte. Er kannte München, Dortmund und eine Stadt namens Schalke von den Fußballübertragungen. Aber Detmold? Noch nie gehört.

In der Geldbörse fand er zusätzlich eine Visitenkarte eines Cordt Kleine-Natrop. Heute Nachmittag würde er sich einen Kollegen suchen, der sich dann ans Telefon hängen und mit den deutschen Kollegen telefonieren durfte. Und dann sollten die mal ermitteln, ob wirklich dieser Kleine-Natrop hier in Søndervig am Strand lag. Ob es in Detmold überhaupt eine Polizeiwache gab?

Der Fundort der Leiche war auch der Tatort. Da war sich Kriminaltechniker Stenberg sicher. Dafür sprachen u. a. die Gehirnreste an der Bunkerwand. Der Kriminaltechniker sprang gerade summend um die Leiche herum und nahm Messungen vor. Larsson war es ein ständiges Rätsel, wieso dieser Kerl immer und überall guter Laune war. Völlig egal, ob es regnete oder die Sonne schien, ob die Leiche in einem Bordellbett oder in einer Öllache gefunden wurde. Manche Kollegen sagten boshaft, Stenberg habe eine fürchterliche Frau zu Hause und sei jeder Leiche dankbar, die ihn von dort weghole.

Larsson war Stenbergs Fröhlichkeit auf jeden Fall ein Rätsel. Aber seine fachliche Kompetenz war unbestritten. Bei dessen Pensionierung würde die Polizei später mal einen echten Fachmann auf dem Gebiet der Spurensicherung verlieren.

Die Leiche wies augenscheinlich nur die Schussverletzung auf. Alles hier sah nach einer Art Hinrichtung aus. Und das im ruhigen Jütland! Larsson konnte sich schon die Schlagzeilen der Tagespresse am nächsten Morgen vorstellen: „Deutscher Urlauber vor ehemaligem deutschem Bunker ermordet!“

Er drehte sich zur Düne um und bemerkte ein Schild. „Willkommen in Søndervig!“, las er und dachte mit Grauen an die bevorstehende Arbeit. Jetzt könnte er sich eigentlich vom Acker machen. Alles, was noch zu tun bliebe, würde Stenberg veranlassen. Also konnte er ebenso gut zur Polizeistation ins nahe gelegene Ringkøbing fahren und dort schon mal mit dem Schreibkram beginnen.

Larsson schlurfte über den Betonweg in Richtung seines Wagens. Im Vorbeigehen gab er den Männern mit dem Zinksarg einen Wink. Die beiden schnappten sich ihre Kiste und stiefelten in Richtung Leichenfundort. Bei seinem Wagen angekommen, griff er in die Tasche und stellte fest, dass ihm nun auch noch die Zigaretten ausgegangen waren. Wütend zerknüllte er die leere Packung und warf sie in Richtung eines Papierkorbs. Wobei es ihm ziemlich egal war, ob er einen Treffer landete oder nicht.

„An Tagen wie diesem sollte man mit dem Hintern im Bett bleiben!“, grummelte er und schloss seinen Wagen auf.

Graue Regenwolken näherten sich aus Richtung England.

Zwei

„Koslowski, du bist ein Arsch!“

Mit diesen netten Worten stellte Volkmar Strunte, seines Zeichens Wirt des *Bistro Knispel,* welches an der Hiddeser Hauptkreuzung lag, das Pilsglas vor den von ihm so betitelten Gast. Dieser drehte genießerisch das frisch gezapfte Glas in der Hand und sah den Wirt vergnügt an.

„Mensch, Strunte! Wie viele Jahre muss man eigentlich Bier in Gläser schütten, um so eine Menschenkenntnis zu erlangen?“

Der Wirt wollte gerade zu einer Antwort ansetzen, als die Bedienung aus der Küche in den Schankraum zurückkehrte. Koslowskis Augen weiteten sich freudig.

„Diana, schönste aller Bedienungen! Erinnere mich doch daran, dass, sollte ich jemals wieder heiraten, nur du die Auserwählte sein darfst!“

Die junge Frau schüttelte lachend den Kopf.

„Also, Koslowski, wenn du wissen willst, ob es heute Frikadellen gibt, ist die Antwort: Ja.“

Erwartungsvoll leckte sich Koslowski die Lippen und setzte sich aufrecht auf der Anklagebank hin. „Dann mal her mit den Bremsklötzen“, orderte er.

Einen Augenblick später versuchte er seitlich einem fliegenden, nassen Geschirrhandtuch auszuweichen. Durch dessen schlechte Aerodynamik landete es aber trotzdem mitten in Koslowskis breitem Grinsen.

Schadenfroh zog sich die Bedienung wieder in Richtung Küche zurück.

„Wenn das bei euch beiden nicht echte Hassliebe ist, dann weiß ich es nicht!“, ließ sich Strunte vernehmen und sah zur Tür hinüber, denn gerade betrat ein neuer Gast die Eckkneipe. Der zog die Jacke aus und hängte sie an den Haken.

„Moin, mach mir mal ein Pils! Dir auch eins, Strunte. Und dem alten Mann dahinten auch gleich eins!“, waren die ersten Worte, die Walfried Eugelink sprach, nachdem er sich auf einen Hocker gequält hatte. Der Spott, den er so leichtfertig in den Gastraum schleuderte, war allerdings vollkommen unpassend.

Denn alle drei Männer in der Gaststätte waren ungefähr gleich alt. Sie lagen alle etwa um die Fünfzig. Ein Alter, von dem Koslowski immer behauptete, dass ab jetzt jede Geburtstagstorte eher einem Lagerfeuer glich.

Aber der Älteste der drei war einwandfrei Eugelink. Den Großteil seines Lebens hatte er in Diensten der lippischen Polizei verbracht und war nun Kriminalbeamter in Detmold. „Sachbearbeiter für Hühnerdiebstähle“, so bezeichnete er oft seine Arbeit im dortigen Kriminalkommissariat.

Danach war altersmäßig wohl Koslowski an der Reihe, aber keiner wusste genau, wann er Geburtstag hatte, und er ließ sich in dieser Beziehung auch nichts Genaues entlocken. „Da bin ich wohl schon zu sehr Lipper“, pflegte er immer zu sagen, wenn man ihm das Datum herauskitzeln wollte.

Überhaupt wusste alle Welt sehr wenig über Koslowski. Keiner konnte sagen, woher er kam. Manche vermuteten das Ruhrgebiet, andere das Sauerland. Andere behaupteten, sie wüssten ganz sicher, dass er aus dem Rheinland käme.

Vor ein paar Jahren, und es versteht sich von selbst, dass auch hier keiner genau wusste vor wie vielen, war Koslowski in Lippe aufgeschlagen und hatte sich in Hiddesen eine Wohnung gesucht. Ab und zu war er dann in den einschlägigen gastronomischen Betrieben erschienen und hatte über kurz oder lang Kontakt zu den, wie er sie nannte „Eingeborenen“ aufgenommen. Angeblich seien sie scharf auf seine Glasperlen und Muscheln gewesen, frozzelte er immer wieder.

Alle waren gespannt darauf, wer als Erster etwas aus Kowalski rausbekam, und der Wirt der Eckkneipe sah sich klar im Vorteil. Es war Montag, und die übliche Knobelrunde stand ins Haus. Einige Mitspieler fehlten zwar noch, aber man konnte ja schon mal mit dem Kampf gegen den Durst beginnen.

„Ratet mal", sagte Eugelink und kramte in der Hemdtasche nach Zigaretten, „wer das Zeitliche gesegnet hat."

Strunte stellte die Biere vor seine Gäste und machte drei Striche auf Walfrieds Deckel. „Keine Ahnung!" sagte er.

„Sicher wird es uns der Kriminale gleich verraten", vermutete Koslowski.

„Cordt Kleine-Natrop!", stieß der Kripobeamte hervor und langte nach dem Pilsglas.

Strunte blies geräuschvoll die Luft aus.

Eugelink tupfte kurz mit dem Pilsglas auf den Deckel und nahm einen langen Zug. Die beiden anderen Herren folgten seiner Einladung.

„Muss ich den kennen?", fragte Koslowski und stellte sein Glas auf den Deckel zurück.

Da Eugelink noch genießerisch die Augen geschlossen hatte, übernahm Strunte das Antworten. „Den kennt hier in Detmold fast jeder!" Er setzte sich hinter der Theke auf seinen Hocker. „Die Familie hat eine große Firma und beschäftigt sich mit Tiefbohrungen und Spezialtiefbau." Strunte zog mit dem Finger das untere Augenlid herab. „Geld wie Salat, sage ich nur!"

„Genau", stimmte der Kripobeamte zu. „Eine Familie, die in ganz Lippe bekannt ist." Er zündete sich eine Zigarette an und warf die Packung hinter die Theke. „Und sie haben mächtig Einfluss hier in Lippe. Der Verblichene war zwar schon mindestens Mitte achtzig, ging aber immer noch als flotter Sechziger durch. Immer sportlich, immer fit." Dabei sah er nachdenklich auf seine Zigarette.

„Und den hat der liebe Gott jetzt abberufen?", fragte Koslowski.

„Genau, man hat ihm am Wochenende in Dänemark den Schädel mit einer Schrotflinte weggeblasen!", sagte Eugelink. nahm einen neuen Schluck und setzte das Glas ab. „Direkt am Strand an einem ehemaligen deutschen Bunker!“

„Schöner Platz zum Sterben“, sagte Strunte. Die beiden anderen Gäste sahen ihn einen Moment lang sprachlos an. „Na, ich meine Dänemark hat doch schöne Strände, oder?“

„Ich frage mich, ob es überhaupt einen einzigen schönen Platz zum Sterben gibt?“ warf Eugelink ein.

Der Gastronom fing sich als Erster wieder und schüttelte sich bei dem Gedanken.

Koslowski war da pragmatischer. „Wo bleiben eigentlich die Frikadellen?“, wollte er wissen.

Strunte schüttelte den Kopf. „Ich glaube, ich sagte es bereits, Koslowski: Du bist und bleibst ein Arsch!“

„Ja, aber einer mit Kohldampf!“

Der Kripomann griff erneut zum Glas. „Noch keine Spur, kein Motiv, absolut nichts!“ Er nahm einen Schluck. „So stand es zumindest in der Meldung aus Dänemark. Aber identifiziert ist er schon. Wir haben von der dänischen Polizei die Fingerabdrücke bekommen.“

„Donnerwetter, das wird einen mächtigen Aufruhr in Lippe geben!“, vermutete Strunte und begab sich wieder in Zapfbereitschaft.

„Genau, und der Sohnemann wird nun im Imperium nachrücken.“

„Und die Beerdigung wird wohl eine der größten in ganz Lippe werden“, vermutete Eugelink.

„Wisst ihr, was das Wichtigste auf einer Beerdigung ist?“, wollte Koslowski von den anderen wissen.

Beide verneinten unwissend.

„Dass ihr auf dem Rückweg wieder dabei seid!“

Die beiden schüttelten grinsend die Köpfe.

„Für euch muss das eine besondere Geschichte sein“, vermutete Koslowski, „aber ich kenne die Leute nicht und werde wohl auch nie mit ihnen zu tun haben.“

Genau in dieser Hinsicht sollte er sich gewaltig irren.

„Na, wie dem auch sei“, der Gastwirt griff zur Seite und holte drei Lederbecher aus seinem Spezialregal. „Sollen wir schon mal anfangen zu knobeln, bis der Rest eintrudelt?“

Beide Gäste nickten zustimmend.

„Sag mal, Strunte“, fragte Koslowski, während er die Würfel in seinem Becher kontrollierte. „Wie hältst du das eigentlich mit den alten Rauchern, die durch ihr Laster schon das eine oder andere Bein verloren haben, wenn nun doch noch ein Rauchverbot für Eckkneipen kommt?“

Strunte schüttelte den Kopf. „Auf so eine bescheuerte Frage kannst auch nur du kommen!“ Er steckte sich selber eine an und blies den Rauch gegen Decke. „Dann werden wir wohl einen Fahrdienst vor die Tür einrichten müssen. Und du wirst Chauffeur, Koslowski!“

Der drehte seinen Becher um und grinste frech. „Schock out, ihr Nieten!“ Ich geh mal pillern, ihr könnt euch ja darum streiten, wer mir freihalten darf.“

Drei

Wer im Lipperland von Berlebeck nach Oesterholz fuhr, kam zwangsläufig über die Gauseköte und durchquerte einen Teil des fürstlichen Wald- und Jagdgebietes. Ein unwirtliches Gelände, bei dem sich bei Koslowski schon so manches Mal der Gedanke aufgedrängt hatte, dass in dieser Gegend der richtige Platz für die Varusschlacht gewesen wäre. Zumindest aus seiner Sicht erschien ihm der enge Pass als ein idealer Platz für einen Hinterhalt.

Aus den Kurven kommend durchfuhr man anschließend achterbahnartig mehrere Senken und Anhöhen und erreichte über eine lange, gerade Strecke, noch vor der Ortschaft Oesterholz, den *Kreuzkrug*.

Koslowski war heute in genau dieser Richtung unterwegs. Am Beginn der Steigungen schaltete er seinen Landrover nochmals zurück und beschleunigte, um genügend Anlauf für die Passhöhe zu haben.

Er musste seinen alten, dunkelgrünen Geländewagen nochmals runterschalten und kroch die Gauseköte hinauf, sehr zum Leidwesen eines BMW-Fahrers, der hinter ihm herfahren musste. Im Rückspiegel konnte Koslowski sehen, wie der Mann in seinem tiefer gelegten Wagen rumtobte, da es ihm nicht schnell genug ging. Aber überholen war hier nicht mal mit so einem Auto möglich. Ohne den Fuß vom Gas zu nehmen erreichte Koslowski die Passhöhe, und Sekunden später wurde er von dem wild hupenden BMW-Fahrer überholt.

Koslowski nahm es gelassen. Schneller ging es eben nicht, und wie oft hatte er hier schon einen Trecker vor sich gehabt. Jeder Lipper war froh, wenn der vor ihm herfuhr, statt wie manches mal auf der Straße zu liegen. Als er über die erste Senke kam, sah er den BMW schon nicht mehr. Koslowski steckte sein Handy ein, das auf dem Beifahrersitz lag, und dachte an die Gaststätte *Kreuzkrug,* zu der er unterwegs war. Früher mal fürstliches Forsthaus mit Bewirtschaftungsrechten, heute Ausflugslokal mit sehr guter Küche und ausgezeichnetem Kuchen.

Als am Morgen auf seinem Handy ein Anruf von einem gewissen Tobergte eingegangen war, der sehr geheimnisvoll getan und ihn in die Gaststätte eingeladen hatte, hatte Koslowski nicht Nein sagen können. Wusste er doch um die hervorragenden frischen Forellen, die dort angeboten wurden. Wenn man Koslowski mit etwas ködern konnte, dann mit gutem Essen.

Er nahm mit Schwung die zweite Anhöhe, und als er gerade die Kuppe erreichte, sah er den BMW wieder. Er hielt rechts am Fahrbahnrand, und daneben stand ein Polizeiwagen. Und neben dem Polizeiwagen: eine Laserkanone auf einem Stativ.

Koslowski blickte auf den Tacho und stellte fest, dass er noch im Bereich der erlaubten Geschwindigkeit unterwegs war. Trotzdem bekam er die Kelle.

Er hielt hinter dem BMW an und sah eine junge Polizeibeamtin auf sich zukommen. Er öffnete die Scheibe und lächelte die Gesetzeshüterin freundlich an.

„Guten Tag! Untermüller! Polizei Lippe! Kann ich mal die Papiere sehen?

Koslowski langte an die Sonnenblende und kramte den Fahrzeugschein hervor. Aus der Gesäßtasche zog er die Geldbörse und fischte nach dem Führerschein. „Bitte schön!" Koslowski reichte die Papiere aus dem Wagen.

Die junge Frau schien ihrem Dialekt nach aus dem Rheinland zu stammen. „Na, haben wir was getrunken?", wollte sie wissen.

„Nein, noch nicht, aber kommt bestimmt noch!" Koslowski blickte nach vorn durch die Scheibe.

Ihr Kollege war gerade dabei, den BMW-Fahrer abzufertigen. Dieser hatte einen knallroten Kopf, kaute Fingernägel und redete laut auf den älteren Polizeibeamten ein.

„Na, dann ist ja alles im Lack!“, sagte die Ordnungshüterin und reichte Koslowski die Papiere wieder.

„Gestatten Sie mir eine Frage?“ Koslowski setzte dabei sein charmantestes Grinsen auf. „Wie erfahre ich denn jetzt, woher Sie den schönen rheinischen Dialekt haben?“

Die junge Frau in Uniform lächelte und wandte sich ab. Über die Schuler rief sie ihm zu: „Fahren Sie doch einfach mal zu schnell, dann sehen wir uns bestimmt wieder!“

Grinsend startete er den Wagen. „Versprochen!“, meinte er als er an der jungen Beamtin vorbeifuhr, die sich gerade neben ihren Kollegen gestellt hatte.

War das etwa ein Lächeln mit Augenzwinkern gewesen, das Koslowski da im Vorbeifahren gesehen hatte?

Auf dem Parkplatz der Gaststätte war noch Platz, was aber an einem Wochentag nicht unüblich war. Außerdem kamen die meisten Gäste erst später. Koslowski parkte den Wagen und betrat dann den Biergarten.

Nur zwei Tische waren besetzt. An einem Tisch saß eine Familie mit drei lärmenden Kindern, an einem anderen, weiter hinten im Biergarten, ein einzelner Mann.

Koslowski steuerte zielgenau auf diesen Tisch zu. Er war sich sicher, richtig zu sein, zumal der andere Gast bereits aufstand, als er sich näherte.

Der Mann war mittleren Alters, schlank und hatte mittelblonde, schon etwas schüttere Haare. Auf Koslowski machte er den Eindruck eines Buchhalters. Seine beigefarbene Windjacke hatte schon bessere Tage gesehen und stammte sicherlich noch aus der Ära Kohl.

„Tobergte, Herr Koslowski! Bitte nehmen Sie doch Platz“, forderte der Mann ihn auf und wies auf einen Sessel.

Koslowski ließ sich hineinfallen und streckte die Beine aus. „So, Herr Tobergte, da bin ich, und nun lassen Sie mal hören, warum sie mich unbedingt hier sprechen wollten!“

Tobergte wich aus. „Darf ich Ihnen etwas bestellen?“

Die Kellnerin war bereits im Anmarsch.

„Da sag ich nicht nein!“ Er überlegte nur kurz, dachte dann an die vorhergegangene Polizeikontrolle und nahm vorsichtshalber ein alkoholfreies Weizenbier.

„Ich nehme eine Apfelschorle“, bestellte Herr Tobergte.

Versehen mit den Getränkewünschen knirschte die Kellnerin über den Kies zum Gasthaus zurück.

„Also, was haben Sie auf dem Herzen?“, fragte Koslowski und sah sein Gegenüber fragend an.

Herr Tobergte blickte vorsichtig in alle Richtungen, bevor er sich vorbeugte und leise sagte: „Ich benötige Ihre Hilfe, Herr Koslowski!“

Koslowski wurde neugierig. „Und wie kann ich Ihnen helfen?“, fragte er.

Wieder sah sich Tobergte verstohlen um, bevor er antwortete. „Also, es ist so, dass ich schon jahrelang in der Buchhaltung der Firma KN Spezialtiefbau beschäftigt bin.“

Also doch ein Buchhalter, dachte Koslowski sofort und gratulierte sich selbst zu seiner Menschenkenntnis. Er nickte dem Mann aufmunternd zu, damit dieser weiterredete, und sagte gleichzeitig: „KN Spezialtiefbau, davon habe ich noch nie gehört!“

Tobergte schluckte und rückte näher an Koslowski heran. „Ich betreue schon lange bestimmte Konten bei dieser Firma, und über Jahre hinweg ist davon Geld verschwunden.“

„Sie meinen, verloren gegangen?“, fragte Koslowski nach.

„Nein, es ist planmäßig bar ausgezahlt worden! Sie müssen wissen, für so eine große Firma ist das ungewöhnlich. Alle Zahlungen erfolgen unbar. Größtenteils sogar online.“

Tobergte brach ab, denn die Kellnerin näherte sich. „Wünschen die Herren die Speisekarte?“, wollte sie wissen, nachdem sie die Getränke abgestellt hatte.

„Aber sehr gerne“, nickte Koslowski, während Tobergte dankend abwinkte. Er sah der Kellnerin nach, bis sie wieder im Gebäude verschwunden war, und fuhr erst dann mit seinem Ausführungen fort.

„Also, das ist so. Der Juniorchef der Firma, Wilhelm Kleine-Natrop, hat diese Transaktionen genehmigt. Und der Senior hat davon nichts gewusst."

Koslowski nippte an seinem alkoholfreien Bier und verzog das Gesicht. Wie Duschen mit Regenmantel, dachte er. An Tobergte gewandt fragte er: „Warum haben Sie den Seniorchef nicht darauf angesprochen?"

Tobergte verschluckte sich fast an seiner Apfelschorle. „Das habe ich ja, und zwar vor zwei Wochen." Er stellte das Glas behutsam auf den Tisch zurück. „Kurz bevor er nach Dänemark gefahren ist, in Urlaub."

Koslowski dämmerte es langsam, bei „Dänemark" fiel der Groschen. „Die Firma gehört, oder ich muss besser sagen gehörte einem Cordt Kleine-Natrop, nicht wahr?"

Tobergte nickte. „Genau. Gehörte. Denn der wurde kürzlich in Dänemark ermordet. Richtig."

Koslowski nahm noch einen Schluck aus seinem Glas.

„Ja, nun ist er tot!" Tobergte wischte sich die Schweißperlen ab, die ihm auf der Stirn standen. „Und ich habe ihn doch kurz vorher noch über die Geldverschiebungen informiert."

Koslowski dachte nach. „Und in der Firma können Sie nichts sagen, weil Sie vermuten, dass der Junior dahinter steckt."

Wieder nickte Tobergte. „Und wenn der nun auch noch was mit dem Tod seines Vaters zu tun hat?"

„Wenn sie darüber sprechen würden, dann wüsste der Junior sofort, dass sie einen Verdacht hegen", vermutete Koslowski.

Tobergte nickte hastig mit dem Kopf.

Koslowski rieb sich nachdenklich das Kinn. „Na, dann kommt die Polizei auch nicht infrage, denn die dürfen Vertraulichkeit nur zusichern bei Völkermord oder Steuerhinterziehung."

Tobergte sah ihn entgeistert an.

„Früher mal, da wurden solche Informationen vertraulich behandelt“, erklärte Koslowski. Heute müssen Sie davon ausgehen, dass jeder billige Winkeladvokat Ihren Namen aus den Akten herausziehen und seinem Mandanten weitergeben darf, damit der auch genau weiß, wer ihn angezählt hat. Nachfolgende Racheakte sind absehbar.“ Er bewältigte mühsam den Rest seines Weizens und sah sich nach der Kellnerin um.

„Also, so was habe ich mir auch schon irgendwie gedacht“, meinte Tobergte. „Deshalb habe ich mich an Sie gewandt. Man sagte mir, Sie könnten da vielleicht was herausfinden?“

Nun war es an Koslowski, ihn erstaunt anzusehen. Anscheinend hatte es sich bereits auch in Lippe herumgesprochen, dass er ein Mensch war, der anderen half, ohne größere Gegenleistungen dafür zu verlangen. Was wiederum dazu beitrug, dass die Menschen nicht recht wussten wie sie ihn einzuordnen hatten. Koslowksi war immer schon jemand gewesen, der Ungerechtigkeit nicht leiden konnte und sich einmischte. Vor allem dann, wenn der oder die andere nicht mehr weiterwusste. Und irgendwer musste Tobergte einen Hinweis auf diese Eigenart gegeben haben.

„Von wem haben Sie denn diese Information?“, fragte er neugierig.

Tobergte rutschte unruhig auf seinem Stuhl hin und her. „Nun, wissen Sie, es ist eine Frau, der Sie vor zwei Jahren mal geholfen haben. Da ging es um ein verschwundenes Mädchen.“ Tobergte sah zu Boden, und Koslowski wusste augenblicklich, wem er dieses Gespräch zu verdanken hatte.

„Sie müssen aber wissen, dass ich weder Polizeibeamter noch Privatdetektiv bin. Was ist denn überhaupt der Grund, dass Sie so interessiert an diesem Fall sind?“

Tobergte nahm den letzten Schluck Apfelschorle und drehte das leere Glas behutsam in der Hand. „Ich habe mich dummerweise dazu überreden lassen, die Barauszahlungen zu unterschreiben. Wenn der alte Kleine-Natrop nun tot ist und man anfängt nachzuforschen, dann bleibt doch sofort alles an mir hängen, oder?"

Tobergte wurde der Kragen seines Hemdes zu eng, so als ob sich schon eine Schlinge um seinen Hals zuzöge.

Koslowski sah in Richtung Oesterholz. „Da ist was dran." Geldschiebungen in Firmen fielen in der Regel immer zunächst auf den zurück, der an der Quelle saß. Und das waren in der Regel die Buchhalter. Er konnte gut verstehen, wie es in Tobergte aussah.

„Werden Sie mir helfen, Herr Koslowski?", fragte er mit flehendem Blick.

Koslowski winkte der Kellnerin. Dann sah er Tobergte an. „Ich kann Ihnen nichts versprechen. Ich werde mich umhören. Augen und Ohren offen halten. Aber erwarten Sie nicht zu viel von mir."

Koslowski glaubte Tobergte förmlich erleichtert aufatmen zu hören.

„Vielen Dank, Herr Koslowski! Ich bin Ihnen jetzt schon dankbar. Es ist gut zu wissen, dass man nicht alleine da steht. Nun müssen wir nur noch über das Geschäftliche sprechen."

Koslowski winkte ab. „Darüber machen Sie sich mal keine Sorgen, darüber werden wir uns schon einig. Wollen Sie denn nichts essen?", fragte er Tobergte als sich die Kellnerin näherte.

„Nein, ich bekomme keinen Bissen runter. Aber lassen Sie es sich schmecken, Sie sind selbstredend mein Gast."

Koslowski nickte wohlwollend und bestellte eine Forelle Müllerin Art. Die Kellnerin wandte sich ab in Richtung Küche, nicht ohne noch eine zweite Getränkebestellung aufgenommen zu haben. Doch nun waren es ein echtes Weizenbier für Koslowski und ein Schnaps für Tobergte.

Vier

Koslowski war auf dem Rückweg vom *Kreuzkrug* nach Detmold. Tobergte hatte darauf bestanden, noch etwas dazubleiben, damit man sie nicht zusammen wegfahren sehen würde. Sie hatten ihre Telefonnummern ausgetauscht, und Koslowski war alleine losgefahren.

Nachdem er die jetzt unbesetzte Kontrollstelle der Polizei passiert hatte, wandte er sich in Gedanken wieder den Aussagen des Buchalters zu.

Der alte Kleine-Natrop war tot. Ermordet.

Kleine-Natrop junior hatte möglicherweise Gelder verschoben und dies alles über den willigen Buchhalter Tobergte laufen lassen. Aber hatte er auch was mit dem Tod des Alten zu tun?

Der Landrover passierte die Gauseköte, ohne dass Koslowski es richtig wahrnahm. Erst als der Ortseingang von Berlebeck näherkam, wurde ihm bewusst, dass er sich mehr auf die Straße konzentrieren sollte. Wie kam er nun an Informationen aus Dänemark heran?

Tobergte hatte ihm zwar zugesagt, dass er alle Spesen übernehmen würde, aber ein Reise nach Dänemark? Und wer konnte ihm mehr über die Familie Kleine-Natrop erzählen?

Koslowski passierte gerade den Abzweig nach Frommhausen, als ihm eine Idee kam. Wenn sich einer mit lippischen Baufirmen auskannte, dann der alte Friedrich Krameike. Koslowski bog nach links in den Hohlen Weg ab und fuhr in Richtung Heiligenkirchen. Am Krugplatz lenkte er sein Fahrzeug weiter in Richtung Schling. Nachdem er den Ortsausgang und die Forellenteiche passiert hatte, bog er nach rechts in die Speckenburgstraße ein und hielt kurze Zeit später an einem freistehenden, alten Fachwerkhaus.

Das Gebäude war sicherlich aus dem vorherigen Jahrhundert, machte aber den Eindruck, als habe es die Jahre, die Witterung und auch seine Bewohner schadlos überstanden. Koslowski stieg aus dem Wagen und ging durch den wunderschönen Bauerngarten zur alten, hölzernen Haustür. Als er gerade den Klopfer betätigen wollte, sprang innen ein schwarzbrauner Hund hoch und fing an zu bellen. Koslowski konnte ihn durch eins der kleinen Fenster neben der Tür gut erkennen.

Anscheinend war das aber kein Wachhund, denn er wedelte wie wild mit dem Schwanz und bellte vor Freude über den Besucher. Hinter dem Hund erschien der Hausherr. Friedrich Krameike war bereits über Siebzig. Er war nicht sehr groß, aber man sah ihm an, dass er sein Leben lang körperlich gearbeitet hatte. Für sein Alter wirkte er noch sehr fit. Die grauen Haare und die hellen, wachen Augen gaben ihm zwar ein fast großväterliches Aussehen, aber weit gefehlt, denn Krameike nahm es, wie Koslowski wusste, zumindest beim Wacholdertrinken noch mit so manchem jungen Burschen auf.

Koslowski wartete geduldig, bis Krameike die Tür geöffnet hatte, und ahnte auch schon, was ihm bevorstand.

„Was willst du arbeitsscheues Etwas denn hier?“

Krameike grinste von einem Ohr zum anderen, während Koslowski den Entrüsteten spielte. Aber die beiden kannten sich zu gut, als dass einer den anderen damit hätte beeindrucken können. Es war jedes Mal Teil ihres Begrüßungsrituals.

„Ich wollte mal kontrollieren, was die Rentner so den lieben langen Tag treiben?“

„Was ist nu’? Willst du reinkommen oder hier den Vertreter geben?”

Koslowski streichelte den Hund und trat in den kühlen Hausflur. „Seit wann bist du denn auf den Hund gekommen, Friedrich?“

„Ist gar nicht meiner, der gehört einem Bekannten von mir.“

Krameike kraulte dem Hund die Ohren. „Der ist zur Zeit auf einem Lehrgang, und da kümmere ich mich halt um ihn." Krameike deutete auf einen Stuhl. „Liebes Tier. Er hat nur leider wenig Menschenkenntnis, wenn er dir die Hand leckt."

Koslowski ließ sich auf einem alten Bauernstuhl nieder.

„Was treibt dich also her?", fragte Krameike und stand auf, um den Hund in den Garten zu lassen. „Der Durst?"

Koslowski drehte sich auf dem Stuhl herum.

„Nee, den habe ich schon im *Kreuzkrug* gestillt. Was ich brauche, ist dein Wissen!"

Krameike ging zu einem Büfett und holte zwei Schnapsgläser und eine Flasche Lopshorner Wacholder. Beides stellt er auf den Tisch, setzte sich und schenkte ein. „Was hast du denn für Wünsche?", fragte er, während er Koslowski ein Glas herüberschob.

„Es geht um eine Firma hier aus Lippe, genauer gesagt aus Detmold. Prost!"

Sie stießen an und kippten den lauwarmen Wacholder in einem Zug hinunter.

„Na, da bin ich mal gespannt!", meinte der alte Polier, während er die Gläser neu füllte.

„Also, genauer gesagt, geht es um die Firma KN Spezialtiefbau."

„Dunnerewetter!" Krameike stellte abrupt die Flasche hin. „Kleine-Natrop, mein Erzfeind!"

Koslowski sah in erstaunt an. Dass ein Friedrich Krameike Feinde hatte, hätte er niemals vermutet.

„Wen meinst du denn, Friedrich, den Alten oder den Jungen?"

Krameike trank den nächsten Schnaps ohne anzustoßen auf Ex aus. „Dunnerewetter!" wiederholte er dann und meinte damit offenbar nicht den Wacholder. „Ich mein den Alten!" Er knallte das Glas auf den Tisch. „Das ist ein echtes Arschloch!"

„War!“, korrigierte Koslowski „war ein echtes Arschloch!“

Krameike stutze.

„Den hat man vor ein paar tagen in Dänemark erschossen.“

Krameike hielt mitten im erneuten Eingießen inne. „Wann?“, fragte er sofort. Von einer Sekunde auf die andere war er leichenblass geworden.

Koslowski dachte kurz nach. „Am Montagabend hat es mir unser aller Freund Eugelink erzählt. Ich denke also mal, es müsste am Wochenende davor gewesen sein.“

Krameikes Hand zitterte ein wenig, als er das Schnapsglas zum Mund führte und austrank. Sofort goss er sich einen neuen ein.

„Was ist denn mit dir?“, fragte Koslowski vergnügt. „Gibt es ab morgen keinen Wachholder mehr?“

Krameike wischte sich mit der Hand übers Gesicht. „Mensch, ich glaub, ich spinne.“

„Das ist doch nichts Neues“ stellte Koslowski fest und bediente sich selbst an der Flasche.

„Ob du es mir glaubst oder nicht ...“, begann Krameike und brach dann ab. „Also, wie sicher ist es, dass es sich um den alten Kleine-Natrop handelt?“

„Also, die Polizei ist sich da absolut sicher, wegen der Fingerabdrücke.“

„Und wie sicher ist es, dass er am Wochenende getötet wurde?“

„Mindestens genau so sicher! Da irrt sich Walfried bestimmt nicht.“

Krameike sank in sich zusammen. „Sag mal, hältst du mich für einen Spinner, oder bin ich in deinen Augen schon senil?“, wollte er wissen.

„Willst du jetzt eine ehrliche oder ein höfliche Antwort?“ Koslowski feixte über das ganze Gesicht.

„Ich will eine vernünftige, du Idiot!“

Koslowski sah dem ehemaligen Polier an, dass er es ehrlich meinte. Die Zeit der Späße war vorbei. Vorübergehend zumindest.

„Du wirst es mir nicht glauben.“ Krameike hielt das Schnapsglas mit beiden Händen fest und starrte auf die Tischplatte. „Ich war gestern noch mit dem Steuerberater Schrimmer zur Jagd. Du weißt doch, der hat die Jagd in Hörste.“

Koslowski sagte nichts, sondern blickte Krameike nur erwartungsvoll an.

„Na, und da hat er auch seine Jagdhütte. Die Nachbarjagd, die hat die Firma KN Spezialtiefbau gepachtet.“

Krameike sah zur Flasche, und Koslowski schob sie ihm hinüber. „Und weiter?“, fragte dieser neugierig.

„Also, wenn man zu Schrimmers Jagdhütte fährt, kommt man zwangsläufig an der Hütte von Kleine-Natrop vorbei. Vom Weg aus kann man sie sehen. Als wir gestern Abend da vorbeigefahren sind, habe ich mich gewundert, dass dort kein Wagen stand.“

„Ja, da wundere ich mich jetzt auch!“, sagte Koslwoski. „Soll ich dir jetzt die Frage nach der Senilität beantworten?“

Krameike warf ihm einen Blick zu, der ihn sofort verstummen ließ.

„Weiter! Es stand kein Auto vor der Hütte, und die Blendladen waren auch alle zu. Aber eine Person ging über die Einfahrt in Richtung Haus.“ Krameike schüttete den nächsten Wachholder in einem Zug runter.

Koslowski blickte ihn verständnislos an. „Also was, in Gottes Namen, war daran so besonders?“, wollte er wissen.

Krameike sah Koslowski in die Augen und schluckte.

„Die Person war der alte Kleine-Natrop!“

Fünf

Es waren dann doch einige Wachholder mehr geworden, und Koslowski hatte sich entschlossen, den Fußweg durch den Wald anzutreten und nicht mehr zu fahren.

Auf dem Maiweg hielt er kurz an. Alles, was der alte Krameike ihm erzählt hatte, musste er noch mal Revue passieren lassen. Er setze sich auf einen der frisch gefällten Stämme und stütze das Kinn in die Hände.

Angeblich, aber da traute er seinem alten Kumpel, hatte Krameike den angeblich ermordeten Cordt Kleine-Natrop am Dienstag in Hörste gesehen, obwohl er doch angeblich am Wochenende in Dänemark erschossen und identifiziert worden war. Das waren genaugenommen zwei angeblich zu viel. Entweder war er in Dänemark erschossen worden, oder ein anderer wurde fälschlicherweise für Cordt Kleine-Natrop gehalten. Oder die Peson in Hörste war nicht Cordt Kleine-Natrop gewesen. Oder?

Der Wachholderkonsum hatte Koslowskis Konzentrationsfähigkeit nicht gerade gesteigert.

Hinzu kam das, was ihm Krameike über das Leben des alten Kleine-Natrop erzählt hatte. Eine Familie mit einer Unmenge Geld, schon die Eltern des Alten hatten Ländereien besessen und jede Menge Häuser.

Vor dem zweiten Weltkrieg war das Vermögen so groß gewesen, dass man es, so tuschelte man in Lippe hinter vorgehaltener Hand, mit dem des Fürstenhauses derer von Lippe vergleichen konnte. Das war sicher etwas übertrieben, aber es handelte sich schon um eine sehr wohlhabende und einflussreiche Familie.

Brave Parteigänger, wie Krameike zu erzählen wusste. Und zwar in jeder Partei! Als es 1933 in Berlin zur Machtübernahme durch die Nationalsozialisten gekommen war, war die Familie Kleine-Natrop in Lippe die erste gewesen, die hier wichtige Posten besetzt hatte.

Der einzige Sohn, Cordt Kleine-Natrop, war ein besessener Verfechter der nationalsozialistischen Idee gewesen. Und ein getreuer Gefolgsmann der Partei des Führers. Im Krieg diente er bei der Wehrmacht, obwohl einige vermuteten, dass er eher bei der Waffen SS gewesen sei. Niemand konnte das beweisen, und nach dem Krieg war er sehr schnell wieder vollkommen rehabilitiert. Aber es gab auch einige dunkle Flecken auf seiner Weste: Es gab zwei ehemalige Wehrmachtskollegen von Cordt Kleine-Natrop, die nach dem Krieg hier auftauchten und ihn suchten. Bevor sie ihn fanden, oder besser er sie, hatten sie schon einige Tage in Detmold zugebracht und sich im Suff lautstark darüber geäußert, dass es wohl keinen besseren Nazi als Cordt gegeben habe. Dieser entdeckte die beiden arbeitslosen Männer irgendwann in einer Detmolder Gaststätte. Beide stockbetrunken.

Kleine-Natrop lud sie in seinen Wagen und nahm sie mit, allerdings nicht ohne ihre Zeche zu bezahlen. Irgendjemand hatte ihm zugetragen, dass die beiden Männer durch die Stadt zogen und über ihn sprachen.

Bald darauf arbeiteten sie für ihn. Und nur drei Wochen später hatten beide einen tödlichen Arbeitsunfall. Sie kamen mit einem Firmenlastwagen von der Straße ab und prallten gegen einen Baum. Der LKW fing Feuer und beide verbrannten im Fahrerhaus. Man fand nur noch ihre völlig verkohlten Leichen.

Koslowski sehnte sich nach einem großen Glas Wasser, aber dafür musste er den Weg nach Hause fortsetzen.

Während er den Maiweg entlanglief, dachte er weiter über das nach, was Krameike ihm erzählt hatte. Cordt Kleine-Natrop zog sich immer mehr aus der Öffentlichkeit zurück und heiratete zwei Jahre nach dem Krieg. Der Ehe entstammte der einzige Sohn Wilhelm Kleine-Natrop. Dieser wuchs in Detmold auf, besuchte das Gymnasium, machte Abitur und wurde Ingenieur. Anschließend verbrachte er einige Zeit in Dänemark, wo die Familie mehrere Ferienhäuser besaß.

Dann kam er nach Detmold zurück, um in der Firma seines Vaters zu arbeiten. Er heiratete hier, doch die Ehe blieb kinderlos.

Seine Frau kam einige Jahre später bei einem Autounfall ums Leben. Wilhelm Kleine-Natrop brachte die Firma seines Vaters auf den technisch neuesten Stand und setzte einen Teil seines Vermögens für karitative Zwecke ein.

Auch wenn er, wie sein Vater, nach dem Tod seiner Frau ein zurückgezogenes Leben führte, war er doch ein angesehener Bürger in Lippe.

In seine Gedanken vertieft stand Koslowski bald schon vor seiner Wohnungstür. Er marschierte geradewegs in die geräumige Wohnküche und nahm sich eine Flasche Wasser aus dem Kühlschrank.

Das war für ihn immer noch das beste Mittel gegen einen Wachholder-Nachdurst. Im Schlafzimmer ließ er sich aufs Bett fallen und war kurze Zeit später eingeschlafen.

Sechs

Der Friedhof von Heiligenkirchen war normalerweise ein eher beschaulicher Ort, doch heute glich er dem Parkplatz des Freilichtmuseums an den „Pferdestark“-Tagen. Jede Menge Wagen parkten in der Umgebung, und alle Nebenstraßen waren restlos überfüllt. Schwere Limousinen prägten jetzt das Erscheinungsbild des sonst so beschaulichen Dörfchens. Man hätte meinen können, dass die Bundeskanzlerin oder zumindest ihr ehemaliger lippischer Stellvertreter im Dorf seien. Doch es handelte sich um die Beisetzung des in Dänemark auf so grauenvolle Weise ums Leben gekommenen Bauunternehmers.

Da die Familie ihr Domizil am Königsberg hatte, wurde er in der Familiengruft auf dem Heiligenkirchener Friedhof beigesetzt. Und alles, was in Lippe Rang und Namen beziehungsweise eine Baufirma, ein Architektur- oder Statikbüro hatte, war erschienen. Die Presse schätzte später die Zahl der Trauernden auf circa 500 Personen.

Koslowski war hier vermutlich der Einzige, der weniger trauerte, sondern eher Zweifel hegte. Seinen Landrover hatte er am unteren Weg in Höhe der Schule stehen gelassen. Als er das Friedhofsgelände erreichte, hatte die Messe gerade begonnen.

Auf die Lobreden und den, nach seiner Meinung „kirchlichen Schmus“ wollte Koslowski gerne verzichten. Er hielt sich im Schatten der Kirche, beobachtete den Friedhof und dachte nach: Wenn Kleine-Natrop nicht in Dänemark erschossen wurde, sondern jemand anderes, dann wäre es sehr interessant zu wissen, wer in dem Sarg lag, der jetzt gerade aus der Kirche getragen wurde. Die Tore hatten sich geöffnet, und sechs Männer des Beerdigungsinstituts trugen einen pompösen Eichensarg in Richtung Sargwagen.

Koslowski trat zurück und ließ den Trauerzug an sich vorbei.

Direkt hinter dem Sarg, unmittelbar hinter dem Pfarrer, ging ein Mann von etwa 45 Jahren. Mit seinen gut 1,90 Metern überragte er Koslowski noch um 10 Zentimeter. Er trug einen schwarzen Anzug, seine Augen wurden von einer schwarzen Sonnebrille völlig bedeckt. Die blonden Haare waren an den Seiten extrem kurz geschoren, während sie ihm vorne länger in die Stirn fielen. Dem fehlte nur noch ein Bärtchen unter der Nase, dachte Koslowski, dem der Typ überhaupt nicht gefiel.

Noch weniger gefielen ihm die zwei Burschen, die dem Mann auf den Fersen folgten. Zwei bullige Typen, allerdings in feinstem Zwirn gekleidet.

Wenn die Kerle für den blonden Mann arbeiteten, der der junge Kleine-Natrop sein musste, dann hatte dieser genug Stil, seine Bodyguards in annehmbare Kleidung zu stecken. Ihre Statur und die Muskelpakete ließen sich dadurch jedoch trotzdem nicht kaschieren.

Als der Trauerzug auf seiner Höhe war, sah der Blonde zu ihm herüber. Durch die dunkle Brille konnte Koslowski seine Augen zwar nicht sehen. Er erkannte aber, dass die Kiefer seines Gegenübers mahlten. Auch die beiden Bodyguards wandten ihre Köpfe in Koslowskis Richtung, der ihren Blicken jedoch standhielt.

Dann war der Trauerzug an ihm vorbei, und Koslowski verspürte keinerlei Drang mehr, ihm zu folgen. Woher nur kannte ihn der junge Kleine-Natrop?

Koslowski wandte sich dem Friedhofsausgang zu und machte sich auf den Weg zu seinem Auto, als sein Handy in der Tasche vibrierte. Er passierte gerade den Eingang, als er das Handy ans Ohr nahm. Am Apparat war Eugelink. Da in diesem Moment die Glocken zu läuten begannen, hielt sich Koslowski das andere Ohr zu und strebte in Richtung Unterer Weg. „Was hast du auf dem Herzen?“, fragte er im Gehen.

„Ich habe hier eine echte Schweinerei am Hacken.“

Koslowski hörte aus der Stimme seines Freundes arge Besorgnis heraus. „Erzähl schon!“ Er blieb stehen. „Was ist los?“

„Ich bin hier in einem Waldstück an der Mordkuhle und stehe an einem Wagen. Genauer gesagt, neben deinem Landrover.“

Koslowski schluckte. „Das kann nicht sein. Den habe ich vor einer Stunde am Unteren Weg in Heiligenkirchen abgestellt.“

„Das behauptest du. Nur sehe ich ihn hier vor mir stehen, und er spielt eine wesentliche Rolle in einem Fall, den ich mit Sicherheit gleich abgenommen bekomme.“

Koslowski nahm seine Beine in die Hand und hastete in Richtung Unterer Weg.

„Was für ein Fall?“, rief er in das Handy.

Am anderen Ende wurde es einen Moment ruhig. Dann hörte er deutlich Eugelinks Stimme.

„Die Mordkommission wird ihn gleich übernehmen. Denn in deinem Landrover liegt eine Leiche!“

Koslowski blieb abrupt stehen. Eine Leiche in seinem Wagen? Und der stand plötzlich in der Mordkuhle?

Im selben Moment fiel ihm ein, wie zutreffend doch plötzlich der alte Landschaftsname war. Er lief die Straße hinunter und kam an die Stelle, an der er seinen Wagen geparkt hatte. Und tatsächlich, von seinem alten dunkelgrünen Landrover fehlte jede Spur.

Koslowski brach der Schweiß aus. „Bist du noch dran?“, fragte er ins Handy.

Eugelink antwortet sofort. „Klar bin ich noch dran.“

Koslowski musste Luft holen. „Der Wagen ist tatsächlich weg. Ich habe ihn hier vor ca. einer Stunde abgestellt, habe im *Falkenberg Hof* noch was gegessen und bin dann zur Beerdigung von Kleine-Natrop gegangen.“

Eugelink schluckte hörbar. „Du bist auf der Beerdigung vom alten Kleine-Natrop?“ fragte er ungläubig.

Koslowski blickte immer noch fassungslos auf die leere Parklücke, in der sein Wagen gestanden hatte. „Ja, zum Donnerwetter, was ist daran so Besonderes?“

Eugelink zögerte einen Moment bevor er antwortete. „Weil der Tote in deinem Wagen Buchhalter Tobergte heißt! Nein, hieß und vermutlich bei KN Spezialtiefbau arbeitete.“

Sieben

Koslowski musste zweimal nachfragen, bevor er tatsächlich glauben konnte, was er da gehört hatte. Im selben Moment brach Walfried Eugelink geistesgegenwärtig das Gespräch ab, als er sah, dass die Beamten der Mordkommission sich dem Tatort näherten.

Er war sich bewusst, dass er sträflich gegen alle kriminalistischen Grundsätze verstoßen hatte, als er mit Koslowski, der mindestens Zeuge, wenn nicht Verdächtiger in diesem Fall war, telefoniert hatte. Und dieser wusste es auch. Aber einerseits mochte er Koslowski, und andererseits traute er ihm keinen Mord zu.

Koslowski überlegte, was er als Nächstes tun sollte. Zum Tatort begeben konnte er sich nicht, damit hätte er Eugelink in die Pfanne gehauen und sich selber verdächtig gemacht. Also besser warten, bis man an ihn herantrat? Was wäre die normale Reaktion gewesen?, fragte er sich. Sekunden später hatte er sein Handy wieder aus der Hosentasche gefischt und wählte die Notrufnummer.

„Polizei Notruf!“, meldete sich eine näselnde Stimme.

„Mein Name ist Koslowski, ich möchte einen Autodiebstahl melden.“

Einen Augenblick war es still am Telefon. Koslowski konnte den Beamten quasi denken hören. „Bitte bleiben sie einen Moment dran, Herr Kowalski!“

Dann hörte er, wie eine Hand über die Sprechmuschel gelegt wurde, und anschließend gedämpfte Stimmen im Hintergrund.

Sekunden später war der Polizeibeamte wieder in der Leitung.

„Wo befinden Sie sich jetzt, Herr Kowalski?“

„Koslowski! Und ich stehe da, wo man meinen Wagen gestohlen hat, am Unteren Weg in Heiligenkirchen, etwa in Höhe der Schule.“

„In Ordnung, Herr Kowalski! Bleiben Sie bitte da stehen, ein Streifenwagen holt Sie ab.“

Koslowski atmete tief durch. „In Ordnung. Kowalski bleibt hier stehen.“

Er schaltete sein Handy aus und ließ es zurück in die Hosentasche gleiten. Dann blickte er zum Königsberg hinüber und dachte nach.

Wer hatte ihm den Wagen gestohlen? Konnte das in Verbindung mit der Sache Kleine-Natrop stehen? Während er auf den Beginn der Beerdigung gewartet hatte, war er essen gewesen. In der Zeit musste man ihm den Wagen gestohlen haben. Also gut, dachte Koslowski, als echter Schlendrian schloss er die Karre natürlich auch nie ab. Aber wer klaute auch schon so einen Wagen?

Er setzte sich ohne Rücksicht auf seine gute, schwarze Hose auf den Bordstein. Wer hatte Tobergte auf dem Gewissen? Hatten sich die Ängste des Buchhalters doch als wahr herausgestellt?

Augenscheinlich versuchte man zwei Fliegen mit einer Klappe zu schlagen. Tobergte musste zum Schweigen gebracht werden, da er zu viel wusste, und Koslowski sollte dazu gebracht werden, seine Nase aus der Sache rauszuhalten. Irgendwie hatte man bereits Wind davon bekommen, dass er sich für den Fall interessierte. Möglichweise wurde er sogar schon überwacht.

Bei diesem Gedanken sah er sich unwillkürlich um. Nur so konnte er sich erklären, dass man ihm den Wagen hatte stehlen können. Der oder die Täter hatten somit gewusst, dass er nicht nur wegen des leckeren Essens in Heiligenkirchen gewesen war.

Woher hatten sie nur die Information, fragte er sich.

Seinen ersten Kontakt mit dem Fall hatte er im *Knispel* gehabt. Aber worüber da geredet worden war, war doch bereits allgemein bekannt gewesen. Und nachdem er mit Tobergte gesprochen hatte, war er doch auch ungeplant und ganz spontan zu Krameike gefahren. Also konnten sie nur über Tobergte auf ihn gekommen sein.

Vermutlich hatten sie den schon die ganze Zeit im Auge gehabt, und er war selber verdächtig geworden, als er sich mit dem Buchhalter im abgelegen *Kreuzkrug* getroffen hatte. Das erschien Koslowski als die einzige Möglichkeit. Während er nochmals im Geiste alle Verbindungen prüfte, sah er, dass sich aus Richtung Hiddesen ein Streifenwagen näherte. Koslowski stand auf und wischte sich den Hosenboden ab. Der Streifenwagen hielt auf seiner Höhe an und ein älterer Beamter stieg aus.

„Herr Koslowski? Sind sie der Besitzer des gestohlenen Landrovers?", fragte er.

Koslowski nickte.

„Mein Name ist Händel. Wir möchten Sie bitten, uns zu begleiten." Koslowski mimte den Ahnungslosen.

„Was ist denn los?", fragte er. „Werden sie denn jetzt nicht meine Personalien für eine Anzeige aufnehmen?", wollte er wissen.

„Es wäre nett, wenn Sie mir schon mal Ihren Ausweis geben würden, wir haben nämlich Ihren Wagen bereits gefunden."

Koslowski musste sich Mühe geben, erstaunt zu wirken. Er folgte dem Oberkommissar zum Streifenwagen und wurde gebeten, hinter dem Beifahrersitz Platz zu nehmen. Polizeikommissar Händel setzte sich neben ihn.

„Na, dann mal los zur Mordkuhle!", forderte er den Fahrer auf.

Dieser drehte sich um und fragte: „Wo ist denn das?"

Der Streifenführer seufzte und ließ den Kopf sinken. „Seppel, das lernst du wohl nie, oder? Drehen und Richtung Hiddesen!"

Nach wenigen Minuten erreichte der Streifenwagen die Mordkuhle und hielt auf der breiten sogenannten „Panzerschneise“. Hier standen bereits zwei Polizeifahrzeuge, und Koslowski sah mehrere uniformierte Beamte, die gerade ein Flatterband über den Weg zogen.

Streifenführer Händel stieg aus und bat Koslowski, im Wagen zu warten. Nach fast dreizehnjähriger Abstinenz hatte dieser plötzlich wieder das Verlangen nach einer Zigarette. Aber kurze Zeit später war der Anflug von Schmacht auch schon wieder vorüber.

„Wo steht denn mein Auto, und was ist das denn für ein Aufstand wegen eines aufgefundenen Wagens?“, versuchte er Interesse zu heucheln. Der junge Fahrer des Streifenwagens zuckte lediglich die Schulter. „Keine Ahnung, wir sollten sie nur abholen.“

Koslowski sah, dass der Streifenführer zum Fahrzeug zurückkam. In seinem Beisein befand sich nun ein Mann in Zivil. Durch eine Armbinde mit der Aufschrift *Kriminalpolizei* war er in Zivil als Polizeibeamter zu erkennen. Am Fahrzeug angekommen öffnete Händel die Tür und bat Koslowski auszusteigen. „Hauptkommissar Bergius, Kripo Lippe“, stellte sich der Zivile vor. „Sie sind Herr Koslowski, der Halter eines Landrovers?“

Koslowski sah sich den Kripobeamten genauer an. Irgendwie sah der mehr wie ein schneidiger Bundeswehrgeneral aus und weniger wie ein Kripobeamter. Noch dazu wie einer von der Mordkommission. Vielleicht hatte der ja den Verein gewechselt, mutmaßte Koslowski. Er schätze ihn auf Anfang Fünfzig. Kurze, dunkle Haare mit bereits graumelierten Schläfen und glatt rasiert. Sein eisiger Blick schien Koslowski sezieren zu wollen.

„Ja“, sagte Koslowski, „ich bin der Halter, und mir ist der Wagen heute gestohlen worden.“ Er beugte den Oberkörper zur Seite und versuchte an dem Kriminalbeamten vorbeizusehen. „Sagen Sie mir doch mal, warum sich die Kripo mit so einer Bagatelle beschäftigt?“

Bergius ging nicht auf die Frage ein, sondern sah Koslowski eindringlich an. „Wann haben Sie Ihren Wagen abgestellt und wo?“, fragte er.

Brav erklärte Koslowski beiden Beamten Ort und Uhrzeit des Abstellens und wann er bemerkt hatte, dass der Wagen verschwunden war. Dazu sah er auf seinem Handy nach, um festzustellen, wann er die Notrufnummer angerufen hatte. Im selben Moment fiel ihm siedend heiß der Anruf von Eugelink ein. Wenn man ihn nun kontrollierte und in sein Handy schaute? „Ich möchte jetzt meinen Wagen sehen“, wurde er lauter und versuchte, sich an den beiden Polizeibeamtem vorbeizudrängen.

Doch Bergius hielt ihn am Arm fest.

Das war genau der Moment, in dem Koslowski betete, dass er an seinem Handy die richtigen Tasten im richtigen Rhythmus drückte. Er hielt es in der rechten Hand, während Bergius ihn am linken Arm festhielt.

„Zurück!“, kommandierte sich Koslowski innerlich selbst und drückte die entsprechende Taste. Einmal hoch! Auswählen! Um Zeit zu gewinnen, versuchte er, etwas mehr Druck zu machen.

„Sie können da nicht hin!“, wurde nun auch Bergius etwas lauter. Koslowski ließ etwas ab. „Auswählen! Der letzte Anrufer musste Eugelink gewesen sein. Anzeigen und linke Taste für Optionen! Löschen? Ja!

Mit der rechten Taste zurück, und nun war zumindest dieser Anruf auf seinem Handy gelöscht.

Koslowski sah Bergius fragend an. „Was ist denn nun mit meinem Wagen?“ Jetzt konnte er wieder nachgeben.

Bergius zog ihn in den Schatten der Bäume. „Herr Koslowski, Ihr Fahrzeug ist vermutlich Tatort eines Verbrechens. In Ihrem Fahrzeug ist ein Mann erschossen worden!“

Koslowski wusste genau, was man von ihm erwartete. Er zuckte pflichtschuldigst zusammen und blickte den Kripomenschen ungläubig an. „In meinem Landrover?“

Bergius nickte.

„Wie kommen Sie darauf, dass es in meinem Auto passiert ist, und wer war es?“, fragte Koslowski, weil man dass in dieser Situation vermutlich von ihm erwartete.

„Wenn Sie den Wagen sehen würden, dann wüssten sie, dass es nur in ihrem Wagen geschehen sein kann. Der oder die Täter haben dazu eine Schrotflinte benutzt.“

Koslowski schluckte geräuschvoll. Diese Reaktion brauchte er allerdings nicht vorzutäuschen, weil er sich ungefähr vorstellen konnte, wie Tobergte und der Wagen jetzt aussahen.

Bergius meldete sich wieder zu Wort. „Die nächste Frage an Sie lautet: Kennen Sie einen Herrn Tobergte?“

Koslowski stutzte kurz, runzelte nachdenklich die Stirn und verneinte dann. „Nie gehört!“

Bergius nickte und drehte sich zu Händel um. „Habt ihr schon alle Personalien und die Anrufzeit?“

Händel nickte. „Alles schon auf der Fahrt hierhin notiert. Ich vermute, ihr wollt einen Dreizeiler haben?“

Bergius sah ihn an. „Es darf auch etwas mehr sein; Herr Kollege! Immerhin geht es hier um Mord!“

Händel reichte Koslowski den Ausweis zurück. Bergius nahm ihn am Arm und führte ihn zurück in Richtung Lopshorner Allee.

„Herr Koslowski, Sie stehen zwar nicht unter Verdacht, aber es ist immerhin Ihr Wagen. Wir möchten Sie bitten, Detmold in den nächsten Tagen nicht zu verlassen.“

Koslowski sah ihn an und nickte. „Das verstehe ich natürlich. Und wann bekomme ich mein Auto wieder?“, versuchte er weiter den Ahnungslosen zu spielen.

Bergius grinste leicht. „Ich glaube kaum, dass Sie das noch gebrauchen können.“ Koslowski wartet zwei Sekunden und nicke dann verstehend. „Ach so, ja!“

Bergius dachte kurz nach. „Ich glaube, das ist im Moment alles! Soll Oberkommissar Händel Sie zurückbringen?“

Koslowski schüttelte den Kopf. „Ich glaube, ich laufe lieber nach Hause!“

„Wie Sie wünschen!“ Bergius wandte sich bereits ab. „Wir melden uns ganz sicher noch bei Ihnen“, sagte er im Weggehen.

Koslowski schob die Hände in die Taschen und entfernte sich in Richtung Wanderweg.

Durch die Zweige konnte er ein weißes Tuch erkennen, welches man als Sichtschutz um seinen Wagen herum aufgespannt hatte. Er folgte dem Weg bis zur Stoddartstraße, ging ein Stück auf ihr entlang und erreichte kurze Zeit später den Donoper Teich. Dort setzte er sich auf eine Bank und blickte über das Wasser.

Bisher war die ganze Angelegenheit für ihn nicht sonderlich aufregend gewesen – und vor allem nichts Persönliches. Mit großer Wahrscheinlichkeit eine Sache der Kleine-Natrops, in die der arme Buchhalter geraten war.

Und doch hatte irgendwer das dringende Bedürfnis, Koslowski in die Geschichte hineinzuziehen und ihm die Schuld in die Schuhe zu schieben. Und damit stand für Koslowski eines fest: Jetzt war es etwas Persönliches!

Acht

Den Rest des Tages war Koslowski damit beschäftigt, Informationen zusammenzutragen und zu überprüfen.

Ein Telefongespräch mit Karmeikes Steuerberater Schrimmer ergab nichts Neues. Dieser hatte sich beim Vorbeifahren an der Jagdhütte von Kleine-Natrop auf den Weg konzentriert und nicht hingesehen. Er hatte keine Person bemerkt.

Mit Walfried Eugelink hatte er kurz telefoniert. Der Kriminalbeamte berichtete, dass Tobergte wohl auf dem Rücksitz von Koslowskis Landrover gesessen habe und dann von hinten, durch die offene Hecktür erschossen wurde. Wieder mit einer Schrotflinte, so wie bei dem Mord in Dänemark. Und er konnte hinzufügen, dass Hauptkommissar Bergius Koslowski überhaupt nicht traue. Über kurz oder lang würde er wohl auch drauf kommen, dass Koslowski Tobergte gekannt habe.

Diese Tatsache hatte Koslowski seinem Freund Eugelink nämlich gleich zu Beginn ihres Gespräches gebeichtet.

Als er zu Hause auf dem Balkon saß und in Richtung Hermannsdenkmal blickte, begann er sich einen Schlachtplan zurechtzulegen.

Wie kamen die dänische und auch die lippische Polizei zu der Überzeugung, dass in dem Sarg auf dem Heilgenkirchener Friedhof der alte Kleine-Natrop lag? Der Lösung des Rätsels würde er möglicherweise in Dänemark näher kommen, vermutete Koslowski. Also würde er sich vermutlich mal in Dänemark umsehen müssen. Und eigentlich scherte ihn die Aufforderung von Bergius, dass er Detmold nicht verlassen sollte, dabei herzlich wenig. Es war ja auch nicht dessen Hintern, um den es hier ging.

Dann war da noch die Sache mit der Jagdhütte in Hörste. Auch der würde er einen Besuch abstatten müssen. Dazu brauchte er nicht viel. Die Polizei benötigte einen Durchsuchungsbefehl, er nur ein Brecheisen.

Und genau das würde er sich morgen, zusammen mit ein paar Handschuhen, im Baumarkt besorgen. Er legte noch eine starke Taschenlampe raus und nahm sich dann vor, den Rest des Tages auszuruhen.

Am nächsten Mittag war Koslowski mit dem Wagen seines Wirtes Volkmar Strunte unterwegs auf der Klingenbergstraße. In Höhe des Baumarkts mit den blauen Reklameschildern bog er ab und fuhr auf den Parkplatz. Dieser war wegen einer Aktion natürlich mal wieder vollkommen überfüllt. Auf dem Parkplatz fiel ihm ein neonfarbener und tiefer gelegter Golf auf, der mit hoher Geschwindigkeit und quietschenden Reifen durch die Reihen kurvte.

Der Einkauf war schnell erledigt. An allen Kassen standen Kunden. Nachdem er die Füllmengen der Einkaufswagen in den Schlangen überblickt hatte, stellte er sich an der dritten Kasse an. Plötzlich hörte er hinter sich eine Stimme.

„Eh, Alte! Mach dich weg hier!"

Der Kerl aus dem Golf schob den Einkaufswagen einer älteren Dame, die auf der anderen Seite der Kasse noch nach ein paar Süßigkeiten gesucht hatte, roh an die Seite.

„Los, du Pissnelke, verschwinde hier!"

An allen Kassen drehten sich die Leute um. Ein älterer Mann, der als einziger den Mut hatte, etwas zu sagen, wurde von dem Typen ebenso rüde angemacht und hielt daraufhin vorsichtshalber auch den Mund.

Koslowski sah sich um und genoss das herrlich dumme Gelaber des Typen, der seiner noch dümmeren, Kaugummi kauenden Freundin provokant an den Hintern fasste. Dabei fiel sein Blick auf den Pappständer mit Angeboten für nur einen Euro. Wunderschöne Plastikschraubendreher mit rosa Griff. Als diese Dinger gepresst worden waren, war mit

Sicherheit die Farbmischmaschine kaputt gewesen. Aber Koslowski konnte diesem Angebot nicht widerstehen und legte zwei Stück davon auf das Kassenband. Er bezahlte seinen Einkauf und verließ, mit einem Brecheisen und ein paar Arbeitshandschuhen, den Baumarkt.

Mit wenigen Blicken hatte er den orangefarbenen Wagen des „netten Kunden“ entdeckt und ging zunächst an einer Seite entlang. Dass er dabei vergaß, einen der Schraubendreher einzustecken und dieser am Lack entlangschrammte, verbesserte zwar nicht die Optik des Wagens, ließ ihn jetzt aber wesentlich interessanter aussehen. Und um die Optik seitengleich zu gestalten, wiederholte Koslowski den Vorgang an der Fahrerseite.

Aber ihm kamen im selben Moment auch schon Zweifel, ob das, was er da tat, auch rechtens sei. Und so beschloss er, den Schaden sofort abzumildern. Und zwei kostenlose Schraubendreher mit herrlichen rosafarbenen Griffen waren dafür sicherlich genau richtig. Damit der Fahrer sie sofort finden würde, rammte er einen in jeden Vorderreifen. Mit dem Nebeneffekt, dass das Gefährt dadurch, zumindest vorne, nun noch etwas tiefer lag.

Zufrieden besah sich Koslowski sein Werk und ging hinüber zu Struntes Golf. Er zog die Arbeitshandschuhe aus und warf sie zusammen mit dem Brecheisen auf den Rücksitz. Dann wartete er, bis der Besitzer des Golfs zu seinem Wagen kam.

Als der Kerl und seine Freundin dann einstiegen, bemerkten sie, dass das Vehikel noch tiefer lag als gewöhnlich.

Ein Kunde, der den Vorfall an der Kasse ebenfalls mitbekommen hatte, war stehen geblieben und starrte auf die Schraubendreher, die rechts und links seitlich aus den Vorreifen ragten. Der Prolet sprang aus dem Wagen. Nachdem er erkannt hatte, was der Grund für die erneute Tieferlegung war, bemerkte er auch die formschönen Vertiefungen im Lack.

In ohnmächtiger Wut begann er, gegen den Wagen zu treten und schrie wie ein Irrer auf dem Parkplatz herum.

Koslowski amüsierte sich köstlich.

Ein ungeplanter Nebeneffekt trat ein, als zwei Polizeibeamte, die ebenfalls der 20%-Aktion nicht hatten widerstehen können, dazu kamen und versuchten, den Tobsüchtigen zur Räson zu bringen.

Dieser wehrte sich und versuchte die Beamten angreifen, doch vergeblich. Nur wenige Augenblicke später lag er schon auf der Haube seines lädierten Wagens und hörte das Klicken der Handschellen. Seine Freundin saß unterdessen im Wagen und verstand wahrscheinlich gar nichts.

Koslowski startete Struntes alten Golf und ließ ihn aus der Parklücke rollen. Als er die beiden Polizisten passierte, die den Fahrer in ihrer Mitte zum Streifenwagen brachten und von einer Traube von Menschen umringt waren, die alle noch etwas zu dem Verhalten des Randalierers beizutragen wussten, drehte er das Fenster runter.

„Hey Alda!“, sagte Koslowski, „zwanzig Prozent auf alles! Auch auf Autolacke!“

Neun

Über Heidenoldendorf und Pivitsheide fuhr Koslowski hinüber nach Hörste. An der Hörster Straße bog er ab und fuhr den Hörster Bruch hinauf bis zu dem Vorzeigekreisverkehr, den er wie viele Autofahrer mit Nichtbeachtung strafte, indem er mitten darüber hinwegfuhr. Das war auch so ein Profilierungsprojekt irgendwelcher Kommunalpolitiker, die sich hier ein Denkmal setzen wollten.

Koslowski hatte vor, den Wagen am beliebten Ausflugslokal *Bienenschmidt* stehen zu lassen. Dort angekommen, parkte er außerhalb der Sichtweite des Lokals.

Das Brecheisen ließ er unter seiner Windjacke verschwinden, Handschuhe und Lampe stopfte er in die Taschen. Ein Wanderer mit Arbeitshandschuhen und Brecheisen wäre sicher jedem komisch vorgekommen. Er marschierte am Biergarten des Lokals vorbei und schlug die Richtung zum Hermannsweg ein. Diesem Weg folgte er eine Zeitlang, bis er an einen Abzweig kam. Der Hermannsweg verlief rechts in Richtung Oerlinghausen. Koslowski aber entschied sich für den linken Weg.

Nach weiteren 20 Minuten Fußmarsch hatte er die Jagdhütte erreicht, die ihm Friedrich Krameike beschrieben hatte. Wie ein Spaziergänger ging Koslowski zunächst an der Einfahrt vorbei, schlug sich aber nach weiteren 100 Metern links in den Wald. Von hier aus konnte er die Rückseite der Hütte erkennen.

Langsam arbeitete er sich in Richtung der Hütte vor. Als er bis auf wenige Meter herangekommen war, sah er, dass alle Blendläden verschlossen waren und sowohl die Einfahrt wie auch der Platz vor dem Eingang leer waren. Langsam und vorsichtig schlich er sich auf das Grundstück.

Man konnte zwar Reifenspuren erkennen, aber wie alt sie waren, vermochte er im Kies nicht zu sagen. Möglicherweise von einem Geländewagen, vermutete Koslowski. Er umrundete das Gebäude, und eines der rückwärtigen Fenster hatte es ihm sofort angetan.

„Das ist doch genau das Richtige für dich, oder nicht?“, fragte er liebevoll sein Brecheisen und rammte es in das Holz neben dem Blendladen. Er wartete einen Moment, lauschte nach verdächtigen Geräuschen wie einer Alarmsirene oder Ähnlichem, und hebelte dann mit voller Kraft an dem Laden. Nach einiger Mühe sprang dieser auf, und Koslowski hatte ein normales Fenster vor sich, welches ihm keine große Mühe mehr bereitete. Sekunden später stand auch dieses offen, und er stemmte sich auf die Fensterbrüstung, um hineinzuklettern.

Zunächst umfing ihn Dunkelheit, nur ein Streifen vom offenen Fenster brachte etwas Licht in die Dunkelheit. Er drehte sich um, zog den Blendladen wieder heran und knipste seine Lampe an, suchte den Lichtschalter und betätigte ihn. Sofort war der Raum hell erleuchtet.

Die Hütte bestand augenscheinlich aus mehreren kleinen und einem größeren Raum, in dem er gerade stand. An einer Wand befand sich eine kleine Küchenzeile, die aber bis auf eine Tee- und eine Kaffeedose, neben einer Kaffeemaschine, völlig leer war.

An der anderen Wand stand eine Eckbank. Auf dem dazugehörigen Tisch sah er eine Kerze und einen Aschenbecher. Ansonsten machte diese Hütte eher den Eindruck einer Möbelausstellung als den eines bewohnten Raumes. Alles wirkte steril und unpersönlich.

Auch in den Küchenschränken und dem Büffet fand Koslowski nichts Besonderes. Er legte das Brecheisen auf den Boden und nahm sich die weiteren Räume vor.

Zwei von ihnen waren Schlafräume mit jeweils zwei Etagenbetten und einem Tisch mit zwei Stühlen. Die Betten waren bezogen, aber ansonsten waren auch diese Zimmer leer.

Koslowski öffnete die letzte Tür und stand in einer Nasszelle.

Prima, dachte er, hier sah es auch aus wie in einer Badezimmerausstellung. In diesen Räumen hier gab es überhaupt nichts Persönliches zu entdecken. Kein Mensch, der so eine Jagdhütte besaß, würde hingehen und jedes Mal alle privaten Sachen aus der Hüte räumen. Hier hatte jemand „klar Schiff" gemacht, als wollte er die Hütte verkaufen, fand Koslowski. Er wusste zwar selber nicht, was er zu finden gehofft hatte, aber dieser Reinfall enttäuschte ihn doch.

Im Wohnraum bückte er sich, um das Brecheisen vom Boden aufzuheben, bekam es aber wegen der unförmigen Arbeitshandschuhe nicht richtig zu fassen. Bei einem zweiten Versuch hob er versehentlich ein Stück Teppich mit hoch. Erst als er einen Widerstand spürte, stellte er fest, was er da außer dem Brecheisen noch in der Hand hielt. Er ließ den Teppich fallen und wollte ihn automatisch wieder geradeziehen, als er die feinen Schnitte im Holzfußboden bemerkte. Er schob jetzt den Teppich komplett zur Seite und stand vor einer Luke, die fast fugenlos in den Boden eingelassen worden war.

So wie es aussah, konnte man sie nur mit einem großen Schlüssel oder einem Haken öffnen, denn es fehlte jede Art von Griff. Dafür gab es eine Art überdimensioniertes Schlüsselloch.

Einen Moment überlegte Koslowski. Er rief sich die Außenansicht der Hütte in Erinnerung. Draußen hatte er keine Kellerfenster oder Schächte gesehen. Auch keine Kellertür, nicht mal einen zweiten Eingang. Dieser Keller war nur von innen zu erreichen.

Wieder setzte Koslowski das Brecheisen an. Er wollte auf jeden Fall wissen, was sich in diesem Keller befand. Mit einiger Mühe zwängte er das Brecheisen in den schmalen Spalt der Bodenluke, und nach fünf weiteren anstrengenden Minuten schaffte er es, die Bodenluke aufzuhebeln. Koslowski ließ die Taschenlampe aufblitzen und leuchtete in den Kellerraum. Eine steile Holztreppe führte nach unten.

Er ließ das Brecheisen an der Bodenluke zurück und stieg die Treppe hinunter. Sofort fiel ihm auf, dass der Kellerraum anscheinend temperiert war und kein bisschen muffig roch, wie man es sonst von Kellern gewohnt ist.

Eine Klimaanlage für einen Keller?, fragte sich Koslowski erstaunt. Ein Blick nach oben zeigte ihm, dass die Bodenluke von unten mit einer Isolierschicht versehen worden war.

Neben der Treppe bemerkte Koslowski einen Lichtschalter. Sekunden später flammten mehrere Neonröhren auf und hüllten den Kellerraum in kaltes, weißes Licht.

Koslowski sog hörbar die Luft ein.

An den Wänden waren Regale aufgebaut und was darin lag, war leicht zu erkennen. Unmengen von militärischen Gegenständen. Helme der Wehrmacht, Koppel, zusammengelegte Fahnen des Dritten Reiches, Feldtaschen, Kochgeschirre, mit Stoff bespannte Brettchen mit Ordensammlungen, Bücher und jede Menge anderer Kram aus dieser Zeit.

An der gegenüberliegenden Wand standen Bilder in Hülle und Fülle. Koslowski klappte sie der Reihe nach um. Eine großes Bild zeigte eine junge Familie. Der Vater in einer SS-Uniform, die Frau in einer Art Dirndlkleid und mit am Kopf zu Schnecken gedrehten Zöpfen. Vor den beiden stand ein kleiner Junge. Koslowski schätzte ihn auf höchstens drei bis vier Jahre. Er hatte den Arm zum Gruß emporgereckt und war anscheinend der ganze Stolz seines Vaters, der wohlwollend auf ihn niederblickte.

Der Junge in seiner kleinen Uniform der Hitlerjugend und in dieser Pose wirkte fast pervers, fand Koslowski. Aber irgendwie kam ihm das Gesicht des Jungen doch plötzlich bekannt vor.

Gerne hätte er es fotografiert. Im selben Augenblick fiel ihm ein, dass er sein Handy bei sich hatte, und diese neumodischen Dinger besaßen ja jetzt fast alle eingebaute Kameras. Seine hatte er zwar noch nie benutzt, weil er sie für

Schnickschnack hielt, aber jetzt war er ausnahmsweise mal froh, dass er so etwas besaß.

Koslowski kramte also sein Handy aus der Tasche, schaltete die Kameraoption ein und machte etliche Aufnahmen von dem Bild. Zuerst eine Gesamtansicht und dann Nahaufnahmen der Gesichter.

Anschließend drehte er das Bild um, fand aber außer der Jahreszahl 1939 keine weitere Aufschrift. Zu schade, dachte er.

Er machte sich nicht die Mühe, alles wieder in den alten Zustand zu versetzen, die Spuren am Fenster und der Bodenklappe würde er sowieso nicht verdecken können. Als er sich umdrehte erregte noch eine Tür zwischen den Regalen seine Aufmerksamkeit. Auch sie war verschlossen, denn als er mit der Taschenlampe in die Ecke leuchtete, die von den Decklampen nicht erhellt wurde, bemerkte er das neuwertige Vorhängeschloss.

Und Koslowski wäre nicht Koslowski, hätte er nicht den unwiderstehlichen Drang verspürt, auch hinter diese Tür zu blicken. Er ging zur Treppe zurück, stieg ein paar Stufen hoch und griff nach dem Brecheisen.

Damit bewaffnet kehrte er in den seltsamen Kellerraum zurück und machte sich an der Tür zu schaffen. Nach mehrmaligen Versuchen gelang es ihm, die Schrauben aus dem Holzrahmen zu hebeln, und er konnte die Tür mit einem geringem Widerstand aufziehen.

Was er da im Lichtstrahl der Taschenlampe sah, ließ ihm den Atem stocken. In den Regalen lagen Handgranaten, Pistolen, Maschinenpistolen und dazu jede Menge Munition.

Staunend schüttelte Koslowski den Kopf. Dabei verfingen sich sein Haare in einer Art Draht, der seitlich an der Tür befestigt war. Das andere Ende verschwand hinter einem Packen MP-Munition. Das fand er seltsam, und als er den Packen an die Seite schob, wusste er, dass dies heute sicherlich nicht sein Glückstag werden würde.

Normale Zeituhren ticken und haben einen Zeiger. Dieses bösartige Ding jedoch lief vollkommen geräuschlos rückwärts und ließ sich dabei sogar auf einer digitalen Anzeige zusehen.

Er ließ sofort die Taschenlampe und das Brecheisen fallen und raste wie von der Tarantel gestochen zurück in den ersten Keller.

„18 Sekunden!“, hatte er gelesen

Die Treppe hoch. Im Geiste zählte er die Sekunden mit.

Noch 14.

Mit zwei, drei langen Sätzen war er am Fenster, und hechtete hindurch. Der Fensterladen knallte dabei gegen die Außenwand und Koslowski auf den Boden. Sofort rappelte er sich wieder auf.

12 Sekunden.

Ein kurzer Sprint über Terrasse und Einfahrt.

9 Sekunden.

Koslowski rannte wie noch nie in seinem Leben. Aber er war auch noch nie um sein Leben gelaufen.

6 Sekunden.

Fichtenzweige peitschten im ins Gesicht, und er konnte kaum noch etwas sehen.

3 Sekunden.

Plötzlich tauchte vor ihm ein riesiger Findling auf, mindestens anderthalb Meter hoch.

Mit dem letzten bisschen Luft in den Lungen und dem letzten Rest an Kraft, den er noch aufbringen konnte, hechtete er hinter den Steinbrocken.

Kaum hatte er den Waldboden berührt und die Hände an die Ohren gepresst, begann der Weltuntergang.

Aus der Tiefe des Bodens erhob sich erst ein Grummeln, Sekundenbruchteile später tat es einen so gewaltigen Schlag, dass Koslowski hinter dem Felsen auch noch die restliche Luft wegblieb.

Erde, Steine und Holzreste prasselten auf den Boden.

Erst als sich der Krach der Detonation legte, wagte sich Koslowski, die Hände von den Ohren zu nehmen. Ohne diese instinktive Vorsichtsmaßnahme wären ihm vermutlich beide Trommelfelle geplatzt.

Mühsam richtete er sich auf und lehnte sich an den Findling. „Happy Birthday, Koslowski!“, gratulierte er sich und blickte nach links. Am Findling war eine Bronzeplatte angebracht.

Hier wurde 1897 der Oberförster das Opfer einer Wildererkugel!

„Dank dir, alter Försterknabe“, schmunzelte Koslowski, tätschelte liebevoll den Findling und schüttelte sich den Schmutz aus den Kleidern.

Er blickte zu dem Krater, den die Explosion gerissen hatte. Von der einstigen Jagdhütte war nur noch ein Haufen Schutt übrig.

Und fast wäre auch von Koslowski nicht viel mehr übrig geblieben. Ich könnte die Sache jetzt ja sehr persönlich nehmen, dachte er. Doch er glaubte nicht, dass die Sprengfalle seinetwegen eingebaut worden war. Damit hatte jemand grundsätzlich versucht, etwas zu schützen und bei unbefugtem Auffinden zu vernichten.

Er machte sich auf den Weg zurück zum Ausflugslokal, schlug sich dazu aber in die Büsche, weil er sah, dass Leute zur Jagdhütte gelaufen kamen. Die Explosion dürfte man bis nach Lage gehört haben.

Im weiten Bogen umging er das Lokal und erreichte unbemerkt seinen Wagen. Alles konzentrierte sich jetzt auf den Jagdhüttenkrater, sodass er ungesehen verschwinden konnte.

Als er am Hörster Bruch vorbeifuhr, sah er die Mitglieder der freiwilligen Feuerwehr Hörste zum Spritzenhaus eilen. Doch da war er schon auf dem Weg nach Detmold.

Zehn

Koslowski hatte den alten Schuhkarton aus dem Keller geholt, von dem er gehofft hatte, dass er ihn nie würde öffnen müssen.

In Ölpapier eingewickelt lag dort ein .357 Magnum Revolver. Diese Waffe hatte Koslowski von einem belgischen Brauereibesitzer bekommen, dem er einmal aus einer sehr bedrohlichen Situation geholfen hatte.

Koslowski wollte das Ding nicht, aber der Bierbaron hatte darauf bestanden, dass sein Helfer den Revolver annahm. Dieser sollte ihm mal in einer Notlage so einen guten Dienst erweisen, wie Koslowski seinerzeit ihm. Der Mann schien schon damals echte Vorahnungen gehabt zu haben.

Koslowski wischte das Öl mit einem Lappen ab und kontrolliert Lauf und Trommel. Das Teil sah wirklich aus wie neu, und in dem Ölpapier fand er auch noch eine dazugehörige Schachtel mit 50 Schuss Munition. Vorsichtig lud er den Revolver und zielte auf den Fernseher. Bei Schusswaffen war ihm nie ganz wohl, aber es erschien ihm allmählich sinnvoll, so etwas bei sich zu haben.

Im Schlafzimmer packte er Revolver und Munition zuunterst in seine Reisetasche und stellte diese auf das Bett. Aus dem Schrank suchte er Unterwäsche, zwei Hosen und ein paar Hemden heraus und stopfte alles ebenfalls in die Tasche. Dazu noch Handtücher und Waschzeug.

Koslowski ging hinüber ins geräumige Wohnzimmer und öffnete den Wandtresor hinter dem Poster von Joe Cockers *Hymn for my Soul Tour 2007*. Dem Fach entnahm er einige Geldscheine und seinen Pass. Anschließend verschloss er den Tresor wieder und schaltete seinen Anrufbeantworter ein.

Zuletzt suchte er das Ladegerät für sein Handy, nahm aus dem Wandschrank noch ein mobiles Navigationsgerät und verschloss beim Rausgehen sorgfältig die Wohnungstür.

Auf der Straße vor dem Haus stand Volkmar Struntes alter Golf. Als er gestern Abend im *Knispel* nachgefragt hatte, überließ Strunte ihm den Wagen noch für eine weitere Woche.

„Fahr mir die Karre nicht platt“, hatte Volkmar Strunte gebeten, „Ich habe gerade erst den neuen Biergarten gebaut. Da ist im Moment nicht auch noch ein neues Auto drin!“

Koslowski hatte geschworen, auf das Auto aufzupassen wie auf seinen Augapfel. Auch Walfried Eugelink war noch anwesend gewesen, und auf dem Herrenklo hatte ihm Koslowski unter dem Siegel der Verschwiegenheit kurz erzählt, dass er in Hörste fast in die Luft gesprengt worden wäre. Eine Tatsache, die Eugelink, mit einem erstaunten „Ach, du warst das?“ quittierte. Anschließend klärte ihn Koslowski darüber auf, dass er für eine paar Tage nach Dänemark reisen würde. Was aber unter ihnen bleiben müsste. Eugelink protestierte, da er Detmold doch nicht verlassen sollte. Aber immerhin konnte er ihm noch mit dem Namen der Stadt weiterhelfen, in dem die angebliche Leiche von Cordt Kleine-Natrop gefunden worden war.

Im Gegenzug steckte ihm Koslowski das Geheimnis des Jagdhüttenkellers. Als er von den Militaria-Gegenständen erzählte, sah Eugelink erstaunt auf.

„Mensch, vor einigen Monaten hatten wir einen Mord an einem Händler, der mit so einem Zeug handelte. Aber die geklauten Klamotten, meist Dittes Reich, sind nie aufgetaucht.“

Koslowski nickte bestätigend: „Jetzt weißt du auch, warum!“

Eugelink wusch sich die Hände. „Da muss ich doch den Jungs von der Spurensicherung mal einen Tipp geben. Weißt du, diese Explosion hat nicht bloß einen großen Krater im Hörster Waldboden hinterlassen, sondern auch die Grundfesten unserer Polizeiorganisation erschüttert. So was gab es noch nie in Lippe!“

Koslowski sah ihn skeptisch von der Seite an.

Eugelink winkte ab. „Nee, lass mal stecken, dich halte ich da komplett raus. Aber pass bloß auf dich auf, ich glaube, die Sache wird eine Nummer zu groß für dich.“ Damit machte er am Waschbecken Platz.

Koslowski war bereits mit dem Abtrocknen fertig , als ihm noch eine Frage einfiel. „Ach, sag mal, weißt du übrigens, wie der Arzt hieß, der den Totenschein ausgestellt hat?“

Walfried Eugelink überlegte einen Moment. „Nee, aber ich werde ihn dir morgen früh per SMS schicken, okay?“

Koslowski nickte. „Bist ein echter Kumpel, Walfried.“

Dieser seufzte und öffnete die Toilettentür. „Mensch, Mensch. Das ist aber doch eher eine Sache für einen Profi“, mutmaßte er.

Koslowski blieb in der offenen Tür noch einmal stehen. „Wer sagt denn, dass ich kein Profi bin?“

Nun saß er im Wagen und war auf der Autobahn in Richtung Norden unterwegs. Aus dem CD-Player, so was hatte die alte Karre wenigstens, dröhnte der Soundtrack aus seinem Lieblingsfilm *Blues Brothers*, und Koslowski sang und trommelte lautstark bei *Rawhid*e mit.

In Höhe des Abzweigs Richtung Flensburg brummte sein Handy. Auf dem Display las er den Text: *Der Arzt ist ein Dr. Wilhelm Fischer aus Ringkøbing. Die Untersuchung leitet ein Kollege Larsson. Weidmannsheil!*

Koslowski tippte ein *Danke* ein und schickte seine SMS zurück an Eugelink.

Aus dem CD-Player klang nun *Think* von Aretha Franklin, und Koslowski nahm Kurs auf die Landesgrenze. Das Wetter schien gut zu werden.

Elf

Am frühen Nachmittag bog er von der Straße entlang der Holmsland-Küste ab und machte einen Abstecher nach Søndervig.

Hier irgendwo hatte man die Leiche gefunden. Direkt nach dem Übergang über die Dünen sah er schon den ersten der ehemaligen Bunker. Eine Stelle war auffallend frisch gestrichen, während die anderen Wände grau und teilweise mit Graffiti besprüht waren. War es sogar hier gewesen?

Koslowski ließ seinen Blick über die Nordsee schweifen. Der Himmel war klar, und die Sicht reichte bis weit auf das graue Wasser. Am Strand spielten Kinder und ließen Drachen steigen.

Er atmete tief durch und drehte sich um. Mitten auf der Düne stand ein Schild mit zwei Pfeilen. Der eine zeigte in Richtung Nordsee, der andere auf den nahe gelegenen Kiosk. *400 Meilen zum nächsten Guinness* stand unter dem einen, *40 Meter zum nächsten Tuborg* unter dem anderen. Beim Gedanken an ein schönes, eiskaltes Bier, egal welcher Nationalität, lief ihm das Wasser im Mund zusammen, doch bei dem, was er vorhatte, war eine Bierfahne eher hinderlich.

Vom Parkplatz des Einkaufscenters Søndervig, auf dem er geparkt hatte, fuhr er über die Kreuzung in Richtung Ringkøbing. Auf dem kleinen Kanal vor der Ortseinfahrt sah er einige Fischerboote auf dem Wasser dümpeln.

Damit wäre ich jetzt auch lieber unterwegs, als in dieser Geschichte herumzustochern, dachte er und blickte auf die Anzeige seines Navigationsgerätes.

Koslowski umfuhr den Ortskern und erreichte die Polizeistation Ringkøbing. Er parkte den Wagen direkt davor und stieg die Stufen des alten Backsteinbaus hoch.

Oben angekommen musste er schellen, um hineinzugelangen. Nach einigen anfänglichen Verständigungsschwierigkeiten erfuhr Koslowski, dass der Kollege Larsson zwar zufällig in Ringkøbing, aber zur Zeit wohl beim Essen sei.

Der Wachhabende wusste auch noch zu berichten, dass der Kollege Larsson sehr gerne chinesisch aß. Er solle es mal am Hafen versuchen.

Der Einfachheit halber ließ Koslowski den Wagen stehen und schlenderte durch die Fußgängerzone zurück in Richtung Hafen.

Als er das Hafenbecken erreichte, fand er neben dem hässlichen und seiner Meinung nach architektonisch völlig unpassenden Rathaus auch ein kleines China-Restaurant. Anhand der guten Personenbeschreibung des Wachhabenden konnte er Larsson auf der Terrasse problemlos erkennen.

Als Koslowski an dessen Tisch trat, löffelte der Däne gerade seine Suppe. Koslowski stellte sich im bestem Schulenglisch vor, denn er sprach kein Wort Dänisch. Aber sein Englisch musste wohl eine starken deutschen Akzent haben. Denn er war überrascht, als Larsson ihn in fließendem Deutsch begrüßte und dazu aufforderte, Platz zu nehmen.

Koslowski legte einen Presseausweis auf den Tisch. Auf den war er besonders stolz. Nicht, dass er jemals irgendwas mit der Detmolder Presse zu tun gehabt hätte, außer, dass er sie recht regelmäßig las. Aber bei einem Gelage hatte mal ein Fotograf seinen Presseausweis aus Wut auf seinen Arbeitgeber in den Mülleimer geworfen. Koslowski, schon immer mit einem Hang fürs Praktische ausgestattet, fand, dass man eine solche Gelegenheit keinesfalls verstreichen lassen durfte.

„Soso, Presse?“, fragte Larsson und schlürfte weiter an seiner Pekingsuppe.

„Ja, genau, ich arbeite für eine Lokalzeitung in Detmold“, bestätigte Koslowski. „Erlauben Sie mir die Frage, woher Sie so gut Deutsch sprechen?“

Larsson schüttete den Rest der Suppe aus der Schale auf den Porzellanlöffel und ließ ihn im Mund verschwinden.

„Hier in Dänemark ist Deutsch ein Schulfach wie bei ihnen Französisch."

Koslowski war es mehr als angenehm, sich in Deutsch verständigen zu können. Das erleichterte die Sache ungemein. „Ich komme wegen des Mordes am Strand von Søndervig."

Larsson sah ihn einen Moment lang an, dann erhellte Verstehen seine Miene. Mit der Hand schlug er sich gegen die Stirn. „Detmold? Klar, der Tote kam ja aus dieser Stadt", dämmerte es ihm.

Koslowski nickte zustimmend und winkte dem Ober. „Zeit für ein kaltes Bier", entschied er, nun, da das Eis gebrochen war. Larsson ließ sich gerne dazu einladen. Was ihn für Koslowski, gerade wegen der Tatsache, dass er vermutlich noch im Dienst war, sehr sympathisch machte.

„Ich bin an der Geschichte dieses Toten interessiert, da ich die Familie sehr gut kenne." Er lehnte sich zurück und blickte über das Hafenbecken.

„Und wie kann ich Ihnen da weiterhelfen? Die deutschen Behörden haben doch alle Unterlagen von uns bekommen." Larsson fischte nach seinen Zigaretten und steckte sich eine an.

„Ich habe berechtigte Zweifel an einigen vermeintlichen Tatsachen", äußerte Koslowski vorsichtig und sah, dass Larsson sofort hellhörig wurde.

Er richtete sich auf und machte den Eindruck, als wolle er zum Angriff blasen. „Sie zweifeln also unsere Arbeit an?", fragte er mit einem gefährlichen Unterton in der Stimme.

„Um Gottes willen, nichts liegt mir ferner! Ich habe einige Informationen, die den Schluss zulassen, dass der Tote hier nicht der ist, für den er gehalten wird."

Larsson sah dem Kellner zu, der die Gläser vor ihnen abstellte. Dann erkundigte er sich nach diesen besagten Informationen. Koslowski berichtete von Krameikes Beobachtungen, der Ermordung des Buchhalters und der Explosion der Jagdhütte.

Larsson hörte aufmerksam zu, nur ab und zu an seinem Bier nippend.

Koslowski schilderte alle Fakten so, wie ein Reporter sie aufgeschnappt haben könnte.

Nachdem er geendet hatte, sprachen beide eine Zeitlang kein Wort.

Larsson sah ihn dann nachdenklich an und nahm dann einen tiefen Schluck. Als er das Glas wieder abstellte und seine Zigarette ausdrückte, beugte er sich zu Koslowski hinüber. „Mein lieber deutscher Freund“, begann er und seine Stimme nahm einen drohenden Unterton an. „Ich möchte zunächst einmal mehrere Dinge klarstellen.“

Koslowski ahnte, dass es jetzt unangenehm für ihn werden würde.

„Sie haben in mir weder einen trotteligen Dorfpolizisten vor sich, noch einen ausgemachten Blödmann.“ Larsson sprach langsam und deutlich, als ob er Angst habe, dass Koslowski seine Worte nicht deutlich genug verstehen könnte. „Sie sind genauso wenig Journalist, wie ich Pfarrer. Und Sie haben auch keine Erkundigungen eingeholt, sondern einen Teil der Geschichten, die sie mir hier erzählen selber erlebt.“

Koslowski musste schlucken, bewunderte aber gleichzeitig die rasche Auffassungsgabe und die gute Menschenkenntnis des dänischen Polizisten.

„Und ich vermute auch, dass Sie kein Freund der Familie des Toten sind. Wie hieß er doch gleich noch?“

„Wie sind Sie darauf gekommen?“, fragte Koslowski neugierig.

Larsson steckte sich eine neue Zigarette an und lehnte sich zurück. „Sie sind einfach ein zu schlechter Lügner!“

Koslowski schüttete den Rest des Bieres hinunter und winkte dem chinesischen Kellner. „Wenn Sie gestatten, dann würde ich gern noch ein Bier ausgeben und dabei eine Beichte ablegen", sagte Koslowski.

Larsson schaute ihn einen Moment lang prüfend an. Nach kurzem Überlegen nickte er zustimmend.

Nachdem der Kellner mit der Bestellung den Tisch verlassen hatte, deckte Koslowski seine Karten auf und erklärte seine wahre Motivation. Er schilderte das Treffen und den anschließenden Mord an Tobergte. Den Einbruch in die Jagdhütte und den Fund im Keller. Zur Bestätigung zeigte er Larsson das Bild auf dem Handy. Auch den möglichen Zusammenhang mit dem Mord an dem Militaria-Händler ließ er nicht aus. Und all das in dem Zusammenhang, dass es sich bei dem oder den Tätern um alte Nazis handeln könnte.

Diese Vermutung ließ Larsson besonders aufmerksam werden. Sie wurden nur kurz vom Servieren neuer Gläser unterbrochen.

„Und nun habe ich den Eindruck, man will mir ans Leder", mutmaßte Koslowski.

Larsson wippte auf den Hinterbeinen des Stuhles. „Was könnte ich denn, mal vorausgesetzt ich wäre willens und auch in der Lage, Ihnen zu helfen, tun?"

„In Detmold und auch hier geht man davon aus, dass es sich bei dem Toten in Dänemark, der hier erschossen und in Deutschland beerdigt worden ist, um Cordt Kleine-Natrop handelt. Da das aber nicht stimmen kann, muss hier bei der Identifikation irgendwas schiefgelaufen sein."

Koslowski trank einen Schluck und genoss, wie das kalte Bier die Kehle hinunterfloss. „Irgendwer hatte die Absicht, das alle glauben sollten, bei dem Toten handele es sich um Kleine-Natrop. Aber wer könnte daran ein Interesse haben?"

Larsson und Koslowski hingen einen Moment lang jeder seinen eigenen Gedanken nach.

Larsson tippte mit dem Finger auf den Tisch, bevor er zu sprechen begann.

„Wir fragen uns ja immer, wer von einem Verbrechen profitiert, aber hier muss es heißen, wer profitiert von dem angeblichen Tod dieses Mannes? Doch wohl nur er selber, oder?“

„Genau“, antwortete Koslowski, „und wenn einer seinen angeblichen Tod bescheinigen kann, dann doch nur jemand von hier, oder?“

Larsson überlegte kurz und kratzte sich am Hinterkopf. „Wenn ich mich recht erinnere, hat ein Arzt aus Ringkøbing die Todesbescheinigung ausgestellt, aber die Fingerabdrücke hat unser Kriminaltechniker Stenberg genommen. Und für den lege ich meine Hand ins Feuer …“

Koslowski sah Larsson an, da dieser plötzlich mitten im Satz abgebrochen hatte.

„Einen Moment“, verlangte der Däne und kramte sein Handy aus der Jackentasche. Er drückte einige Tasten, und eine Moment später hatte er bereits die gewünschte Verbindung.

Ab diesem Moment hörte Koslowski nur dänische Worte, bis auf den Namen „Fischer“. Larsson stellte noch einige Fragen, die der Angerufene wohl zu seiner Zufriedenheit beantwortete, denn bereits während des Gespräches reckte er den Daumen nach oben. „Das war Stenberg, unser Kriminaltechniker“, sagte er und ließ das Handy wieder in die Tasche verschwinden. „Der hat ein Gedächtnis wie ein Computer und konnte sich noch deutlich an den Tag erinnern. Er sagte, ein Arzt aus Ringkøbing, von der Zentrale benachrichtigt, habe den Totenschein ausgestellt. Ein gewisser Dr. Wilhelm Fischer.“

Koslowski nickte zustimmend. Diese Information habe er auch, bestätigte er.

„Aber nicht die, dass dieser besagte Doktor auch die Fingerabdrücke genommen hat!“, konterte Larsson.

Koslowski zog die Augenbrauen hoch. „Das könnte doch die weiche Stelle sein, oder?“, vermutete er.

Larsson nickte zustimmend.

„Aber gestatten Sie mir doch noch eine Frage“, sagte Koslowski. Sie helfen mir so bereitwillig, ich glaube kaum, dass man in Deutschland mir gegenüber so offen wäre. Was ist der Grund für Ihre Hilfsbereitschaft?“

Larsson beugte sich leicht vor. Seine Augen verengten sich zu Schlitzen. „Wissen Sie, was ich auf der ganzen Welt am meisten hasse? Nazis! 1940, als die Deutschen hier einmarschierten, war mein Großvater Polizist in dieser Region. Weil er Widerstand geleistet hatte, sollte er eines Nachts von der Gestapo in seinem Haus festgenommen werden. Dabei hat man ihn erschossen. Mein Vater war damals zehn Jahre alt und musste alles mit ansehen. Das hat er nie vergessen können, und bis zu seinem Tod, vor ein paar Jahren, hat er darunter gelitten.“ Larsson seufzte tief bei dem Gedanken daran. „Mein Vater wurde später auch Polizist, und auch ich ging zur Polizei.“ Larsson beugte sich vor und legte beide Handflächen auf den Tisch. Dabei sah er Koslowski durchdringend an.

„Und jetzt tauchen Sie plötzlich hier auf, und die Geschichte holt mich wieder ein. Aber jetzt sehe ich endlich eine Chance, es diesen Nazis ein bisschen heimzuzahlen. Und dafür würde ich mich sogar mit dem Teufel verbünden.“

Den Vergleich mit Luzifer fand Koslowksi zwar wenig schmeichelhaft, aber er nickte verstehend.

Larsson lehnte sich zurück, und sein Blick schweifte über den Fjord hinaus. Die Vergangenheit hatte ihn sichtlich wieder eingeholt und erst nach einer Weile des Schweigens fand er in die Wirklichkeit zurück. Dann erläuterte er Koslowski den Plan für ihr weiteres Vorgehen. „Heute Abend dürfte die Praxis geschlossen sein. Was halten Sie davon, wenn wir diesem Dr. Fischer mal einen Besuch abstatten und ihn mit den Fakten konfrontieren? Ich rufe ihn nachher mal an und melde mich dann bei Ihnen.“

Koslowski sah Larsson ungläubig an. Sein Ausflug nach Dänemark und dieser Polizist waren ein echter Glücksfall. „Ich bin dabei“, sagte er und reichte Larsson die Hand.

„Heute Abend dürfen sie mich vorher noch zum Essen ins Restaurant *Bøffen* einladen. Das können sie ja auf Ihre Spesenrechnung als Journalist setzen“, lachte Larsson, und Koslowski musste sich geschlagen geben.

Zwölf

Gegen 18.00 Uhr trafen sie sich vor dem Restaurant *Böffen*. Sie bekamen einen Tisch im hinteren Raum, mit Blick auf die offene Küche, in welcher der Chef auf einer heißen Kochplatte Steaks briet. Der Deutsche genoss die fast puristische Ausstattung des Restaurants mit seinen sandgescheuerten Holzdielen, den alten Schiffsnamensschildern an der Wand und der großen Auswahl erlesener Weine.

Beide ließen sie sich ein ausgezeichnetes und sehr gut gebratenes Filetsteak schmecken und rundeten den Genuss mit einem trockenen Bordeaux ab. Sie genossen den warmen Abend bei geöffneten Fenstern und überlegten, wie sie bei dem Gespräch vorgehen sollten. Der Doktor hatte Larsson um einen Termin für 21.30 Uhr gegeben. Eher sei es leider nicht möglich, hatte er sich entschuldigt.

Koslowski drehte, in Gedanken versunken, den Stiel seines Weinglases zwischen den Fingern.

Larsson zündete sich eine Zigarette an und blies den Qualm zum Fenster hinaus. „Ich glaube, es wird das Beste sein, wenn ich das Gespräch führe, und Sie hören dabei einfach nur zu."

Koslowski nickte zustimmend. „Und wie erklären wir meine Anwesenheit?", wollte er wissen.

Larsson grinste. „Wir sagen gar nichts. Ich stelle mich vor und nenne nur ihren Namen. Sie werden erstaunt sein, wie viele Leute assoziieren, dass auch sie Polizeibeamter sind."

Das wiederum konnte sich Koslowski sehr gut vorstellen.

Sie gönnten sich noch ein Glas Wein, und gerade als er serviert wurde, betraten zwei hochgewachsene Männer mit langen, schwarzen Mänteln das Lokal. Sie trugen dunkle Hüte und waren bewaffnet. Jeder trug eine Hellebarde und eine Laterne. Um die Hüften hatten sie breite Gürtel geschlungen.

Als Larsson Koslowskis erstaunten Gesichtsausdruck sah, lachte er.

Während die beiden Männer zu singen begannen, erklärte er seinem erstaunten Gegenüber, was es damit auf sich hatte.

Das *Hotel Ringkøbing* war das älteste Hotel Dänemarks, und es hatte einen „Watchmans Pub". Hier versammelten sich Bürger, die des Tourismus wegen die Tradition der Nachtwächter aufrecht erhielten. Sehr zum Gefallen der unzähligen Besucher. Zwei aus dieser Gruppe waren jeden Abend in der Stadt unterwegs, sangen in den Gaststätten und an markanten Punkten die alten Wächterlieder und genehmigten sich dabei auch mal den einen oder anderen Schnaps. Im *Bøffen* ließ es sich der Wirt nicht nehmen, den beiden Nachtwächtern persönlich das flüssige Dankeschön zu bringen.

Koslowski genoss den Sommerabend, die Stimmung und die nette Gesellschaft und hätte hier noch stundenlang sitzen können, doch Larsson tippte auf seine Armbanduhr. „Es wird Zeit, wenn wir pünktlich da sein wollen!"

Koslowski rief nach der Rechnung. „Das sollten wir auf jeden Fall sein."

Nachdem er gezahlt hatte, traten die beiden aus dem einstöckigen, alten Haus auf die Straße und überquerten den Marktplatz.

Die Praxis des Doktors lag in der Nähe des Bahnhofs, und sie steuerten auf die Fußgängerzone zu. An der Eisdiele von *Häagen-Dazs* war noch etwas Betrieb, ansonsten hatten sich die Straßen schon geleert. Die beiden Männer gingen durch die Fußgängerzone in Richtung Bahnhof und bogen dann nach links ab.

In einer kleinen Seitenstraße blieb Larsson vor der Hausnummer 36 b stehen. An der Hauswand des einstöckigen und typisch dänischen Hauses war das Praxisschild des Arztes angebracht.

Larsson läutete, und bereits kurze Zeit später öffnete ein Mann um die Vierzig, hochgewachsen und schlank mit kurzen, blonden Haaren, die Haustür.

Larsson zückte seinen Dienstausweis und stellte sich vor. Bevor er Koslowski vorstellen konnte, wurden sie von Doktor Wilhelm Fischer bereits ins Haus gebeten. Wie erwartet, hatte er auf eine Legitimation Koslowskis verzichtet.

Die Männer betraten das Haus und wurden in einen Raum zur Rechten gebeten. Dr. Fischer bot ihnen Platz an und sie ließen sich in zwei Ledersesseln vor dem Schreibtisch nieder.

Koslowski ließ den Raum auf sich wirken. Die Wände waren grob verputzt und weiß gestrichen, was einen besonderen Kontrast zu den gut erhaltenen, schwarzen Balken bildete. An den Wänden hingen Bilder von Kriegsschiffen aus dem zweiten Weltkrieg und andere maritime Dinge. Auf einem Bild glaubte Koslowski die *Bismarck* zu erkennen. Sämtliche Möbel waren aus Mahagoni, die Sitzgelegenheiten aus dunklem Leder.

Doktor Fischer nahm hinter seinem Schreibtisch Platz. Dahinter sah man durch eine offene Doppeltür in den Garten.

Koslowski wandte sich dem Mediziner zu. Fischer war sicher 1,90 Meter groß und hatte ein klassisches Profil. Er machte einen guttrainierten Eindruck und besaß einen Körperbau, auf den Koslowski ein wenig neidisch war. Seine eigene Figur war teilweise ein Opfer des zu guten und häufigen Essens und des zu ausgiebigen Trinkens.

Fischer war leger, aber kostspielig gekleidet, und auch der Raum machte einen noblen Eindruck. Nicht schlecht für einen einfachen Landarzt in Dänemark, denn Ringkøbing hatte gerade mal 17.000 Einwohner und sicherlich mehr als nur einen Arzt.

„Meine Herren, womit kann ich Ihnen dienen“, fragte Fischer recht forsch.

Larsson räusperte sich und fuhr sich mit dem Fingern durch die Haare.

„Sie sind Deutscher, Herr Doktor?“

„Ja, warum?“, fragte Fischer erstaunt.

„Dann würde ich mich gerne auf Deutsch mit Ihnen unterhalten, das kommt meinem Begleiter auch zugute.“

Dr. Fischer nickte Koslowski zu.

„Sie sind ein Landsmann?“, fragte er erfreut.

„Ja, genau. Aus Detmold!“, antwortete Koslowski und sah dem Doktor dabei genau in die Augen. Nur ein unmerkliches Zucken ging durch dessen Lider.

Larsson übernahm das Gespräch wieder. „Es geht um den Toten aus Søndervig!“

Andächtig nickte Fischer.

„Ja, an den kann ich mich erinnern. Schreckliche Sache.“

„Wenn ich mich recht erinnere, dann haben Sie derzeit den Toten am Strand untersucht?“, hakte Larsson nach.

„Ja, genau, die Polizeizentrale hatte mich angefordert, da ich an dem Wochenende Bereitschaftsdienst hatte.“ Dr. Fischer blätterte in seinem Kalender nach, der auf dem Schreibtisch lag. „Genau, es war an einem Wochenende“, erinnerte er sich. „Aber da war nicht mehr viel zu untersuchen.“

„Wie kommt ein deutscher Arzt nach Dänemark?“, wollte Koslowski neugierig wissen.

Fischer lächelte. „Das fragen mich viele. Ich war bei der Bundeswehr als Arzt tätig und im Rahmen eines Austauschs mit Dänemark hier an einem Krankenhaus. Nach meiner Wehrdienstzeit bin dann zurückgekehrt und hier hängen geblieben.“

Koslowski nickte verstehend.

Doch Larsson wollte vorankommen. Er beugte sich im Sessel vor. „Sie haben damals auch die Fingerabdrücke des Toten abgenommen, oder?“ Koslowski achtete bei dem Satz wieder genau auf Fischers Augen. Und da war wieder dieses leichte Zucken.

„Äh, ja, äh, kann sein“, gab der Doktor zu. Larsson setzte nach.

„Ich bin mir da ganz sicher, da ich nämlich dabei war.“

Fischer stand auf und lehnte sich an eine schmale hohe Glasvitrine, gefüllt mit alten medizinischen Instrumenten.

„Ja, jetzt wo Sie es sagen, erinnere ich mich!“

Du lügst, dachte Koslowski, und dein Adamsapfel verrät dich.

Der Arzt hatte plötzlich vermehrte Speichelbildung und musste immer häufiger schlucken.

„Ja, jetzt erkenne ich Sie wieder, aber was wollen Sie von mir?“, fragte er Larsson.

„Nun, wir haben berechtigte Zweifel, ob die Fingerabdrücke des Toten korrekt waren.“

Fischer richtete sich auf.

„Wollen sie mich in meiner Ehre als Mediziner kränken?“, fragte er beleidigt.

Larsson ließ ihn ausreden.

„Sie wollen mir doch nicht etwa unterstellen, ich hätte eine amtliche Untersuchung manipuliert?“ Fischer schluckte heftiger.

„Doch, genau das glaube ich“, ließ sich nun Koslowski vernehmen und richtete sich im Sessel auf.

„Ich glaube, dass Sie zwar Fingerabdrücke genommen habe, aber die sind in Deutschland nie angekommen, denn Sie hatten ja bereits von dort welche bekommen.“

Fischer sah ihn entgeistert an, dann polterte er los. „So was brauche ich mir nicht gefallen zu lassen! Verlassen Sie auf der Stelle mein Haus!“, forderte er die beiden Männer auf. „Was bilden Sie sich ein?“

„Beihilfe zum Mord bilde ich mir ein!“, konterte Larsson gelassen, „denn wenn mein Nebenmann hier Recht hat, was ich übrigens glaube, dann wussten Sie bereits, wer der Tote war und vor allem, dass es nicht Cordt Kleine-Natrop aus Detmold war!“

Koslowski staunte, wie fließend dem dänischen Kripobeamten der Name mittlerweile über die Zunge ging.

Fischer wurde kreidebleich.

„Dazu kommt, dass es ja auf jeden Fall einen Mord gegeben haben muss. Denn die Leiche war echt!“ Larsson war ebenfalls aufgestanden. „Notfalls werde ich eine Exhumierung der Leiche in Deutschland beantragen und wir werden uns die Fingerabdrücke aus dem Sarg besorgen“, drohte Larsson.

Fischer begann zwischen Schrank und Schreibtisch auf und ab zu gehen.

Auch Koslowski stand auf und sah dem Arzt ins Gesicht.

„Ich glaube, dass Sie zwar das angebliche Opfer Kleine-Natrop kennen, aber den Toten nicht gekannt haben“, schoss Larsson erneut ins Blaue und landete eine weiteren Treffer.

Fischer blieb an der Vitrine stehen.

Koslowski führte nun den nächsten Schlag. „Wenn ich raten müsste, dann haben Sie Ihre Zeit in Deutschland am ehemaligen Bundeswehrkrankenhaus in Detmold absolviert!“

Fischer sah von Larsson zu Koslowski und war mittlerweile kreidebleich geworden. „Wo... wo... woher wissen Sie das?“, stotterte er.

„Sie sollten aufpassen, was Sie an Ihre Wände hängen“, sagte Koslowski und deutete auf ein Diplom, das neben ihm an der Wand hing. „Hier kann man deutlich lesen, wo es ausgestellt worden ist!“

„Und ich vermute weiter, dass Sie auch sehr gute Kontakte zur Familie Kleine-Natrop pflegen. Hatten die hier nicht Ferienhäuser?“, wollte Larsson wissen.

„Na und?“, fragte der Doktor zurück. Plötzlich schon wieder eine Spur sicherer. „Die Familie habe ich auch schon behandelt, als sie hier war!“

Koslowski sah Larsson an. Dieser blickte aus den Augenwinkeln zu ihm herüber.

„Und am Strand ist Ihnen das vollkommen entfallen?“

Fischer starrte Larsson an, enthielt sich aber jeglicher Antwort.

„Seltsam“, fand Larsson, „dass Sie sich da nicht bemerkbar gemacht haben, dass es sich bei dem Toten um einen Ihrer Patienten handelte.“

Fischer stützte sich hinter der Glasvitrine an der Wand ab.

So würden sie nicht weiterkommen, vermutete Koslowski und entschloss sich, das Verfahren auf seine Weise abzukürzen. „Ich will Ihnen mal auf die Sprünge helfen, Herr Stabsarzt!“, begann er. „Oder muss es Oberstabsarzt heißen?“

Fischer sah ihn entgeistert an. Dann schlossen sich seine Augen zu schmalen Schlitzen.

„Euer Naziverein legt doch wohl sehr viel wert auf Rang und Titel, oder?“

„Das verbiete ich mir!“, zischte Fischer, der mit einem Schlage nicht mehr so jovial aussah und Larsson hilfesuchend ansah.

„Ich glaube, jetzt reichen meine Deutschkenntnisse nicht mehr“, zuckte dieser die Achseln und überließ Koslowski das Reden.

„Weiter im Text!“, forderte dieser. „Sie haben die Pfoten in einem dreckigen Spiel. In Detmold will ein Altnazi krumme Dinger drehen oder vertuschen, und Sie stehen ganz oben auf seiner Lohnliste!“ Nochmals wollte sich Fischer entrüsten, doch Koslowski fuhr ihm über den Mund. „Sie haben dafür gesorgt, dass der Tote hier als Cordt Kleine-Natrop identifiziert wurde.“

„Wer ist denn der Tote? Ein armer alter Penner aus Oslo oder Kopenhagen?“, vermutete er.

Doktor Fischer wechselte die Gesichtsfarbe. Sein gelblich-grüner Teint unterschied sich jetzt sehr deutlich von der weißgeputzten Wand.

„Sie wissen gar nichts“, zischte Fischer. „Sie kleiner Spinner, Sie versuchen hier nur Spielchen!“

Koslowski fand, dass er genau auf dem richtigen Weg war. „Spinner?", fragte er, als ob er sich verhört hatte? „Welche Rolle spielen Sie denn in diesem Stück? Den Dr. Mengele für Fußgänger?" Koslowski warf einen Seitenblick auf Larsson, doch der machte keine Anstalten sich einzumischen.

„Sie verdammtes Schwein", rastete Fischer aus, „besudeln Sie solche Namen nicht!" Er bekam nun einen hochroten Kopf und hatte sich nicht mehr in der Gewalt.

Koslowski setzte nach. „Ihr armen, kranken Nazispinner! Eure Zeit ist lange abgelaufen, ihr wollt es nur nicht wahrhaben!"

„Du wirst schon sehen, wer am Ende triumphiert, und du wirst uns nicht im Wege stehen!"

Fischer schrie nun, und Speichel flog ihm dabei aus dem Mund.

Jetzt war es an Larsson, sich einzuschalten. „Herr Doktor, ich glaube, wir sollten uns auf der Polizeiwache weiter unterhalten!"

Fischer sah ihn an, nickte dann kurz und trat neben die Vitrine. Dort am Kleiderhaken hing eine helle Windjacke. Aber er nahm nicht die Jacke vom Haken, sondern griff hinter die Vitrine und riss diese gegen den Schreibtisch.

Noch während der Doktor mit zwei Sätzen durch die Terrassentür sprang, zersplitterte das Vitrinenglas laut scheppernd auf dem Schreibtisch. Splitter flogen den beiden Männer um die Ohren.

Koslowski machte einen Satz zum Schreibtisch und fasste dabei in die Scherben. Ohne sie zu beachten war auch er mit zwei Sätzen im Garten, während Larsson die Vitrine erst mit ein paar Fußtritten vom Schreibtisch auf die Erde befördern musste. Koslowski sah den Doktor über eine höhere Mauer aufs Nachbargrundstück springen. Auch er hastete zu der Mauer und klettere darüber. Das Nachbargrundstück war wiederum ein Garten. Er sah, wie Doktor Fischer nach rechts zu einem Durchgang auf die Straße rannte. Koslowski ließ sich fallen und hetzte hinterher. Hinter sich hörte er, dass auch Larsson bereits an der Mauer war.

Fischer nahm den Durchgang auf die Straße und war augenblicklich nach links verschwunden. Als Koslowski die Straße erreichte, sah er ihn über das alte Kopfsteinpflaster in Richtung Hafen rennen. Sein Vorsprung war etwas größer geworden, und Koslowski verfluchte alle Frikadellen und sämtliche Biere der letzten sechs Wochen.

Aber die Wut verlieh ihm die Flügel, die er brauchte, um den sportlichen Doktor nicht aus den Augen zu verlieren.

Hinter sich hörte er Larsson laufen, doch der schien nicht ranzukommen. Er ließ den Fliehenden nicht aus den Augen. Ein älteres Pärchen schreckte zusammen, als die Männer an ihnen vorbeirannten.

Ihre Schritte hallten auf dem Kopfsteinpflaster durch die beginnende Dämmerung. Koslowski merkte, wie ihm langsam die Puste ausging. Der Arzt bog nach links ab, und er hörte Larsson hinter sich keuchen: „Der will zum Hafen ... vermutlich ein Boot!“

Koslowski gab noch mal Gas und hatte das Gefühl, seine Oberschenkelmuskeln würden gleich platzen. Noch hatte er den Doktor im Blick. Dieser stürmte über den freien Platz vor dem Hafen, rannte auf den Holzsteg, vorbei am Chinarestaurant und mitten hinein in die sogenannte „Indianersiedlung“, eine Ansammlung von bunten Fischerhütten, in denen das Material für den Fischfang aufbewahrt wurde. Dann bog er nach einigen Metern um die Ecke eine der Holzhütten, und Koslowski hörte nun auch Larssons Schritte hinter sich auf dem hölzernen Steg. Wenige Augenblicke später war er bereits neben ihm. Beide bogen gleichzeitig um die Ecke und mussten aber auch gleichzeitig feststellen, dass der Flüchtige verschwunden war. Als sie langsamer wurden und sich umsahen, waren sie schon mitten im Labyrinth der Hütten.

Sie blieben stehen, und Larsson legte den Finger an die Lippen. Vielleicht könnte man die Schritte hören. Koslowski ging etwas weiter nach vorn und wollte um die nächste Ecke schauen, als er hinter sich eine dumpfen Schlag vernahm.

Als er herumwirbelte, sah er nur noch, wie Larsson zu Boden ging.

Hinter ihm stand Dr. Fischer mit einem Kantholz in den Hand und grinste hämisch.

Koslowski war in diesem Moment wie erstarrt.

Sie hatten sich überrumpeln lassen wie zwei Anfänger. Wut und Enttäuschung kamen in ihm hoch und mit dem Mut der Verzweiflung stürzte er nach vorn, dummerweise aber nur in das Kantholz, dass ihm der Doktor brutal in den Bauch schlug, nachdem er einfach einen Schritt zur Seite gegangen war.

Koslowski klappte zusammen wie ein Taschenmesser. Im ersten Moment dachte er, sein Magen würde explodieren. Gleichzeitig bekam er keine Luft mehr und ging in die Knie.

Im selben Augenblick versetzte ihm Fischer einen Tritt gegen den Kopf. Nur der Umstand, dass er dabei etwas abrutschte und außerdem leichte Wildlederslipper trug, war vermutlich der Grund, warum er Koslowski nicht den Schädel brach.

Der Tritt schleuderte ihn jedoch zur Seite und er lag halb unter dem hölzernen Geländer, welches den Steg zum Hafenbecken absicherte.

Nach einem Blick auf den regungslosen Larsson warf der Arzt das Kantholz weg und griff in die Tasche. Koslowski sah wie durch einen roten Schleier, dass der Arzt ein Springmesser mit einen Schlagring als Griffstück aus der Tasche zog. Mit einem hässlichen Klicken ließ Fischer das Messer aufspringen und kam langsam und böse grinsend auf Koslowski zu. Dieser litt immer noch unter dem Schlag und dem Tritt und war kaum in der Lage, sich zu bewegen.

Instinktiv versuchte er vor dem Angreifer wegzurobben, doch der trat auf sein Bein und hielt ihn damit an seinem

Platz. Ein weiterer Tritt traf Koslowskis Rippen, und er krümmte sich zusammen wie ein Embryo.

Der Arzt schien sein Vergnügen zu haben.

Mit einem nach unten geführten Messerhieb durchtrennte der Arzt Koslowskis Hosenbein und auch dessen Haut. Koslowski konnte kaum schreien, so sehr raubte ihm der Schmerz die Luft.

„Ich mach dich fertig, du krankes Subjekt", geiferte der Nazidoktor und trat auf die frische Wunde.

Koslowski versuchte erneut wegzukriechen, wurde aber von Fischer daran gehindert. Wie ein selbsternannter Rachegott stand er über ihm.

„Was weißt du schon von den großen Plänen, die die Welt verändern werden, du entartete Kreatur?" Fischer sah hasserfüllt auf ihn herab. „Wenn ich mehr Zeit hätte, dann würde ich dich bei lebendigen Leib häuten!"

Koslowski rang nach Atem, der Schnitt am Bein begann jetzt zu brennen wie Feuer, der Fuß des Doktors darauf tat ein Übriges.

„Dein Leben ist nur ein Dreck. Wir werden triumphieren, wie wir immer triumphiert haben!"

Fischer leckte sich über die Lippen.

Ein absolut durchgeknallter Irrer, dachte Koslowski, war sich aber im selben Moment sicher, dass ihm diese Erkenntnis nichts mehr nutzen würde. Dieser Spinner würde ihn abstechen wie ein Schwein. Der Arzt ging auf die Knie und zog Koslowski am Kragen hoch. Dieser konnte kaum atmen und brachte keinerlei Gegenwehr mehr zustande.

Wie gut, dachte er, dass der Revolver in seiner Reisetasche im Wagen lag. Wirklich clever!

Fischer hielt ihn seitlich am Hals fest und spuckte ihm aus dieser Position ins Gesicht.

„Nur damit du etwas weißt, womit du sowieso nichts mehr anfangen kannst. Der Tote am Strand war Arthur Rosenberg aus Kopenhagen, auch so eine Judensau!" Fischer grinste hämisch. „Der wurde von unserer Nummer drei so behandelt, wie dieser Dreck es verdient.“ Wieder spuckte er Koslowski ins Gesicht.

Koslowski hatte das Gefühl, sich übergeben zu müssen. Der Naziarzt hielt ihn fest und drückte ihn immer fester gegen das Holzgeländer.

„Und nun werde ich dich auf die lange Reise schicken!“

Koslowski sah in Fischers blutunterlaufene Augen und in sein hasserfülltes Gesicht. Er hatte das Gefühl, dass sich der Griff an seinem Hals noch verstärkte.

Aus den Augenwinkeln sah er, wie Fischer langsam und genüsslich mit dem Messer ausholte, um es ihm anschließend von unten durch die Rippen ins Herz zu jagen. Wiederum vollkommen realitätsfremd schoss Koslowski der Gedanke durch den Kopf, dass der Mann Mediziner war und sicher wusste, wie und wohin man stechen musste.

In diesem Moment hatte er eigentlich bereits mit allem abgeschlossen. Den folgenden ohrenbetäubenden Knall nahm er nicht bewusst war, und er bekam auch kaum mit, dass Blut über sein Gesicht spritzte. Nur dass sich der Griff schlagartig lockerte.

Als er den Kopf drehte, sah er wie durch einen Tunnel den Naziarzt mit einem kreisrunden Loch in der Stirn auf die Holzplanken fallen.

Koslowski hatte keinerlei Zeitgefühl mehr. Hatte alles nun Sekunden oder Minuten gedauert? Hunderstel oder Tausendstel? Er klammerte sich an das Holzgeländer und sah Larsson vor sich knien, seine Dienstwaffe noch in beiden ausgestreckten Händen haltend. Erst jetzt dämmerte Koslowski, was geschehen war. Larsson ließ sich auf die Ellenbogen fallen und seine Dienstwaffe polterte dabei auf den Steg.

„Danke“, krächzte Koslowski kraftlos. Larsson nickte ihm nur zu, selber noch unfähig zu sprechen.

Koslowski rutschte rückwärts am Holzgeländer hoch, bis er auf dem Steg saß. Dieser Anblick hatte etwas Groteskes.

Neben ihm lag die Leiche Fischers, vor ihm kniete der dänische Kriminalbeamte, der ihm soeben das Leben gerettet hatte, im Hintergrund, quasi als Kontrast die Idylle des Hafens. Am wolkenlosen Himmel sah man bereits die Sterne.

In diesem Moment sah Larsson hoch und Koslowski ins Gesicht. „Hey“, krächzte er, „weißt du was für ein Problem ihr Deutschen habt?“

Koslowski schüttelte den Kopf, immer noch unfähig zu sprechen.

„Ihr redet zu viel!“

Dreizehn

Die Sonne schien durch das Fenster, und Koslowski wurde langsam wach. Seit dem unrühmlichen Abend waren etliche Stunden vergangen.

Nachdem sie sich beide wieder bewegen konnten, hatte Larsson seine Kollegen zu Hilfe gerufen, und kurze Zeit später war der Ort des Geschehens abgesperrt gewesen.

Ein Krankenwagen hatte beide ins Krankenhaus von Ringkøbing gebracht, und dort hatten sich die dänischen Ärzte ihrer angenommen.

Erstaunlicherweise hatte Koslowski keinerlei Frakturen davongetragen. Das liege an seinem deutschen Dickschädel, hatte Larsson der Ärztin gegenüber behauptet, als sie ihn röntgte. Die Schnittwunde an Koslowskis Bein hatte sie sauber wieder zusammengenäht, während Larsson bereits seinen Kollegen Bericht erstattete und diese dann die Spuren sicherten.

Koslowski schwang die Beine aus dem Bett und setzte sich auf die Bettkante. Der Raum musste wohl das Kinderzimmer sein, denn an den Wänden hingen Bilder von Tokio Hotel und anderen internationalen Stars und Sternchen. Nachdem sie aus dem Krankenhaus entlassen worden waren, hatte Larsson ihn mit zu sich nach Hause genommen. Koslowski ließ sich widerspruchslos ins Bett abschieben. Irgendwann erschienen zwei Kollegen von Larsson. Sie hatten ihn nur kurz befragt und sich schnell wieder verabschiedet.

Zum Abendessen saß Koslowski dann am Tisch im Esszimmer und kaute auf Rühreiern und Knäckebrot herum. Larsson stand am Herd und briet weitere Eier.

„Wo ist deine Familie?“, fragte Koslowski.

Larsson drehte sich um. „Die sind alle in unserem Ferienhaus auf Rømø.“ Er schaufelte die Eier von der Pfanne auf die Teller und setzte sich ebenfalls an den Tisch.

Eine Zeitlang aßen sie schweigend.

Anschließend schob Larsson die Teller zur Seite und breitete einige Akten auf dem Küchentisch aus. Dann erklärte er, was die dänische Polizei ermittelt hatte, während Koslowski im Kinderzimmer seine Augen gepflegt hatte.

Im Haus des ominösen Doktors hatte man ein wahres Waffenarsenal gefunden. Nach Larssons Schilderung ähnelte es dem in der Jagdhütte im Teutoburger Wald. Beide waren auf einmal sehr froh darüber, dass der Doktor an diesem Abend „nur" ein Messer bei sich gehabt hatte.

Weiterhin hatte man Unterlagen gefunden, die eine finanzielle Verbindung zur Familie Kleine-Natrop bewiesen. Hier waren nicht unerhebliche Summen geflossen, und Fischer hatte wohl einiges auf ein separates Konto unter dem Namen „Sturmwind" überwiesen.

Weiterhin fand man im Keller einen Tresor, den man öffnete. Darin lag neben Bargeld nur ein einzelnes Dokument. Es handelte sich um ein Stück Papier, welches offensichtlich als Viertel von einem DIN-A4-Blatt abgetrennt worden war. Es schien sehr alt zu sein, die restlichen drei Teile fehlten. Larsson schob Koslowski eine Kopie davon über den Tisch. Dieser sah sie lange an, zuckte dann die Achseln.

Dann hatte die dänische Polizei mit ihren schwedischen Kollegen Kontakt aufgenommen und darum gebeten, nach einem gewissen Arthur Rosenberg zu suchen. Bislang hatte man ihn nicht gefunden und wollte sich nun auf die Suche nach Angehörigen machen. Sobald man fündig würde, bekäme Larsson sofort Bescheid, hatte man ihm versprochen.

Koslowski zog das Blatt mit der Kopie noch mal zu sich heran. Er drehte es hin und her, hielt es dann von sich weg.

„Wenn du mich fragst", vermutete Koslowski, „ist das ein Teil einer mathematischen Berechnung bzw. einer Formel oder so was Ähnliches!"

Larsson nahm das Blatt erneut in die Hand und sah es unter diesen Gesichtspunkten nochmals an. „Da könntest du recht haben", gab er zu und legte das Blatt auf den Stapel mit den anderen Papieren.

Koslowski stütze das Kinn in die Hände.

„Es muss auf jeden Fall sehr wertvoll sein, denn sonst hätte es der Doktor nicht in seinen Tresor eingeschlossen."

Larsson nickte und schenkte nach. „Und wo sind die drei anderen Teile?", wollte er wissen.

Koslowski sah aus dem Fenster. „Ich glaube, wir sind da einem Geheimnis auf der Spur!"

Larsson stand auf und räumte das Geschirr auf die Spüle. Als Koslowski helfen wollte, winkte er ab. „Du schon dich mal und denk an deine Rippen."

Die Untersuchung hatte zwar keine gebrochenen Knochen ergeben, aber einige satte Rippenprellungen. Koslowski ließ sich dankbar wieder auf die Bank sinken. „Habe ich dir eigentlich schon dafür gedankt, dass du mir das Leben gerettet hast?" fragte er den Hausmann Larsson.

Larsson überlegte kurz. „Also wenn du es jetzt noch einmal machst, dann war es das neunte Mal und ich finde, das reicht dann wirklich."

Larsson wollte gerade Spülwasser einlaufen lassen, als sein Handy klingelte. Er hörte aufmerksam zu, antwortete einige Male auf Dänisch und schaltete dann ab.

„Das war ein Kollege, der mich über die neuesten Erkenntnisse in Schweden informiert hat."

Koslowski sah ihn neugierig und erwartungsvoll an.

„Also, man hat eine Tochter von Arthur Rosenberg ausfindig gemacht. Sie gibt an, dass ihr Vater schon seit zwei Wochen verschwunden sei."

Koslowski lehnte sich zurück. „Hat sie denn keine Anzeige erstattet?", wollte er wissen.

„Nein!" Larsson stellte die Teller ins Spülbecken. „Sie sagte, dass ihr Vater schon des öfteren mal einige Zeit weg gewesen sei. Aber spätestens nach ein paar Tagen habe er sich immer telefonisch bei ihr gemeldet."

Koslowski drehte das leere Glas in seinen Händen. „Haben die Schweden gesagt, was Rosenberg so gemacht hat? Beruflich, meine ich?“

Larsson drehte sich um.

„Irgendwas mit Physik.“

Koslowski stellte das Glas ab und erhob sich. „Sag mal, habt ihr hier einen Computer?“

Larsson wischte sich die Hände ab und grinste. „Willst du jetzt spielen?“, fragte er.

Koslowski schüttelte unwirsch den Kopf. „Quatsch. Schon mal was vom Internet gehört?“

Larsson nickte und zeigte auf die Wohnzimmertür.

„Da drüben steht unser Familienrechner.“ Er öffnete die Tür und ließ Koslowski eintreten. „Aber frag mich nicht, wie das Ding angeht, ich benutze den nie!“

Larsson schüttelte sich. „So ein Ding im Büro benutzen zu müssen, reicht mir schon! Meine älteste Tochter surft viel im Internet.“

Koslowksi drückte den entsprechenden Knopf, und mit leisem Summen erwachte der Rechner. Er nahm auf dem Stuhl davor Platz und schaltete den Monitor an. Larsson zog sich einen weiteren Stuhl heran und sah gespannt zu. Nachdem der Rechner hochgefahren war, klickte Koslowski auf die Verbindung zum Internetprovider.

Zuerst erschien das Firmenlogo, dann im Anmeldefenster der Name der ältesten Tochter und in der Spalte Kennwort blinkte der Cursor. Koslowski sah Larsson fragend an, der zuckte jedoch nur die Schultern.

Koslowski lehnte sich zurück, sah auf den Bildschirm und rieb sich nachdenklich das Kinn. Dann beugte er sich vor und tippte ein Wort in das Eingabefeld. Nachdem der die Return-Taste gedrückt hatte, musste er zur Kenntnis nehmen, dass sein erster Versuch fehlgeschlagen war. Eine Sekunde später folgte ein neues Wort. Und siehe da, der Zugang zum Internet wurde freigegeben.

Larsson starrte ihn ungläubig an. „Wie hast du das gemacht?“, fragte er voller Neugier.

Koslowski lachte. „Ich vermute mal, das Zimmer, in dem ich geschlafen habe, ist das deiner ältesten Tochter, nicht wahr?“

Larsson nickte zustimmend.

„Also war der erste Versuch ‚Tokio_Hotel‘, und als es damit nicht ging, der zweite ‚Bill_Kaunitz‘.“

Koslowski klickte sich in das Programm und ließ den Computer nach dem Onlinelexikon *Wikipedia* suchen. Als er die entsprechende Seite aufgerufen hatte, gab er den Namen Arthur Rosenberg ein.

Beide Männer starrten gebannt auf den Bildschirm, als die entsprechende Seite aufgebaut wurde. Schweigend lasen beide den Text. Er war zwar mit dem deutlichen Hinweis versehen, dass nicht alle Informationen gesichert seien, aber dennoch sehr aufschlussreich.

Arthur Rosenberg, ein deutscher Jude, war 1916 in Berlin geboren worden. Er studierte Physik und war bald einer der Besten seines Jahrgangs. Er schloss sein Studium ab und erhielt, aufgrund seiner besonders guten Leistung, ein Stipendium. Dadurch kam er zur militärischen Raketenforschung nach Altenwalde, wo er an der Entwicklung von Abschussschleudern für V1-Raketen zur Reichweitenerprobung mitarbeitete.

Bereits hier arbeitete er angeblich an einem Programm zur Verringerung der Schwerkraft. Davon versprach man sich unendliche Reichweiten für Raketen. Seine vorrangige Aufgabe sah er aber in der Erforschung des Weltraums und weniger in der militärischen Verwendbarkeit. Als der Krieg näher rückte, lagerte man ihn zunächst, zusammen mit der Erprobungsstelle, nach Cuxhaven um, und im weiteren Verlauf des Krieges setzte sich Rosenberg wie viele andere dann ab. Vermutlich hatten ihn bis dato nur seine Fachkenntnisse vor dem KZ bewahrt.

Die alliierten Streitkräfte setzten alles daran, der deutschen Raketenbauer habhaft zu werden, um sie in ihren eigenen Programmen einzusetzen. Der größte Coup gelang ihnen, als sich Wernher von Braun, zusammen mit circa hundert anderen Wissenschaftlern, den amerikanischen Streitkräften in Oberjoch stellte und dann in die USA verschifft wurde.

Den jungen Physiker Rosenberg trieben sie in Schweden auf und brachten auch ihn für die Dauer von über drei Jahren in die Staaten. Dort war er ein gefragter Mann, weil amerikanische Wissenschaftler von seinen Aussagen über die Verringerung der Schwerkraft fasziniert waren. Unter großer Geheimhaltung sollte er dort sein Forschungsprojekt weiterbetreiben, doch fehlten ihm wichtige Teile einer langen Formel, die er angeblich zusammen mit zwei anderen Wissenschaftlern in Deutschland entwickelt hatte. Dabei hatte Rosenberg die praktischen Tests geleitet.

Die Formel soll angeblich in den Kriegswirren verloren gegangen sein. Bei den beiden anderen Wissenschaftlern handelte es sich um einen gewissen Diethardt von Schlitz, Physiker aus Cuxhaven, und um Heinrich Hegering, einen deutschen Metallfachmann. Von Schütz verschwand noch vor Kriegsende, und auch von Heinrich Hegering fehlte, laut Wikipedia, jede Spur.

Rosenberg kehrte nach den drei Jahren in seine Wahlheimat Schweden zurück und arbeitete dort für die Regierung. Unbestätigten Aussagen zufolge soll er auch dort, ebenso erfolglos wie in den USA, an der Komplettierung der Formel für die Aufhebung der Schwerkraft weitergearbeitet haben. Er heiratete später eine Schwedin, wurde Vater einer Tochter und lebt in Östersund.

„Lebte!“ Koslowski tippte gegen die Scheibe des Bildschirmes. „Lebte muss es heißen. Nun ist er tot!“

Larsson kramte nach einer seiner Zigaretten. Als er sie bereits zwischen den Lippen hatte, bemerkte er, dass er im Zimmer seiner Tochter war und steckte sie wieder weg. „Ich bin doch erstaunt, was man im Internet so alles recherchieren kann“, gab er zu.

Koslowski schaltete den Rechner aus und erhob sich.

Larsson rückte den Stuhl zurück, und beide begaben sich wieder ins die Küche.

Dort steckte er sich seine Zigarette an. „Ich glaube, wir haben da in ein Wespennest gestochen!“, vermutete er. „Ich würde alles darauf verwetten, dass dieser Zettel hier“, er griff dabei nach der Kopie des Dokuments aus dem Tresor des Doktor Fischer, „ein Teil dieser Formel ist.“

Larsson nahm ihm das Papier aus der Hand und betrachtete es neugierig unter den neuen Aspekten. „Davon habe ich keine Ahnung“, sagte er und setzte sich an den Küchentisch. „Ich war schon in der Schule eine physikalische Niete!“

Koslowski grinste. „Warum kommt auch mir diese Selbsterkenntnis so bekannt vor?“, fragte er lachend.

„Also werden wir mit unseren Kenntnissen nicht weiterkommen!“ Larsson schnippte die Asche aus dem offenen Fenster in den Blumenkasten, dabei nickte er zustimmend. „Wenn dieser Zettel ein Teil der Formel ist, dann muss Doktor Fischer ja irgendwie an ihn gekommen sein. Vermutlich hat er ihn dem ermordeten Rosenberg abgenommen. Also hätte er ihn auf dem Gewissen. Und dann müsste es ja auch noch andere Teile dieser Formel geben“, vermutete Larsson.

„Richtig“, sagte Koslowski, „wenn das der Fall ist, dann ist man nun hinter diesen Teilen her!“

Koslowski dachte kurz nach. „Nur an die Theorie, dass der Doktor der Mörder ist, glaube ich nicht. Er hat was von einer Nummer drei erzählt, die Rosenberg hingerichtet haben soll.“ Larsson hielt mitten im Inhalieren inne, und der Rauch quoll ihm aus Mund und Nase. „Ich habe nichts gehört.“

„Da lagst du auch noch am Boden“, erinnerte sich Koslowski langsam wieder.

„Und das würde bedeuten ...“, begann Larsson, brach dann aber mitten im Satz ab, weil er fürchterlich husten musste.

„Das bedeutet“, führte Koslowski den Satz zu Ende, „dass Dr. Fischer Rosenberg schon vor seinem Tod seinen Teil der Formel abgenommen hat. Denn sie konnten nicht riskieren, dass sie durch den Mord beschädigt wird.“ Koslowski schüttelte sich bei dem Gedanken.

„Was auch erklären würde, warum sie in Fischers Tresor lag.“

„Genau“, stimmte Koslowski des Überlegungen des Dänen zu. „Und der Täter hat Dänemark aus Sicherheitsgründen zunächst erst mal ohne die Formel verlassen.“ Larsson drückte seine Zigarette aus. Koslowski dachte bereits weiter. „Wenn die falschen Leute, und zu den gehören Fischer und Konsorten, die ganze Formel in die Finger kriegen, dann beginnt der Mist mit dem Traum von der Weltherrschaft wieder von vorne!“

„Du meinst, so eine Art Viertes Reich? Also, ich weiß nicht. Das scheint mir doch reichlich albern“, wollte Larsson offenbar sich selbst beruhigen.

„Albern? Na, ich weiß nicht. Die Dummheit stirbt niemals aus. Ich kann mir ganz gut vorstellen, dass es eine ganz Horde von Verblendeten gibt, die von so einem neuen, schwachsinnigen Vierten Reich träumen“, sagte Koslowski.

„Hm. Möglichweise hast du recht. Man ist ja sogar bereit, für diese Sache zu morden“, gab Larsson zurück.

Larsson hing eine Zeitlang seinen Gedanken nach. „Man könnte die ganze Geschichte für einen Roman halten , wenn es nicht so brandgefährlich wäre“, schüttelte er den Kopf.

Koslowski sah ihn an und grinste mit vor Schmerz verzerrtem Gesicht. „Ich bin ja ein echter James-Bond-Fan. Aber dass ich in Wirklichkeit mal in so was reingerate, hätte ich nie für möglich gehalten!“

Vierzehn

Koslowski rieb sich nachdenklich über seine vom Kantholz lädierten Rippen und betastete zusätzlich seinen Kopf, während er mit dem Wagen zurück Richtung Detmold fuhr. In die Stadt, die er eigentlich gar nicht hätte verlassen dürfen.

Die Untersuchungen in Dänemark liefen noch, und man wollte sich nach ihrem Abschluss an die deutsche Polizei wenden. Doch das würde noch etwas dauern, da ihm Larsson versprochen hatte, die Sache so lange wie möglich rauszuzögern.

Auf die Frage Koslowskis, warum er das machen würde, hatte er ihm geantwortet, dass er nichts auf der Welt so hassen würde wie Nazis. Außerdem traue er auch der deutschen Polizei nicht hundertprozentig, und so wollte er Koslowski mehr Zeit geben, selber in dieser Sache zu ermitteln.

Nachdem Koslowski sich verabschiedet hatten, trat er die Heimreise an.

Koslowski ließ Struntes alten Golf mit 130 km/h über die Autobahn rollen und hing seinen Gedanken nach. In seinem Gepäck hatte er eine Kopie des Schriftstückes mit der möglichen Formel.

Immer wieder kehrten in seiner Erinnerung die Minuten auf dem Bootssteg in Ringkøbing zurück und ließen ihn schaudern. Das hätte auch nach hinten losgehen können. Voller Dankbarkeit dachte er an den dänischen Polizisten.

Aber gleichzeitig war er auch sauer und wütend. Man hatte ihm eine Leiche in den Wagen gesetzt, versucht ihn in die Luft zu sprengen und nun fast auch noch abgestochen. Er schwor sich, dass diese Rechnung beglichen würde. Nur, wie sollte er vorgehen, und was musste er als Nächstes tun?

Wichtige mögliche Ansatzpunkte lagen sicherlich bei von Schlitz und Hegering und ihren Teilen der Formel. Aber er hatte im Internet nichts Weiteres über die beiden gefunden, was ihm weitergeholfen hätte. Koslowski war sich sicher, dass sie damals die Formel als eine Lebensversicherung geteilt hatten.

Einen Teil hatte Rosenberg behalten und es lag nahe, dass auch die anderen Wissenschaftler jeweils einen Teil besaßen. Das wären drei, aber wer hatte den vierten?

Und irgendwie musste es da eine Verbindung nach Detmold, zur Familie Kleine-Natrop geben. Koslowski sah die Grenze auf sich zukommen und war bald darauf wieder zurück in Deutschland.

* * *

Während er über die Autobahn in Richtung Lipperland rollte, saßen in einem abgelegenen Haus in Berlebeck, dem Detmolder Ortsteil, der unter anderem für seine Adlerwarte bekannt ist, drei Männer zusammen.

Das Haus lag hoch über allen anderen, und von seiner obersten Etage sah man weit über das Tal hinüber auf den Berlebecker Forst. Es war nur über eine steile Treppe zu erreichen und machte einen stark gesicherten Eindruck. Eine hohe Mauer umgab das gesamte Gelände und war im Eingangsbereich mit schweren, schmiedeisernen Toren gesichert. Auf den Torpfosten waren Videokameras montiert und auf den Mauern blitzten die Stacheln des sogenannten Nato-Drahts. Größere Bäume und Büsche verdeckten die Sicht auf den Erdgeschossbereich.

Gebaut in steiler Hanglage, befand sich die Rückfront komplett im Berg.

Zwei Garagen im Erdgeschoss waren in den Fels gesprengt worden, und nur, wer das Haus kannte, wusste, dass man von dort aus, über einen Gang ins Haus und über einen Fahrstuhl in die oberen Etagen gelangen konnte.

Ein Namensschild suchte man vergebens und die Berlebecker nannten es einfach nur die „Festung“.

Der Besitzer war angeblich ein großer Konzern und unterhielt es als Gästehaus. Personal sah man nur, wenn Besucher im Haus waren.

Es gab einen Hausmeister, aber der sprach, wie alle anderen, kaum ein Wort mit den Anwohnern.

In der obersten Etage, in der die drei Männer saßen, herrschte absolute Stille.

Der Raum erstreckte sich fast über die gesamte Etage und bestand auf der einen Seite nur aus Fenstern, die einen grandiosen Blick freigaben. Die dreifachen Scheiben ließen von außen keinen Laut ins Zimmer.

Wer hier auf dem Balkon an den Fenstern stand, hatte das Gefühl, dem Himmel ein wenig näher zu sein. Nur hatten diese drei Männer absolut nichts mit dem Himmel zu tun, eher mit dem Gegenteil.

Sie saßen in wuchtigen, schwarzen Ledersesseln und hatten große Cognacschwenker vor sich stehen.

Das Alter der drei Männer war sehr unterschiedlich. Einer um die achtzig Jahre alt, die man ihm aber nicht ansah. Der zweite war sicherlich nicht viel älter als Mitte fünfzig, und den dritten hätte man auf vierzig Jahre geschätzt.

Keiner hätte dem ältesten und dem jüngsten angesehen, dass es sich dabei um Vater und Sohn handelte. Beide eher konservativ gekleidet und bemüht um ein gepflegtes Äußeres.

Der Mann um die Fünfzig war hingegen leger, aber dennoch kostspielig gekleidet und unterschied sich sowohl vom weißhaarigen Älteren als auch vom Jüngeren mit seinen kurzgeschnittenen, blonden Haaren.

Cordt Kleine-Natrop beugte sich nach vorn und ergriff den großen Cognacschwenker mit beiden Händen. „Ich verstehe nicht, warum sich Doktor Fischer immer noch nicht gemeldet hat."

Er nahm einen Schluck und wärmte den Cognac mit beiden Händen im Glas auf.

Der jüngere Mann fühlte sich angesprochen. „Ich weiß auch nicht, was da vor sich geht. Zum Glück hat er die E-Mail mit dem gescannten Teil der Formel geschickt. Aber was kann Dr. Fischer schon groß passiert sein?“

Der dritte Mann enthielt sich der Diskussion und sah lediglich von einem zum anderen.

Kleine-Natrop Senior schüttelte den Kopf. „Viel“, sagte er, viel kann ihm passiert sein!“ Er stellte den Cognacschwenker zurück auf den Tisch und fuhr fort, „denkt nur an diese aufdringliche Made Koslowski, oder wie dieser Kerl auch immer heißt! Erst trifft er sich heimlich mit Tobergte, diesem untreuen Idioten, und wir können auch nicht ausschließen, dass er in der Jagdhütte war.“ Der Gedanke an die zerstörte Jagdhütte ließ ihn aufstöhnen: „Wenn ich mir vorstelle, was da alles in Rauch und Flammen aufgegangen ist.“

Kleine-Natrop junior nickte zunächst bestätigend, wiegelte dann aber ab. „Die Sache mir der Sprengfalle war schon nicht schlecht. Da ist kein Stein auf dem anderen geblieben, und die Bullen werden nicht mitkriegen, was da hochgegangen ist.“ Er grinste bei dem Gedanken.

Der dritte Mann sagte immer noch nichts, dachte sich aber anscheinend seinen Teil.

„Wenn ich mir vorstelle, was da so an idealistischen und ideologischen Werten in die Luft geflogen ist.“ Cordt Kleine-Natrop biss sich vor Wut auf die Lippen.

Der dritte Mann griff nun ebenfalls nach seinem Cognac, trank bedächtig ein kleinen Schluck und stellte das Glas auf die Sessellehne. Er sah nochmals langsam von einem zum anderen und beugte sich dann vor. Mit leiser aber eindringlicher Stimme gab er seinen Kommentar ab. „Ich habe es schon vorher für außerordentlich dumm gehalten, dass man solche wertvollen Dinge wie Waffen und Führerbilder an einem so profanen Ort, wie es eine Jagdhütte ist, versteckt. Und wenn ich nicht auf die Anbringung einer Sprengfalle bestanden hätte, dann würden nun die Behörden Sturm laufen.“ Er nahm erneut einen kleinen Schluck, ließ den Cognac die Kehle langsam herunterrinnen und sprach dann langsam, aber betont weiter. „Ich habe mittlerweile durch meine Beziehungen dafür sorgen lassen, dass die Untersuchungen in eine bestimmte Richtung laufen. Man geht von der Explosion eines Gasbehälters aus. Alle Waffen sind glücklicherweise so beschädigt worden, dass man sie kaum zuordnen wird.“

Er trank das Glas aus und winkte ab, als Wilhelm Kleine-Natrop nachschenken wollte und fuhr fort, „Ich glaube, zwei Dinge sind im Moment wichtig für unser weiteres Vorgehen.“

Die beiden Männer hörten ihm erwartungsvoll zu.

„Zunächst müssen wir versuchen, die restlichen Teile des Blattes mit der Formel zu bekommen“, erläuterte der Mann. Cordt Kleine-Natrop nickte zustimmend.

Der Mann resümierte weiter. „Mit dem Teil aus Schweden, was Dr. Fischer diesem Rosenberg abgenommen hat, und meinem Teil sind es zwei. Es fehlen also noch zwei Teile. Das Teil aus dem Besitz des von Schlitz und das Teil von Hegering“, erklärte er. „Weiterhin müssen wir diesen Schnüffler Koslowski ausschalten. Er ist mir nicht geheuer.“

Wilhelm Kleine-Natrop schaltete sich nun in das Gespräch ein. „Kein Mensch weiß etwas Genaues über diesen Koslowski. Woher er kommt, was er macht und warum er sich überhaupt in diese Sache eingemischt hat.“

Der Mann aus der Mitte lächelte, und es war ein sardonisches Lächeln. „Der Grund seiner Einmischung ist mir vollkommen egal, aber er wird dafür bezahlen!“

Cordt Kleine-Natrop schlug mit der Faust in die hohle Hand. „Darauf können Sie sich verlassen. Wir haben da schon einen Plan.“

Sein Sohn Wilhelm nickte zustimmend.

„Und wir hoffen auch, dass es diesmal eine endgültige Lösung sein wird“, unterstützte er die Aussage seines Vaters.

Der Mann aus der Mitte nickte wohlwollend und stand auf.

„Meine Herren“, erklärte er, „Sie wissen, was die Rettung und Umsetzung der Formel für uns bedeutet. Wenn wir in der Lage sind, das Ergebnis richtig einzusetzen, dürfte es die Gesellschaftsordnung, nicht nur in Deutschland verändern.“

Die beiden anderen Männer hatten sich ebenfalls erhoben. „Ich kümmere mich um die beiden fehlenden Teile der Formel. Wenn wir die erst haben, dann werden wir aus Deutschland wieder das machen, was es einmal war.“

Beide Männer stimmten ihm darin vollkommen zu.

Der Mann ging langsam, gefolgt von Vater und Sohn, in Richtung Fahrstuhl. Fast ehrfürchtig warteten sie an seiner Seite darauf, dass der Aufzug nach oben kam.

„Also, meine Herren, keine Fehlschläge mehr. Kümmern sie sich um diesen Koslowski! Entsorgen sie ihn, sonst werde ich Sie entsorgen lassen. Denn für Versager ist in unserer neuen Organisation klein Platz!“, drohte er.

Der Fahrstuhl kam, die Tür öffnete sich, der Mann betrat die Kabine und drehte sich um.

„Heil Hitler“ rief er und riss dazu den Arm hoch.

Augenblicklich wurde sein Gruß von den Kleine-Natrops erwidert. Dann schloss sich die Fahrstuhltür und ließ die beiden Männer allein zurück.

Nach einigen Sekunden erwachten sie wieder aus der Starre. Beide gingen zurück zum großen Glastisch und der Senior schenkte die Gläser wieder voll.

„Es ist ein Freude, zu sehen, welche Männer dieses Land hervorbringt, auch noch Jahre, nachdem das Reich unseres geliebten Führers verraten wurde.“

Der Sohn nickte und trank hastig sein Glas aus. „Wie wollen wir jetzt weiter vor gehen?“, fragte er.

Der Alte nahm nur einen kleinen Schluck und sah ihn an.

„Ich werde mich um dieses Geschmeiß kümmern, und du wirst ganz normal in der Firma weiterarbeiten.“

Wilhelm Kleine-Natrop schüttete sich den Schwenker fast randvoll. „Auf unsere sieg- und glorreiche Organisation!“, rief er aus und stieß mit seinem Vater an.

„Sollte ich mich aber nicht besser um diesen Koslowski kümmern?“, fragte er.

Kleine-Natrop senior war zwischenzeitlich an das große Wohnzimmerfenster getreten und sah auf den Berlebecker Forst. Dann drehte er sich langsam um und grinste diabolisch. „Mein Sohn, erinnere dich, dass ich bereits tot bin. Mich kann niemand mehr belangen, dem toten Juden Rosenberg sei Dank!“ Damit brach er in schallendes Gelächter aus.

Fünfzehn

Die Nacht im eigenen Bett hatte Koslowski gut getan. Er erwachte erfrischt und ausgeruht. Nachdem er unter die Dusche gegangen war, setzte er sich an den großen Esstisch und warf einen Blick in die Detmolder Lokalzeitung. Hier in Lippe war nichts sonderlich Aufregendes passiert.

Die Story aus Ringkøbing würde hier eine ganze Seite füllen.

Er ließ seine Kaffeemaschine noch einen Tee machen und ging dann in sein Arbeitszimmer hinüber.

Auf dem Schreibtisch lag ein altes, in Leder gebundenes und abgegriffenes Buch. Koslowski ließ sich in seinen hohen Chefsessel fallen und blätterte in dem Buch. Manch einer hätte einiges gegeben, wenn er dieses Buch hätte lesen dürfen.

Koslowski führte nämlich ein Buch über Leute, denen er schon mal geholfen hatte und die ihm noch einen Gefallen schuldig waren. Alle waren mit Namen, Anschriften und Telefonnummern eingetragen. Neuerdings kamen auch immer mehr E-Mail-Adressen dazu. Nach einigem Blättern hatte Koslowski das gefunden, was er gesucht hatte. Er schrieb den Namen und die anderen Informationen zu dem Namen auf einen Zettel und legte das Buch zurück auf den Schreibtisch. Einen Moment lang dachte er noch nach, dann griff er zum Telefon.

Während er mit einer Hand durch das elektronische Adressbuch blätterte, öffnete er mit der anderen Hand eine Schreibtischschublade. Er entnahm ihr ein Bündel Visitenkarten und warf sie auf den Schreibtisch. Als er zu dem richtigen Namen gekommen war, drückte er die Wahltaste und kurze Zeit später schellte es am anderen Ende der Leitung. Koslowski ging ins Wohnzimmer hinüber und holte nochmals Geld aus dem Tresor hinter dem Joe-Cocker-Plakat, diesmal jedoch ein dickeres Bündel.

Als er die Scheine auf den Tisch legte, meldete sich der Angerufene. „Autovermietung Stieger. Jobst Stieger am Apparat, was kann ich für Sie tun?“

Koslowski stellte als Erstes eine Frage. „Hallo Jobst, wie geht es deinem Bruder?“

Am anderen Ende der Leitung war es einen Moment lang still, dann erklang die Stimme wieder. „Mein Gott, Koslowski! Dass es dich noch gibt!“ Stieger schien tatsächlich erfreut. „Meinem Bruder geht es gut, er ist von dem Dreckszeug runter und hat Deutschland den Rücken gekehrt.“ Stieger sagte etwas zu einer anderen Person und dann hörte man, wie er seine Bürotür schloss. „So, jetzt kann ich ungestörter reden.“

Koslowski saß wieder in seinem Bürostuhl und legte die Beine auf den Schreibtisch.

„Mein Bruder hat es damals dank deiner Hilfe geschafft, heil aus dieser Sache rauszukommen. Das hat ihm wohl die Augen geöffnet!“

Koslowski dachte an die Geschichte, die sich vor etwa fünf Jahren in Dortmund abgespielt hatte. Damals hatte er den jüngeren Bruder von Stieger aus einem echten Schlamassel geholt. Ansonsten wäre vermutlich die Spitze der dortigen Drogenszene mit ihm Schlitten gefahren.

Stiegers Stimme riss ihn aus den Gedanken und holte ihn in die Gegenwart zurück.

„Der Kleine lebt jetzt in Schweden, hat eine Freundin und wird im nächsten Jahr wohl seinen Meister als Zimmermann machen!“, hörte Koslowski den Bruder voller Stolz berichten.

„Na, das ist doch mal was Erfreuliches!“

„Und ich sage es dir, das hat er nur dir zu verdanken. Aber du warst ja auf einmal so schnell verschwunden.“

Koslowski dachte an seinen schnellen Abgang aus der Stadt des BVB. Aber das war nicht der Grund gewesen, warum er nach Lippe gekommen war. Das war wieder eine völlig andere Geschichte, von der aber kaum einer etwas wusste.

„Tja, manchmal muss man ganz schnell die Platte putzen. Ich hatte noch was anderes Wichtiges zu erledigen. Aber das ist nicht der Grund, warum ich Dich anrufe."

„Junge, was immer es ist, raus damit", ließ sich Stieger vernehmen.

„Ich brauche einen fahrbaren Untersatz!"

Stieger lachte laut auf. „Na, da bist du bei mir doch goldrichtig."

„Ich brauche was Spezielles. Und ich weiß nicht, ob du mir da weiterhelfen kannst, es sei denn ...", ließ er den Satz unvollendet und Stieger nahm den Ball sofort auf.

„Was suchst du denn? Einen Radlader, einen Jaguar oder einen Trecker?"

„Mich würde mal interessieren, ob du den ML von diesem Russenboss noch hast?", wollte Koslowski wissen.

Am anderen Ende der Leitung hörte man Stieger pfeifen. „Donnerwetter, du scheinst ja mächtig was am Hacken zu haben. 350 PS und schusssicher! Da brennt aber anscheinend gewaltig der Baum, oder?"

„Tu mir einen Gefallen", bat Koslowski. „Sag mir nur, ob du die Karre noch hast und ob ich ihn für ein bis zwei Wochen haben kann?"

Stieger kapierte schnell. „Also mit anderen Worten: Wenn er noch da ist, voll tanken, auf den Hof stellen und die Schnauze halten, richtig?"

„Jobst, ich habe schon immer deinen Blick fürs Wesentliche bewundert!"

„Wenn du mir zwei Stunden Zeit gibst, kannst du ihn dir hier abholen."

Koslowski ballte zufrieden die Faust. „Die Karre wollte sowieso nie einer haben, und nachdem sich der alte Russenpatriarch totgesoffen hatte, steht es sich hier auf dem Hof nur noch die Reifen eckig, das schwere Biest."

Koslowski war zufrieden. Das war ein Auto nach seinem Geschmack. Zwar immens schwer, aber dafür ausreichend motorisiert. „Mach fertig, die Karre! Ich bin gegen Mittag bei dir in Augustdorf!“

„Und ich bin froh, dir mal helfen zu können. Bis nachher!“ Stieger legte auf.

Koslowski nahm das Geldbündel und den Stapel Visitenkarten vom Schreibtisch und warf im Schlafzimmer alles in seine Reisetasche. Unten drin lagen immer noch der Revolver und die Munition.

Er packte Wäsche und andere Bekleidung darauf und ging noch mal zurück ins Büro. Aus der untersten Schublade holte er ein uraltes Handy. Das dazugehörige Ladegerät landete ebenfalls in der Reisetasche.

Man konnte ja über den alten Telefonknochen sagen, was man wollte, aber eine unschätzbare Eigenschaft hatte er. Man konnte Gespräche nicht zu ihm zurückverfolgen, und niemand war in der Lage, die Rufnummer zu lesen, wenn er es nicht wollte. Das konnte in seiner jetzigen Situation ein unschätzbarer Vorteil für ihn sein.

Er warf noch einen letzten Blick in die Runde, schloss dann Reisetasche und Wohnungstür und schellte bei seinem Vermieter. Dort erklärte er, dass er einige Tage unterwegs sei und man ihn übers Handy erreichen könne. Am Briefkasten drehte er sein Namensschild um, sodass der Briefträger deutlich erkennen konnte, dass er verreist sei. Und hoffentlich nicht nur der, dachte Koslowski bei sich. Denn schon bald würde man sich sicherlich um ihn kümmern.

Koslowski lief die Hindenburgstraße hinunter, überquerte die Friedrich-Ebert-Straße und wartete an der Bushaltestelle neben der Sparkasse.

Wenige Momente später hielt ein Sportwagen neben ihm. Koslowski musste sich bücken, um in das Fenster sehen zu können.

„Ich dachte mir, den kennst du doch!“

„Hoppla, Frau Wachtmeister!“, begrüßte Koslowski die Beamtin Untermüller. „Heute dienstfrei und mal selber Gas geben?“, wollte er feixend wissen.

„Na, so ähnlich, und wo soll es hingehen?“, fragte die Beamtin.

„Nach Augustdorf, ich muss dort einen Wagen abholen.“

Koslowski sah zur Seite, ob der Bus schon kam.

„Na das trifft sich! Ich fahre nach Köln! Muss mal wieder abfeiern.“ Sie machte eine einladende Geste. „Hopp! Mal rein, hier geht es auch ohne Fahrschein! Ich fahre sowieso über Augustdorf.“

Koslowski ließ sich nicht zweimal bitten und zwängte sich auf den Beifahrersitz des Mazda MR2, nachdem er seine Reisetasche auf den Rücksitz verfrachtet hatte.

„Was sagt denn der Gatte dazu, wenn gnädige Frau mal eben nach Köln rüber macht?“, fragte Koslowski scheinheilig.

Die Beamtin Untermüller legte den Gang ein und ließ sportlich die Kupplung kommen. „Gatte?“, fragte sie ungläubig.

„Kaufen Sie ‘ne ganze Kuh für einen Liter Milch?“, wollte sie wissen.

„Na dann Lebensgefährte“, bohrte Koslowski neugierig nach.

Die Frau hatte was, das war ihm schon bei ersten Treffen aufgefallen. Keine ausgesprochene Schönheit, aber eine Frau, nach der sich alle umdrehten, wenn sie einen Raum betrat. Koslowski musterte sie von der Seite.

„Kennen Sie die Steigerung von Lebensgefahr?“, wollte die Polizistin wissen und passierte die Hiddeser Straße.

Koslowski schüttelte den Kopf.

„Lebensgefährte!“

Er grinste. „Sie müssen ja schon jede Menge schlechte Erfahrungen gemacht haben?“

„Nee, das gerade nicht, aber ich bin ja noch jung, ich hab ja noch Zeit!“

Sie verließen die Ortschaft Hiddesen und folgten der Lopshorner Allee durch den Wald.

„Aber Sie scheinen auch nicht gebunden zu sein, oder?“

Koslowski zog fragend die Brauen hoch.

„Na, ich sehe keinen Ring.“ Frau Untermüller schaute kurz herüber und lächelte ihn an.

„Gute Beobachtungsgabe“, gratulierte Koslowski.

„Wofür ist man denn bei der Schmiere?“, wollte die Untermüller wissen.

Koslowski lehnte sich behaglich zurück und bedauerte, dass er nicht nach Köln musste. Aber ihm fiel beim besten Willen kein Grund ein.

Und außerdem hatte er hier etwas zu erledigen, bevor es ihn erledigte.

Der MR2 bog nicht nach rechts ab, sondern verließ die Vorfahrtsstraße in Richtung Mordkuhle.

Plötzlich schlug sich die Beamtin an die Stirn.

„Menschenkinder, war das nicht Ihr Wagen, in dem man den Toten gefunden hat? Ich hab doch so was bei uns gelesen.“

Koslowski nickte.

„Das muss ja lecker ausgesehen haben.“ Sie schluckte, gab sich aber ganz cool.

„Ja, ich glaube, ich kann meinen schönen Landrover abschreiben“, vermutete Koslowski.

„Das glaube ich auch, es sei denn, Sie stehen darauf, mit dem Gehirn von dem armen Kerl am Wagenhimmel rumzufahren!“

Koslowski wurde neugierig. „Gehirn?“ gab er sich bewusst ahnungslos.

„Na, wussten sie das etwa nicht?“, wollte die Untermüller wissen.

Koslowski schüttelte den Kopf.

„Man hat doch den Typen auf dem Rücksitz von hinten den Schädel weggeschossen. Mit einer Schrotflinte!“

Koslowski tat angewidert. „Na, dann ist der Wagen wohl nur noch was für die Schrottpresse!“

Frau Untermüller nickte. Sie warf eine Blick in den Rückspiegel und reckte sich dabei, um hinter die Sitze sehen zu können.

„Auch in den Urlaub?“, wollte sie wissen.

„Nur ein paar Tage ausspannen“, log Koslowski ungern.

„Nach länger sieht es auch nicht aus“, erwiderte Frau Untermüller. „Wegen der kleinen Reisetasche“, klärte sie den fragend blickenden Koslowski auf. „Sicher nur zwei Hemden und eine Hose, typisch Männer!“

Koslowski grinste breiter. Wenn du wüsstest, dass du als Polizistin gerade eine unregistrierte .357-Magnum in deiner Karre transportierst, würden wir vermutlich das Handschellenspielchen spielen, aber nicht die lustige Version mit den Bettpfosten, vermutete Koslowski in Gedanken.

„Genau auf den Punkt!“, bestätigte er hinterlistig. „Zahnbürste, Rasierer, Deo und drei Dosen Bier! Alles was der Mann in der Wildnis so braucht.“

Der Mazda holperte mittlerweile über die Betonpiste der Panzerringstraße, und kurze Zeit später war man schon in Augustdorf.

Die Polizeibeamtin hielt vor der Autovermietung an, zu der Koslowski sie gelotst hatte.

„Das ist nun unser zweites Treffen!“

Koslowski setzte sein strahlendstes Lächeln auf. „Beim dritten Mal muss einer einen ausgeben!“

Auch die hübsche Polizistin lächelte. „Ich bin dabei!“

Koslowski öffnete die Tür, wuchtete sich aus dem niedrigen Sportwagen und angelte die Reisetasche vom Rücksitz. Dann beugte er sich noch mal in den Wagen.

„Danke fürs Mitnehmen. Bis Köln wäre mir lieber gewesen!“

Er erhielt dafür ein weiteres Lächeln und bemerkte die leichte Röte im Gesicht der Beamtin.

„Geht mir genauso, passen Sie auf sich auf. In der Wildnis!“

„Versprochen!“, sagte Koslowski.

Wenn du wüsstest, dachte er, als der Sportwagen davonbrauste. Deutlich über den erlaubten 50 km/h.

Schritte zurück

Irgendwo in Oberhausen, einer Stadt im Rheinland. Genauer gesagt am Niederrhein.

Die Stahlhütten von Thyssen standen noch, Krupp hatte volle Auftragsbücher und der Terrorismus hatte die Republik im Jahre 1976 voll im Griff.

Es war schon dunkel an diesem kalten Novemberabend, als zwei Streifenwagenbesatzungen der Wache Süd am Friedensplatz zu einer Adresse in den Ortsteil Alstaden ausrückten.

Ein aufmerksamer Bürger hatte angerufen und einen Verdacht ausgesprochen.

Der Beamte der Leitstelle hatte sich ruhig die Aussagen des Mannes angehört. Dann überprüfte er die Checkliste für konspirative Wohnungen und gab die Sache schließlich an die Wache weiter.

Diese setzte zunächst nur zwei Fahrzeuge ein, da es an der Auffahrt zur A 43 zu einem schweren Verkehrsunfall gekommen war. Dort waren alle anderen Fahrzeuge bereits gebunden.

Die beiden Streifenwagen, die sich auf den Weg nach Alstaden gemacht hatten, hielten befehlsgemäß Funkstille. Der einzige Wagen der Kriminalwache war ebenfalls unterwegs. Die beiden Kripobeamten sollten die Ermittlungen vor Ort übernehmen, während die Beamten der Wache das Haus von außen und ihre Kripokollegen im Einsatz absichern sollten.

Der Wagen der Kripo fuhr bis in die Nähe der angegebenen Adresse. Die beiden weißgrünen VW Passat hielten abgesetzt, außer Sichtweise des Hauses. Die Beamten stiegen aus und sprachen sich ab, wer welche Aufgabe übernehmen sollte. Die beiden älteren Kollegen des einen Fahrzeugs boten sich an, die äußere Absperrung zu übernehmen.

Die beiden jüngeren und körperlich noch fitten Kollegen sollten sich dem Haus in sicherer Deckung nähern und hinter den Kripobeamten ins Haus eindringen.

Bei dem Haus handelte es sich um ein dreigeschossiges Wohnhaus mit Keller und Dachboden, wie man an Kellerfenstern und Dachluken gut erkennen konnte. Die vier uniformierten Beamten arbeiteten sich langsam an die nächste Hausecke heran, um ihr Zielobjekt besser beobachten zu können.

Über den Plattenweg sahen sie die beiden Kriminalbeamten auf das Haus zugehen.

„Verdammt, warum haben die es so eilig?“, wollte der Streifenführer der älteren Besatzung wissen.

„Sieh mal auf die Uhr“, ermunterte ihn sein Kollege, „es ist 19.45 Uhr. Um 21.00 Uhr wechselt die Kriminalwache ihre Besatzung.“

Grimmig nickte der Kollege Zustimmung und deutete dann auf die Gartenmauer, die am Haus entlangführte.

„Los, dahin müssen wir!“, forderte er seinen Kollegen auf, und beide spurteten zu der meterhohen Mauer. Mit den unförmigen Schutzwesten wirkten sie dabei recht unbeholfen.

An der Mauer gingen beide in Deckung und zogen ihre Walther PPK aus den Pistolentaschen. Die beiden jüngeren Kollegen sahen sich kurz an.

Beide erkannten deutlich die Angst in den Augen des anderen.

Dies war kein Ruhestörungseinsatz wegen Familienstreitigkeiten, sondern hier konnte es unter Umständen um Leben und Tod gehen. Schnell hatte die Wirklichkeit die beiden jungen Beamten von der Polizeischule in den Alltag katapultiert.

Der Kräftigere von beiden nickte und deutet mit dem Kopf auf die Eingangstür. Sie schielten beide immer noch aus der sicheren Deckung um die Ecke.

Soeben wurde die Haustür mittels elektrischem Türöffner entriegelt und die beiden Kripobeamten verschwanden im Haus.

Die Wohnung sollte im obersten Stock auf der rechten Seite liegen. So hatte es der Anrufer mitgeteilt. Dort also dürften die Kripobeamten auch geschellt haben.

Die beiden jungen Kollegen sahen den Streifenführer an der Mauer winken, und beide spurteten so schnell es ging zur Hauswand. Dort verharrten sie kurz, bevor sie gebückt auf die Haustür zuliefen. Einer der Kripobeamten hatte die Fußmatte zwischen Haustür und Türrahmen geschoben, sodass die Haustür nicht mehr zufallen konnte.

Die beiden Beamten erreichten die Haustür und drängten sich in den Flur. Das Flurlicht flammte auf. Im ersten Stock hörte man die Stimmen von mehreren Personen. Anscheinend sprachen die Kripoleute mit dem Anrufer. Die beiden jungen Hauptwachtmeister schlichen die Treppe hinauf und blieben außer Sicht. Genau eine Etage tiefer.

Der Kräftigere befürchtete, dass man sein Herz bis oben schlagen hören konnte. Die kleine Dienstwaffe hatte er verkrampft in der Hand. Seine Sinne waren bis aufs Äußerste gespannt.

Die Wohnungstür über ihnen wurde geschlossen und einer der Kripobeamten kam die Treppe herunter. „Vermutlich ist jemand in der Wohnung!“ Auch er schien verängstigt zu sein, denn er flüsterte sehr leise.

Die Panik vor der Skrupellosigkeit der RAF hatte alle Polizisten im Griff, und wer cool erschien, spielte häufig nur Theater. „Wir werden oben schellen und dann reingehen. Gebt uns Deckung!“ Seine Stimme war belegt und klang ein wenig zitterig.

Die beiden Hauptwachtmeister nickten.

Alle drei erreichten gemeinsam ihren Kollegen, der bereits in der Nähe der Tür stand. Der Kripomann schellte, und man hörte in der Wohnung Geräusche. Die beiden jungen

Schutzpolizisten griffen ihre Waffen fester und auch die Kripobeamten waren auf dem Sprung.

Im Wohnungsflur hörte man Schritte und die Tür wurde geöffnet. Mit aller aufgestauten Energie stürmten die Beamten in die Wohnung. Die junge Frau, die die Wohnungstür geöffnet hatte, wurde von der Welle der Polizistenleiber einfach zurück in die Wohnung gedrängt.

Ein langer Flur mit mehreren Türen lag vor den Beamten, die sich wie eine Lawine in den Flur schoben. Sie passierten alle die Schwelle und kamen an der ersten offenen Tür vorbei. Eine Küche.

Der Kripobeamte, der geschellt hatte, drückte die Frau vor sich in die Küche. Sein Kollege folgte ihm.

So soll also eine Terroristenwohnung aussehen, dachte der kräftigere der Schutzpolizisten. Alles sah so aus wie in unzähligen anderen Wohnungen auch. Er stürmte mit seinem Kollegen weiter den Flur entlang. Zu zweit kamen sie rechts an einem Kinderzimmer vorbei, welches aber komplett leer stand.

Vor ihnen lag eine weitere Tür auf der linken Seite. Sie postierten sich beide neben der Tür. Als der eine nickte, drückte der andere die Türklinke herunter und stieß die Tür auf. Beide Beamte beugten sich in Erwartung von Schüssen zurück, dann aber sofort wieder vor und lugten vorsichtig in den Raum. Das Schlafzimmer.

Das Bett war niedrig und nicht gemacht.

Da kann keiner drunter liegen!, schoss es dem Kräftigeren durch den Kopf. Er deutet auf einen großen Vorhang an der anderen Wand, der als Abtrennung statt Kleiderschrank diente.

Beherzt trat sein Kollege vor und riss den Vorhang zurück. Rollende Kleiderständer, wie man sie aus Kaufhäusern kannte, kamen zum Vorschein. Alles voll mit Kleidung, aber unten herum so frei, dass man es gesehen hätte, wenn dahinter jemand stand.

Die beiden Polizisten stürmten aus dem Raum und gingen an der letzten Tür in Stellung. Wieder sahen sie erst vorsichtig in den Raum. Kissen und Matratzen lagen auf dem Boden. In der Mitte auf einem Rauchtisch stand eine Wasserpfeife, der Raum roch auffällig nach Haschisch und machte eher den Eindruck einer orientalischen Spelunke als den eines deutschen Wohnzimmers in Oberhausen-Alstaden.

Aber eines war gewiss, auch hier konnte sich niemand versteckt halten.

Vermutlich war die Frau also alleine gewesen. Genau in diesem Moment knallte es laut im Flur. Die beiden Hauptwachtmeister rasten zur Tür.

Aus einem Raum hinter der immer noch weit geöffneten Wohnungstür drängte sich ein junger, langhaariger Mann und bemühte sich die Wohnungstür aus dem Weg zu bekommen.

Die beiden Schutzpolizisten schrien gleichzeitig los, in der Hoffnung, dass er stehen blieb.

Aber der Man wollte der Aufforderung keine Folge leisten.

Wo ist seine Waffe?, dachte der Kräftigere erstaunt, denn er sah, dass der Mann mit beiden Händen die Wohnungstür vor sich wegdrückte, sich darum wand und ins Treppenhaus stürmte.

Sein Kollege reagierte etwas schneller und rannte bereits den Flur entlang. Man sah den Flüchtenden im Treppenhaus kurz stutzen, dann rannte er die Treppe hinauf und wenige Augenblicke später hörte man die Holztür des Dachbodens.

Die beiden jungen Polizisten keuchten ebenfalls die Treppe hinauf. Vor dem Öffnen erinnerten sie sich noch rechtzeitig daran, wieder neben der Tür in Stellung zu gehen.

Nach einem kräftigen Stoß eines der beiden Polizisten schwang sie quietschend auf und gab den Blick auf den dunklen und mit mehreren Kaminschächten verbauten Dachboden frei. Augenscheinlich war das hier auch die Rumpelkammer des Hauses. Überall standen Kisten und Koffer.

Aufgrund der Dunkelheit konnte man kaum etwas erkennen. Die Beamten fingerten nach ihren Taschenlampen. Die alten kastenförmigen Taschenlampen mit roten und grünen Schiebescheiben gaben ungefähr so viel Licht wie eine Kerze. Beide schlichen nun langsam in den Bodenraum.

Der Kräftigere der beiden schluckte mehrmals merklich, als ein Bodenbrett leise knarrte.

Sein Kollege war vor ihm und hatte die Hände, mit der Waffe in der einen und der Taschenlampe in der anderen, vorgestreckt. Links neben sich sah der Kräftigere eine Holztür und wunderte sich noch, warum hier noch eine Tür war, als er sah, wie sich die Tür wie von Geisterhand und völlig geräuschlos bewegte. Dann schwenkte sie vollkommen auf. Zu diesem Zeitpunkt war sein Kollege bereits an der Tür vorbei.

Was dann geschah spielte sich in Bruchteilen von Sekunden ab.

Im Rahmen der Tür stand der junge Mann, aschfahl und hatte beide Hände erhoben.

Der Kollege ahnte hinter sich eine Bewegung, drehte sich um, schrie auf und richtete die Waffe auf die Brust des jungen Mannes. Dass er dabei mit er Mündung auch einen Schwenk über den Bauch seines Kollegen gemacht hatte, war ihm nicht aufgefallen. Dieser sah das Entsetzen in beiden Gesichtern, und wie durch eine Lupe auch den gespannten Hahn der Dienstwaffe und den Finger im Abzug. Im selben Moment, in dem er nach der Waffe griff, sah er in Zeitlupe, wie sich der Finger des Kollegen krümmte. Im letzten Moment schaffte er es, die Waffe seines Kollegen halb zur Seite und nach unten zu drücken. Augenblicklich löste sich der Schuss.

Die Kugel im Kaliber 7,65 mm verließ den Lauf und bohrte sich durch den Oberschenkel des jungen Mannes. Dieser schrie auf und fasste sich an das Bein. Der Polizist hielt die Hand des Kollegen fest, der mit weit aufgerissenen

Augen auf den durchschossenen Oberschenkel des jungen Mannes sah, der in diesem Moment zu Boden ging.

Augenblicke später stürmten die beiden Kripobeamten durch die Dachbodentür.

„Wir brauchen einen Krankenwagen!“ Der junge Polizeibeamte wand seinem Kollegen die Waffe aus der Hand und schob ihn zurück. „Wir brauchen einen Krankenwagen!“, wiederholte er.

Einer der Kriminalbeamten kniete sich neben den jungen Mann und durchsuchte ihn flüchtig.

„Keine Waffe!“, sagte er und sah zu den beiden Schutzpolizisten hinauf.

Der Kräftigere nickte langsam, und sein Kollege schien in diesem Moment zu begreifen, dass er fast einen Unbewaffneten erschossen hätte.

Der andere Kripobeamte lief ins Treppenhaus zurück und rief einem Hausbewohner zu, einen Krankenwagen zu rufen.

Eine halbe Stunde später saßen die beiden jungen Beamten auf der Mauer vor dem Haus. Der Krankenwagen hatte den Angeschossenen abtransportiert. Es handelte sich um einen glatten Durchschuss, aber aufgrund der sofortigen Versorgung durch die Beamten hatte der junge Mann wenig Blut verloren.

Die junge Frau aus der Wohnung, die ihnen die Tür geöffnet hatte, war mit ihm ins Krankenhaus gefahren.

Es war ein einfaches Hippiepärchen, das seit zwei Wochen in der Wohnung lebte. Mit Terrorismus hatten die beiden gar nichts zu tun, wie sich bei einer Durchsuchung der Wohnung ziemlich schnell herausstellte. Die halbe Wohnung war mit „Peace“-Zeichen verziert, und überall sah man Friedensbotschaften, weiße Tauben und Ähnliches.

Beide hatten sich gerade ein Haschpfeifchen angezündet, als die „Bullen“ vor der Tür standen.

Während die Beamten die Wohnung stürmten, hatte der junge Mann den Rest des Stoffs in der Toilette aus dem Fenster geworfen und anschließend sein Heil in der Flucht gesucht, da gegen ihn schon ein Haftbefehl bestand. Allerdings wegen Fahnenflucht und nicht wegen Terrorismus.

Die Kripobeamten sicherten immer noch die Wohnung und den Tatort, die beiden älteren Kollegen kamen gerade aus dem Haus. Sie hatten die Personalien der anderen Hausbewohner notiert und sie beruhigt. Nun standen sie rauchend bei den beiden jüngeren Kollegen.

„Das wäre fast ins Auge gegangen!"

Der junge Kollege nickte und sah seinen Streifenpartner an. Er musste mehrfach schlucken.

„Ich hatte so einen Schock, als die Tür aufging, ich konnte nichts anderes mehr als schießen."

Er legte seinem Kollegen die Hand auf die Schulter. „Ich weiß nicht, wie ich dir dafür danken kann, dass du die Waffe noch rechtzeitig wegdrücken konntest!"

Der kräftigere Polizist zuckte die Achseln.

„Nicht nötig. Ich muss wohl einen hellen Moment gehabt haben!"

Der ältere Kollege, der neben ihm stand, klopfte ihm anerkennend auf die Schulter.

„Gute Reaktion. Aus dir wird noch was, Koslowski."

Sechzehn

Koslowski genoss den satten Klang des schweren Mercedes ML, den ihm Stieger auf dem Hof der Autovermietung übergeben hatte. Stieger war zunächst überrascht, als Koslowski auf den Abschluss einer Vollkaskoversicherung ohne Selbstbeteiligung bestanden hatte, war dann aber diesem Wunsch doch nachgekommen.

„Wäre nicht schlecht, wenn du ihn zerlegen würdest, den werde ich sonst wohl kaum noch los!“, unkte Stieger.

Koslowski enthielt sich jeglichen Kommentars und jeglicher Erläuterungen zur Wahrscheinlichkeit einer vollkommenen Zerstörung.

Stieger übergab ihm die Schlüssel, und Koslowski rollte kurze Zeit später vom Firmengelände in Augustdorf.

Alle Achtung, dachte er, hier drin sitzt man wirklich wie ein Scheich!

Von der Waldstraße bog er nach links in die Teutoburger-Wald-Straße ab und fuhr durch den Wald in Richtung Hörste.

Im Ortskern hielt er sich links, verließ Hörste und fuhr eine kurze Zeit später am Gut Stapelage vorbei.

Mit leichter Gänsehaut auf dem Rücken dachte er an das explosive Erlebnis in der Jagdhütte.

Nachdem er den Reiterhof passiert hatte, war er bereits in Währentrup und bremste am Ortseingang ab. Wenige Augenblicke später kam er auf dem Parkplatz des *Hotels Mügge* an.

Koslowski ließ alle Sachen im Wagen, denn hier wollte er nicht lange bleiben. Er ging durch den Hintereingang ins Hotel und suchte den Besitzer.

Nachdem die beiden einige Minuten im Gastraum gesessen hatten und Koslowski ihm erklärt hatte, wo ihn der Schuh drückte, war der Besitzer aufgestanden und in die Küche gegangen.

Als er wiederkam trug er in der einen Hand eine Kühltasche und in der anderen einen Schlüssel an dem ein Anhänger aus Hirschhorn hing.

Dankbar nahm Koslowski die Tasche mit der Verpflegung in Empfang, von der er wusste, dass sie erstklassig sein würde, und mindestens genauso dankbar den Schlüssel.

Kurze Zeit später winkte er dem Hotelier aus dem Autofenster zu und rollte wieder vom Hof. Seine Fahrt führte ihn zurück nach Stapellage und noch vor dem Gut Stapellage bog er nach rechts in einen Waldweg ein.

Hier hielt er an und sah in den Rückspiegel. Gefolgt war ihm niemand.

Er nahm sein normales Handy aus der Tasche und wählte die Nummer, die er zu Hause notiert hatte. Schon nach dem zweiten Klingelton wurde abgehoben.

„Redaktion des *Gladbecker Tagesblatts*“ meldet sich eine Männerstimme mit leicht französischen Akzent.

„Wenn das mal nicht der gute alte Fontembleau ist?“, vermutete Koslowski.

„Ich glaub, mein Schwein pfeift“, hörte er vom anderen Ende. „Koslowski? Da in keinem unserer Käseblätter stand, dass du tot bist, musst du es tatsächlich sein!“ Der Journalist schien sichtlich erfreut. „Wo steckst du, alter Fremdgänger?“

„Immer noch in Lippe, mal sehen, wie lange ich mich hier noch halten kann.“ Koslowski sah erneut in den Rückspiegel.

„Eines Tages wird dich ein gehörnter Ehemann zur Strecke bringen“, vermutete der Redakteur. „Wie lange bist du nun schon weg aus dem Pott?“

„Junge, das ist eine Ewigkeit her, dass ich mit dir eine gute Flasche Rotwein geleert habe.“

Über seine Vorliebe für Rotwein waren alle Bekannten Fontembleaus informiert. Er selber bezeichnete sich als absoluter Weinkenner. Fontembleau behauptete von sich, dass er in der Lage sei, innerhalb von nur drei Sekunden einen Wein in die beiden Kategorien „Schmeckt“ oder „Schmeckt nicht“ einzuordnen.

„Wenn du bei mir anrufst, brauchst du entweder einen Rat oder eine Information!“ vermutete der Journalist. „und bei mir gibt es nichts umsonst, wie du weißt.“

Koslowski nahm das Handy an das andere Ohr. „Ich erinnere mich da an die Geschichte mit diesem dubiosen Bauunternehmer und mit Schmiergeldern. Da hat doch dem großen Schreiber Fontembleau damals irgendwer einen Tipp für seine Megastory gegeben, oder?“

„Junge, lass mich doch ausreden“, konterte der mit einer Französin verheiratete Journalist, der praktischerweise auch ihren Namen angenommen hatte. Vor der Ehe hieß er nämlich noch Willinczek. Ein Name, der bei einer journalistischen Karriere, selbst im Pott, nicht hilfreich war.

„Alle bezahlen, außer dir natürlich“, gluckste Fontembleau an seinem Ende der Leitung.

„Na also, geht doch!“ Koslowski war sich sicher, dass ihn sein ehemaliger Kumpel nicht hätte hängen lassen. Wie hieß es doch so schön: Nichts verbindet mehr als gemeinsame Sünden!

Kurz erklärte er ihm den bisherigen Verlauf des Falles. Immer wieder hörte Koslowski, wie Fontembleau am anderen Ende hörbar ausatmete. Nachdem Koslowski ihm alles berichtet hatte, war zunächst mal Funkstile am Handy.

„Donnerwetter!“, stieß Fontembleau dann hervor. „Da steckst du ja ganz schön in der Klemme, was?“

Koslowski sah die Sache ähnlich wie sein Gesprächspartner.

„Also los, alter Junge!“, forderte Fontembleau ihn auf, „was kann ich für dich tun?“

Koslowski sah sich um, bevor er weitersprach. „Du siehst meine Handynummer?“, fragte er.

„Ich hab sie auf dem Display, klar und deutlich.“

Koslowski dachte eine Sekunde lang nach.

„Pass auf!“ begann er. Dann erklärte er dem Journalisten welche Informationen er benötigte.

Fontembleau war nämlich das, was man einen echten Fachmann nannte. Und sein Spezialgebiet war das Dritte Reich.

Nicht nur, dass Fontembleau privat ein wahnsinnig großes Archiv angelegt hatte. Nein, er war auch ein lebender Datenspeicher, was Informationen anging. Und genau aus diesem Speicher benötigte Koslowski Informationen. Der Dreh- und Angelpunkt an der ganzen Sache war die Formel, hinter der die braune Brut her war. Da man Rosenberg dafür getötet hatte, würde man sich auch um die beiden anderen Wissenschaftler kümmern. Hier lag Koslowskis Chance, vor den anderen an die Teile der Formel zu kommen. Nur damit konnte er sie ausspielen. Außerdem wäre schon ein Teil der Formel eine Art Lebensversicherung. Koslowski gab seinem alten Freund Fontembleau die Namen der Wissenschaftler durch.

„Der Name Diethardt von Schlitz sagt mir was. Der Name Heinrich Hegering ist mir nicht geläufig. Aber ich werde mal in meinem Archiv nachsehen.“

Koslowski war sich schon vor dem Anruf sicher gewesen, dass Fontembleau ihm weiterhelfen konnte.

„Ach, sag mal Koslowski, steckst du nicht in der Nähe von Detmold?“, wollte der Redakteur wissen.

„Ja, wieso?“

„Na, ein Objekt deines Interesses wirst du vermutlich auf einem Friedhof in der Gegend finden.“ Koslowski blieb der Mund offen. „Der ist nämlich 1953 gestorben.“

Koslowski schloss die Augen. Sackgasse, dachte er.

Fontembleau schnaufte am anderen Ende.

„Bist du da ganz sicher?“, wollte Koslowski wissen.

„Hundertprozentig! Ich habe doch vor einigen Monaten noch über Diethardt von Schlitz geschrieben. Damals ging es darum, dass er für eine Berliner Spezialfirma gearbeitet hat, die euer Wahrzeichen wieder in Stand gesetzt hat."

„Wahrzeichen?", fragte Koslowski.

„Na Mensch, euren Bewacher des Lipperlandes, den mit dem Schwert, den man immer in euerer Lokalzeit im Dritten sieht."

„Du meinst das Hermannsdenkmal?", fragte Koslowski nach.

„Natürlich meine ich den ollen Hermann. Von Schlitz hat damals an der Restaurierung der Figur mitgearbeitet. Dabei kamen ihm seine Kenntnisse im Umgang mit Metall, die er noch aus dem Raketenbau hatte, sehr zugute. Außerdem hatte er wohl vor dem Krieg Maschinenbau studiert."

Koslowski sah ein Licht am Ende des Tunnels.

Fontembleau war nun in seinem Element. „Man hatte eine Firma aus Berlin kommen lassen, die dem ollen Hermann circa 200 Löcher abdichten musste, die ihm unfreundliche Soldaten in den Leib geschossen hatten. Dazu mussten sie die Schwerthälften und die Helmflügel besonders bearbeiten. Das war 1952. Ein Jahr später ist von Schlitz an einem Herzinfarkt gestorben. Ich habe gestern übrigens noch mit der Fima telefoniert. Es gibt sie immer noch." Fontembleau kramte hörbar in irgendwelchen Zetteln. „Ich hatte Glück und sofort den Seniorchef am Apparat, und der konnte sich noch an von Schlitz erinnern. Auch noch an die Arbeit am Denkmal. Und an einen besonderen Satz seines damaligen Mitarbeiters konnte er sich erinnern, als wir über ihn sprachen, nämlich, dass der Hermann nach der Restaurierung wertvoller geworden sei, als vorher."

Koslowski hatte aufmerksam zugehört. Wenn er an Stelle Diethardt von Schlitz' gewesen wäre, dann hätte er einen sicheren Platz für seinen Teil der Formel gewusst.

Wer wäre als Bewacher besser dazu geeignet gewesen, als der Cheruskerfürst, dessen Denkmal auf der Grotenburg stand?

„Um deinen Hegering kümmere ich mich noch", fuhr Fontembleau fort und holte damit Koslowski aus seinen Tagträumen zurück.

„Ok, pass auf!", forderte Koslowski ihn auf.

„Ich passe immer auf, wie du weißt, habe ich keine Kinder!", witzelte der Zeitungsmann.

„Du bist und bleibst ein Schwachkopf, Fontembleau! Vermutlich ist dein Gehirn schon vom Rotwein angegriffen", lachte Koslowski.

Am anderen Ende hörte er Fontembleau wiehernd lachen.

„Also, wenn du die Informationen über Heinrich Hegering hast, dann schick mir eine SMS an die Nummer, die du jetzt auf deinem Display hast. Es bleibt ständig an. Ich rufe dich dann umgehend zurück."

„Okay, wird gemacht!"

„Pass auf dich auf!", ließ sich Fontembleau noch vernehmen. „Die Zahl meiner Freunde wird nämlich immer geringer, die Einschläge kommen näher!"

„Wenn das hier vorbei ist, schlage ich mit zwei Kisten des besten französischen Burgunders bei dir in der Redaktion auf."

„Ich nehme dich beim Wort", sagte der Journalist noch, bevor er auflegte.

Koslowski setzte seine Fahrt fort und erreichte nach ein paar Minuten ein Haus im Wald, an der Grenze zwischen Oerlinghausen und Hörste.

Es stand alleine in einer Senke. Die Fenster waren mit Blendläden verschlossen. Er fuhr bis vor zwei große Holztore und stieg aus. Mit dem Schlüssel des Hoteliers öffnete er das Vorhängeschloss und machte die beiden großen Holztore auf. Dann fuhr er den schweren Wagen hinein. Nachdem er das Licht angeschaltet hatte, schloss er sorgfältig wieder ab und begab sich durch eine Seitentür ins Haus. Er machte überall Licht, weil er es vermied, die Blendläden vor den Fenstern zu öffnen. Seine Sachen packte er in eines der Schlafzimmer, und die beiden Handys legte er neben den Revolver auf den Tisch vor der Eckbank.

Koslowski sah sich um.

Das Esszimmer war mit geschmackvollen österreichischen Möbeln eingerichtet. Wand- und Deckenvertäfelung aus Wurzelholz gaben dem Raum eine gemütliche Atmosphäre. Normalerweise war das hier der Zufluchtsort des Hoteliers, in dem er seine Ruhe fand, wenn es im Hotel mal zu stressig wurde. Doch bis diese Sache hier zu Ende war, sollte es Koslowskis als Unterschlupf dienen.

Koslowski nahm sich aus dem kleinen Schnapsschränkchen über der Eckbank eine Flasche Obstler und schüttete sich großzügig ein. Er prostete dem imposanten Hirsch auf dem Ölgemälde an der Wand zu und ließ den Obstler durch die Kehle rinnen.

Morgen würde er dem Sieger der Varusschlacht mal einen Besuch abstatten.

Siebzehn

In dem Haus in Berlebeck, in dem Vater und Sohn Kleine-Natrop zusammensaßen, klingelte das Telefon. Der Sohn nahm den Hörer ab und sofort Haltung an, als er hörte, wer am anderen Ende sprach. Aus dem Gespräch wurde der zuhörende Vater nicht schlau. Lediglich „Ja" oder „Nein" oder ein „Jawohl" waren zu hören. Mit einem „Heil Hitler" legte der Sohn den Hörer wieder auf.

„Er war es, und er hat mitgeteilt, dass diese Ratte Koslowski wohl in der Nähe von Hörste steckt. Dort habe man sein Mobiltelefon zuletzt geortet."

Der Alte sah den Sohn grimmig an. „Dem werde ich schon beibringen, was es heißt, sich unserer Sache in den Weg zu stellen."

„Schon erstaunlich über welche technischen Möglichkeiten unser Mann verfügt", schwärmte der Junior.

„Kein Wunder, bei dessen Position!", warf der Alte ein.

„Auf jeden Fall werden wir ab morgen die Straßen rund um Hörste mal im Auge behalten. Vitali und Sergej sollen sich bereithalten."

Kleine-Natrop junior nickte und griff erneut zum Telefon, um die Schergen anzurufen, während der Alte nachdenklich aus dem Fenster sah.

* * *

Koslowski rollte mit dem schweren Mercedes durch die lippische Schweiz in Richtung Hermannsdenkmal. Er passierte den Vogelpark und fuhr anschließend den Berg hinauf. Absichtlich hatte er den Weg gewählt, den die Besucher normalerweise nicht nutzten, da er in einer Sackgase endete, wenn man sich an die Verbotsschilder hielt, welche auf den letzten paar hundert Metern die Zufahrt zum Denkmal verwehrten. Koslowski hatte nicht vor, gegen Verkehrsregeln zu verstoßen. Er wollte seinen Wagen auf dem Parkplatz unterhalb des Denkmals parken und die letzten Meter bergan zu Fuß zurücklegen.

Mittlerweile war es 23.45 Uhr, und es war längst dunkel. Ein mehr als halber Mond wurde ab und zu von vorüberziehenden Wolken verdeckt, ließ aber genug Licht übrig, um sich orientieren zu können.

Der Parkplatz neben der Straße war bereits leer, und als Koslowski anschließend den großen Parkplatz am Denkmal erreichte, waren hier alle Schranken offen. Kein Auto war zu sehen.

Er überquerte zügig den Parkplatz, passierte den Kiosk und ging an der dunklen und verschlossenen Gastronomie vorbei. Langsam wanderte er auf dem Weg in Richtung Denkmal, linker Hand lag hinter den Bäumen der Hochseilgarten, rechts voraus eine Büste, die dem Erbauer des Denkmals, Ernst von Bandel, gewidmet war. Die Figur des großen Cheruskers hob sich imposant gegen den Nachthimmel ab.

Sein Blick war nach Westen, gen Frankreich, den alten Erzfeind, gerichtet. Glücklicherweise waren diese Zeiten längst Vergangenheit, dachte Koslowski.

Das Denkmal war noch angestrahlt, doch Koslowski wusste, dass sich die Beleuchtung um Mitternacht automatisch abschaltete.

Genau in dem Moment würde der Hermann auch sein Schwert von der rechten in die linke Hand nehmen. So sagte es ein landläufig bekannter Ulk der Lipper.

Mitternacht!

Aus Heiligenkirchen klang die Kirchenglocke herauf, und die Beleuchtung des Denkmals erlosch. Einen Moment lang musste Koslowski stehen bleiben, um sich an die plötzliche Dunkelheit zu gewöhnen. Zu seiner Rechten befand sich die Bandelhütte. Die Hütte, in der „der Alte vom Berge“, wie Bandel damals genant wurde, gelebt hatte. Von hier aus hatte er seinerzeit den Bau des Denkmals beaufsichtigt.

Koslowski hörte ein Käuzchen rufen und blieb bewegungslos stehen. Er glaubte Schritte zu hören, doch das war sicherlich seinen gereizten Nerven zu verdanken.

Keine zwei Minuten später ging er langsam auf das Denkmal zu. Links erkannte er den Kassenautomaten und dachte daran, dass vor nicht allzu langer Zeit noch ein Kassierer oder ein Kassiererin in dem kleinen Kabuff im Denkmal gesessen hatte. Zumindest als er vor einigen Jahren zum letzten Mal hier oben gewesen war.

Er stieg die Stufen zum Denkmal hoch und blieb vor dem Drehkreuz kurz stehen, stieg dann aber kurzerhand darüber.

Zusammen mit den nicht bezahlten Parkplatzgebühren, habe ich nun schon 3,30 € gespart, dachte Koslowski und musste bei dem Gedanken schmunzeln. In Punkto Sparsamkeit dachte er tatsächlich schon wie ein echter Lipper.

Er sah sich um und überlegte, wo sich die Papiere mit den Formelteilen wohl am besten verstecken ließen. Im Sockel des Denkmals? Wohl kaum.

Wenn überhaupt, dann im Hermann selber, und zwar in einem für Besucher unzugänglichen Teil. Das Papier musste so versteckt sein, dass man es nur fand, wenn man wusste, wo es war, ansonsten aber darüber hinwegsah.

Das Öffnen der hölzernen Tür mit ihren Beschlägen, die den Zugang zum Denkmal verwehrten, wäre eine relativ schwierige Aufgabe gewesen, doch Koslowski hatte geahnt, dass sein Bund Dietriche den Ausflug sicher bereichern würde. Und damit lag er goldrichtig. Ohne Lärm zu machen gelangte er in das Innere des lippischen Wahrzeichens. Er lauschte nochmals angestrengt, doch anscheinend war er mit dem Hermann allein hier oben.

Koslowski schlüpfte in das Treppenhaus und zog die Holztür hinter sich bei, ohne sie zu schließen. Um diese Zeit würde kaum jemand heraufkommen und den Eingang kontrollieren.

Er stieg die fast siebzig ausgetretenen und gewundenen Stufen hinauf. Seine kleine LED-Taschenlampe beleuchtete zwar die Stufen, aber auch ohne sie hätte Koslowski den Weg hinauf gefunden. Nach einer Weile erreichte er die oberste der Treppenstufen. Hier ging es hinaus auf die Besucherplattform, aber es gab hier auch eine Tür, durch die man noch höher in das Denkmal und so in die Figur gelangen konnte.

Die Tür zur Besucherplattform war nur angelehnt und Koslowski fiel nach kurzer Überlegung ein, dass es überflüssig war, hier oben noch abzuschließen, wenn man es unten schon getan hatte. Er widerstand der Versuchung, auf den Rundgang mit seinem grandiosen Ausblick hinauszugehen, sondern widmete sein Augenmerk der Holztür, die ihm noch den Zugang zur Figur verwehrte. Er ließ den Schein der Taschenlampe an der Tür entlanggleiten und holte dann das Brecheisen aus seiner Jacke.

Dieselben Beweggründe, die ihn zur Mitnahme der Dietriche animiert hatten, schienen ihm auch für das Brecheisen zuzutreffen.

Er setzte es in Schlosshöhe an und stemmte sich mit aller Macht dagegen. Er geriet dabei ins Schwitzen, musste immer wieder neu ansetzen, doch dann sprang die Tür endlich mit einem lauten Krachen auf.

Er ließ das Brecheisen wieder in seine Jacke gleiten und zog die Tür auf. Ein Schwall noch kälterer und feuchterer Luft als im Treppenhaus schlug ihm entgegen. Er ließ die Taschenlampe aufblitzen und befand sich in einem weiteren Treppenhausteil. Wieder ging es ausgetretene Stufen hinauf, und alsbald stand Koslowski unter den Füßen der Figur.

Irgendetwas flatterte über ihm, als er nach oben leuchtete. Vermutlich Fledermäuse.

Er trat zur Seite und das Geräusch seiner Schritte hallte in der metallenen Statue wider. Koslowski ließ den Strahl der Taschenlampe wandern und bemerke in unmittelbarer Nähe eine Leiter. Immer wieder fielen Wassertropfen auf ihn herab, die vom Kondenswasser, das sich an der Innenseite der eisernen Figur gebildet hatte, stammten.

Er trat an die Leiter, lauschte kurz und begann dann die Leiter hinaufzusteigen, wobei er die Taschenlampe im Mund hatte.

Immer weiter hinauf kletterte er der eigentlichen Figur entgegen. Am Ende der Leiter, auf einem weiteren Plateau angelangt, blieb er stehen. Sein Blick folgte dem Lichtkegel, den er an der Wand entlangwandern ließ.

In der Figur sah er wiederum zwei Leitern, von denen je eine in jedes Bein hinaufführte. Als er sich näherte und gerade hinaufsteigen wollte, hörte er ein leises Geräusch, konnte es aber nicht zuordnen. Im gleichen Moment streifte etwas Koslowskis Gesicht.

Wie angewurzelt blieb er stehen, das Herz schlug ihm bis zum Hals. Als er instinktiv die Lampe nach oben richtete, sah er eine Fledermaus durch den Lichtkegel huschen.

Koslowski atmete ein paar Mal durch und setzte den ersten Fuß auf die Leiter, als er an der Wand eine Metalltafel entdeckte. Er ließ die Leiter los und ging ein paar Schritte auf die Tafel zu. Anscheinend war sie an die Metallwand genietet worden. Er richtete den Lichtstrahl auf die Tafel, die aus Messing zu sein schien.

Zur Erinnerung an die Restaurierungsarbeiten im Jahre 1952 stand darauf und darunter eine Liste von Namen aller Beteiligten, die an der Maßnahme mitgewirkt hatten.

Langsam wanderte Koslowskis Blick an der Liste hinab, bis er an dem Namen *Schlitz, Diethardt von* hängen blieb.

Also stimmte Fontembleaus Information, und der ehemalige Raketenforscher aus dem Dritten Reich war tatsächlich hier gewesen.

Koslowski rieb sich das Kinn und überlegte, ob und wo in dieser riesigen Figur der Mann wohl seinen Teil der Formel versteckt haben könnte.

Alles gründlich abzusuchen würde vermutlich Tage in Anspruch nehmen.

Koslowski seufzte und wollte sich bereits wieder der Leiter zuwenden, als er stutzte. Die Messingtafel war gerade, die Außenwand der Figur allerdings leicht gerundet. An Ober- und Unterkante sah er jeweils einen kleinen Spalt zwischen Platte und Figur. Diesem Spalt schenkte Koslowski nun seine ganze Aufmerksamkeit.

Hineinleuchten konnte er nicht, dazu war der Spalt zu klein. Er langte in die Tasche und zog erneut das Brecheisen heraus. Mit etwas Mühe konnte er das flache Ende von oben in den Spalt drücken. Er sandte einen Blick nach oben: „Tut mir leid, alter Junge, wenn es jetzt etwas wehtut."

Mit aller Gewalt zog er beidhändig am Brecheisen. Doch es schien, als ob der Recke über ihm mit dem Fuß nicht auf dem römischen Adler, sondern auf der Platte stand. Koslowski hängte sich nochmals mit aller Macht rein, doch wieder war alle Mühe vergebens.

Koslowski wagte einen dritten Versuch. Plötzlich gab die Niete oben links nach und die Platte bog sich leicht von der Wand.

Koslowski glaubte sich in dem Moment in die Hosen zu machen, so laut schallte der Krach durch den metallenen Germanen.

„Das werden sie wohl bis ins Kalletal gehört haben", vermutete er und wischte sich den Schweiß von der Stirn.

Trotz der Kälte und Feuchtigkeit war ihm warm geworden. Aber er witterte Morgenluft und die kam nicht durch die kleinen Nasenlöcher des Cheruskers, sondern dadurch, dass er einen Anfangserfolg sah.

Er rammte das Brecheisen wieder hinter die Platte und legte sich erneut ins Zeug. Da der Anfang gemacht war, schaffte er es im ersten Angriff, die rechte Niete ebenfalls rauszureißen. Der dabei entstehende Krach kam nun auch nicht mehr unerwartet.

Koslowski rammte das Brecheisen in die Mitte der Platte und hebelte sie ein Stück von der Wand ab.

Als er sich dann darüberbeugte und dahinterleuchtete, kam er sich vor wie Indiana Jones beim Fund der Bundeslade.

„War das damals im ersten oder zweiten Teil gewesen?“, fragte er sich und griff hinter die abgebogene Platte. Seine Finger ertasteten einen Umschlag, der aus Ölpapier zu bestehen schien. Er war an die Rückseite der Platte geklebt worden.

Koslowski zog ihn vorsichtig heraus und besah ihn sich im Schein der Taschenlampe, die er seit Beginn seiner Aktion noch immer im Mund hatte an. Der Umschlag war zugeklebt, zusätzlich noch versiegelt und Koslowski war sich absolut sicher, dass er hier den Teil der Formel in Händen hielt, den Diethardt von Schütz hier 1952 versteckt hatte. Da er kurz darauf verstorben war, befand sich der Umschlag nach siebenundfünfzig Jahren noch an dieser Stelle.

Koslowski ließ ihn in die Tasche gleiten und wandte sich der Leiter zu um wieder hinunterzusteigen.

Der Steinboden hatte ihn wieder und er begann die beiden Wendungen zur Zwischentür hinunterzusteigen.

Erst in der Hütte würde er den Umschlag vorsichtig öffnen und sich seinen Inhalt in Ruhe ansehen.

Er trat durch die alte Holztür und sah, dass die Tür zum Rundgang offen stand. Er stutzte, weil er sich sicher war, dass er die Tür zuvor angelehnt hatte.

Koslowski trat einen Schritt auf die Tür zu – und flog in Sekundebruchteilen gegen die Brüstung. Ein heftiger Schlag zwischen die Schulterblätter hatte ihm die Luft genommen und ihn in zwei Schritten nach draußen katapultiert. Er prallte gegen die Steinmauer und rutschte seitlich zu Boden. Verdammte Scheiße!, dachte er.

Ein dunkler Schatten folgte ihm aus dem Gebäude heraus und trat Koslowski sofort in den Bauch.

Du Idiot!, schoss es ihm durch den Kopf, dann blieb ihm die Luft weg und instinktiv krümmte er sich zusammen, um sein Gesicht zu schützen.

Der bullige Mann beugte sich über ihn. Koslowski sah in ein teilnahmsloses Gesicht. Der Besitzer dieses Gesichtes ergriff ihn an der Jacke und zog ihn ohne Probleme auf die Beine.

„Wo Formel?", hörte Koslowski ihn grunzen.

Im selben Moment zog das Monstrum ein Bein an und wenn Koslowski nicht den Bruchteil einer Sekunde vorher seine Oberschenkel zusammengepresst hätte, hätte es zu dieser späten Stunde, hoch über Detmold, noch Rühreier gegeben.

Er spürte wie ihn der Typ hochzog und über die Brüstung drückte, er spürte den Stein, an dem sich täglich etliche Höhenängstliche festhielten, in seinem Rücken.

Der Mann drängte seinen Oberkörper gegen ihn, und Koslowski vernahm einen nach Knoblauch und Alkohol stinkendem Atem in seinem Gesicht.

„Wo Formel?", wollte der Typ dabei erneut wissen.

Koslowski sah die Visage nah vor sich, und als der Mond durch eine Wolkenlücke schien, erkannte er den Mann. Es war einer der beiden Gorillas, die er auf der angeblichen Beerdigung Kleine-Natrops gesehen hatte.

„Wo Formel?", wiederholte das Monster zum dritten Mal und drückte ihn dabei noch weiter über die Brüstung.

Koslowski merkte, wie er immer mehr die Beherrschung und seine Bodenhaftung verlor.

Er wurde so angehoben, dass er sich so hilflos fühlte, wie ein Welpe im Fang der Hündin. Er versuchte den Riesen zu umfassen, doch dieser spreizte die Ellbogen und Koslowskis Arme glitten von ihm ab.

Beängstigender jedoch war die Tatsache, dass dieser Bulle eine Hand von der Jacke nahm und sie um Koslowskis Hals legte.

Die zweite folgte unmittelbar. Und sofort begann er, Koslowski den Hals zuzudrücken. Dieser bekam Panik. Reflexartig griff er an die Pranken des Hünen und versuchte, den Griff zu lockern.

Die Frage nach er Formel war vermutlich sowieso eher rhetorisch gewesen, da man lediglich seine Leiche durchsuchen musste, um an das Papier zu kommen.

Koslowski gab den Versuch auf, den Griff zu lockern. Wenn ihm nicht innerhalb der nächsten Sekunden eine Lösung für seine Luftnot einfiel, dann würde er von dieser exponierter Stelle, hoch über Lippe aus, die Reise ins Jenseits antreten.

Der bullige Kerl drückte unerbittlich immer fester zu und presste sein Opfer dabei immer weiter über die Brüstung hinaus.

Koslowski schob seine Arme von unten zwischen die Arme des Mannes.

Er drückte seine Finger in dessen Schlagadern, doch der Bulle nahm lediglich den Kopf zurück und versuchte Koslowskis Hände einzuklemmen.

Genau darauf hatte Koslowski gebaut und schob seine rechte Hand weiter nach oben. Als er mit der Handfläche in Höhe der Wange war, spreizte er die Hand und drückte seinen Daumen mit aller Gewalt in das Auge des russischen Schlägers.

Nur einen kurzen Augenblick behielt der noch seinen Griff um Koslowskis Kehle bei, dann siegte die Angst um sein Auge, und er ließ los.

Sofort ließ sich Koslowski fallen. Er rutschte zur Seite und landete auf den Knien.

Er rappelte er sich auf und taumelte den Rundgang entlang.

Der Bulle, der sich von dem Angriff auf sein Auge schnell erholt hatte, folgte ihm auf dem Fuße. Genau auf der gegenüberliegenden Seite hatte er ihn eingeholt.

Der Typ fasste ihn von hinten an der Jacke und riss ihn herum. „Schwein, du sterben“ schrie er und zog ein Armeemesser aus der Jacke.

So ein Dinge kenne ich, dachte Koslowski und starrte auf die gezackte Sägeklinge auf dem Messerrücken.

Der russische Schläger griff ohne weitere Vorwarnung an.

Nur am Aufblitzen in seinen Augen erkannte Koslowski den Zeitpunkt der Attacke. Und er wusste, dass er nur eine Chance haben würde, das Tier zu überwältigen. Wie in Zeitlupe sah Koslowski den Russen einen Schritt nach vorne machen, den ausgestreckten rechten Arm mit dem Messer nach vorne gerichtet. Koslowski drehte sich nach links weg, spürte den kühlen Stein des Denkmales in seinem Rücken und griff im selben Moment mit der linken Hand nach dem Arm mit dem Messer. Er bekam das Handgelenk des Angreifer zu fassen.

Der Schwung nach vorne und der Zug am Arm ließen den Mann herumschwingen. Mit der rechten Hand, in der das soeben aus der Jacke gezogene Brecheisen lag, stieß Koslowski zu.

Ein hässliches Geräusch verkündete den Durchstich durch die Bekleidung und Koslowski spürte, wie die flache Klinge des Brecheisens durch die Haut unter die Rippen und damit in Richtung Herz stieß. Dann klang es, als wenn aus einem bereits schlappen Ballon die Luft entweicht und ließ erkennen, dass das Brecheisen in den Brustkorb eingedrungen war.

Wie ein nasser Sack kippte der Angreifer vornüber und war wahrscheinlich schon tot, bevor er auf dem Boden des Rundganges aufschlug.

Koslowski zog das Brecheisen aus dem Körper des Angreifers und sank rückwärts gegen die Brüstung. Mit aller Gewalt pumpte er Luft in seine arg lädierten Lungen.

Ohne jegliche Regung sah er auf den toten Körper. „Du oder ich? Das war hier die Frage!“, sagte sich Koslowski und schob sich mühsam mit dem Rücken an der Brüstung hoch. Dieser Killer hätte ihn, ohne mit der Wimper zu zucken, abgemurkst.

Er wischte das Brecheisen an der Kleidung des Toten sorgsam ab und steckte es wieder in die Innenseite seiner Jacke. Dann vergewisserte er sich, dass der Umschlag noch da war, und richtete sich auf. Er nahm den Kopf in den Nacken um die Muskeln zu entspannen und atmete tief durch.

Bezeichnenderweise sah er dabei genau in die Nasenlöcher des großen Germanen. Die einzige Öffnung in der Figur, wie Koslowski erfahren hatte.

Und es war ein Gerücht, dass man die Figur nicht mehr betreten durfte, weil einmal ein Mensch durch diese Öffnungen gefallen wäre, die maximal einen Säugling durchgelassen hätten. Es gab keinen anderen Zugang als den, den er gewählt hatte.

Koslowski blieb noch einige Minuten stehen, sah das Blinken der Positionslampen des Sendemastes Teutoburger Wald, kurz Bielstein genannt, und machte sich dann auf den Weg nach unten.

Diesmal mit größerer Aufmerksamkeit als beim Aufstieg. Wohlmöglich war der Typ nicht allein gewesen, und Koslowski fühlte sich zu einer weiteren Runde gegen einen brutalen, russischen Schläger nicht mehr fähig.

Er stieg die Stufen hinunter, spähte am Eingang vorsichtig um die Ecken des Denkmales, bevor er es verließ. Der Weg vor ihm war leer, und der Mond schien freundlicherweise hell genug.

Koslowski ging zügig den Weg hinunter und achtete darauf, ob ihm jemand folgte.

Auch die letzten Meter zum Parkplatz schaffte er ohne Probleme und als er diesen verlassen hatte, tauchte er automatisch in das Zwielicht der Bäume ein, die ihm von nun an durch ihre Schatten, bis fast zum Parkplatz am Wanderweg Deckung gewährten.

Sein geliehener Geländewagen stand unbehelligt und nach wie vor allein auf dem Parkplatz. Koslowski nahm sich wieder einige Minuten Zeit, zu beobachten, ob irgendjemand auf der Lauer lag. Irgendwie musste sein Angreifer ja hier raufgekommen sein. Dass er gelaufen sein sollte, konnte Koslowski nicht glauben.

Als sich nichts rührte, schlich er zum Wagen, schloss ihn auf und setzte sich schnell hinein. Anschließend blockierte er sofort die Türen.

Nun befand er sich in Sicherheit, denn die Panzerung dieses Wagens hätte man nur mit einem Leo II oder einer Panzerfaust knacken können.

Er warf das Brecheisen in den Fußraum und legte das Objekt der Begierde, den Briefumschlag aus Ölpapier, in das Handschuhfach. Dann startete er den Motor und ließ den Wagen langsam und zunächst ohne Licht anrollen. Er passierte den Maiweg und schaltete dann erst die Beleuchtung ein. Das schwere Fahrzeug rollte nun immer schneller die Denkmalstraße in Richtung Schling hinunter, der Richtung, aus der Koslowski auch gekommen war.

Als er kurze Zeit später die erste Linkskurve passierte, fuhr vom dortigen Parkplatz eine schwere, schwarze Audi-Limousine los.

Die Beleuchtung am Fahrzeug war noch ausgeschaltet, als der Fahrer des Wagens beschleunigte.

Der Mercedes fuhr nun mit ca. 50 km/h die Denkmalstraße bergab in Richtung Vogelpark, als der Audi hinter ihm die Scheinwerfer einschaltete und Gas gab.

Koslowski wusste sofort, was die Stunde geschlagen hatte und wer ihm da auf den Fersen war. Er setzte sich mit dem Geländewagen in die Straßenmitte, und der Audi versuchte nun abwechselnd rechts und links zu überholen. Wenige Sekunden später hörte Koslowski das typische Pitsch-Patsch-Patsch, als eine Salve von Kugeln auf das Panzerglas der Heckscheibe prallte.

Denen ist es ebenso ernst wie diesem armen Schwein auf dem Denkmal, dachte er und lenkte den Wagen nach links.

Der Fahrer des Audi nahm die Gelegenheit sofort wahr und setzte sich rechts neben den Mercedes.

Mit einem heftigen Lenkmanöver nach links versuchte er den Mercedes von der Straße zu drängen.

Doch genauso gut hätte er gegen eine der Tunnelwände in Oerlinghausen fahren können. Der Mercedes zeigte keinerlei Wirkungstreffer.

Koslowski lenkte nun seinerseits heftig nach rechts und von drei Tonnen geballter russischer Sicherheit gerammt, kam der Audi von der Straße ab.

Die armseligen Gegenlenkversuche des Fahrers führten dazu, dass der Audi sich querstellte und seitlich in die Kopfweiden neben der Straße raste.

Durch die Wucht des Aufpralls wurden zwei Bäume entwurzelt, der Wagen drehte sich um seine Längsachse und begann sich zu überschlagen.

Koslowski sah diesen Stunt im Rückspiegel und trat voll auf die Bremse.

Der Audi flog förmlich durch die Luft und landete auf dem Dach in der Wiese. Dabei rutschte er leicht die gegenüberliegende Hangseite hinauf und blieb dort mit dem Heck zur Straße liegen.

Koslowski sprang aus dem Mercedes, den er mit laufendem Motor mitten auf der Straße stehen ließ und lief zur Unfallstelle zurück.

Der Motor des Audi war ausgegangen. Auslaufendes Kühlwasser lief zischend über die Scheinwerfer. Koslowski sah den Fahrer des Wagens an der Scheibe liegen. Dessen Kopf war in seltsamer Stellung verbogen. Anscheinend hatte er sich das Genick gebrochen.

Kosloswski erkante in ihm sofort den anderen Gorilla vom Friedhof in Heiligenkirchen.

Langsam näherte er sich bergan dem Wagen.

Der Mann, der halb von dem Fahrzeugwrack begraben war und zum Zeitpunkt des Unfalls anscheinend hinten gesessen hatte, stöhnte.

Koslowski ging näher heran und sah, dass es sich um einen älteren Mann handelte. Graue Haare hingen ihm blutverschmiert ins Gesicht.

Dem Fahrzeugwrack entströmte der beißende Geruch von Benzin.

Trotzdem ging Koslowski vorsichtig noch weiter auf den eingeklemmten Körper zu.

Als er den Wagen fast erreicht hatte, warf der anscheinend schwer verletzte Mann unvermittelt den Oberkörper herum und Koslowski sah sich mit der Mündung einer Schmeisser Maschinenpistole konfrontiert, von der er annehmen durfte, dass sie das hässliche Pitsch-Patsch-Patsch-Geräusch auf dem Panzerglas seines Fahrzeugs verursacht hatte.

Wie angewurzelt blieb er stehen.

„Hab ich dich endlich, du elende Drecksau?“, hörte man den Mann unter dem Audi sagen. „Vitali!“, schrie er als Nächstes, „hol mich hier raus!“

Koslowski zog es vor, die Frage nach der Drecksau zunächst unbeantwortet zu lassen.

„Vitali!“, schrie der Mann erneut. „Hol mich hier raus!“

Koslowski überlegte kurz. Seine Position war wieder mal schlecht genug. Völlig unbewaffnet stand er unmittelbar vor der Mündung einer MP.

Der Mann ließ ihn nicht aus den Augen, und die Mündung der Schmeisser war mit seiner Blickrichtung identisch.

Der eingeklemmte Mann unter dem Wrack lachte kurz und boshaft auf. „Du miese Ratte wirst deine Kenntnisse hier und heute mit ins Grab nehmen!“

Er hustete kurz und richtet die MP erneut genauer auf Koslowski aus.

Dieser rümpfte die Nase und sah nun auch den dünnen Faden aus Superkraftstoff, der aus einem Riss im Tank langsam am hinteren Kotflügel herunterlief und unter dem Wagen allmählich eine größere Pfütze bildete.

Nicht, dass diese Erkenntnis seine Position schlagartig verbessert hätte, aber immerhin ein interessante Beobachtung.

Kleine-Natrop schien jegliche Art von Geruchssinn verloren zu haben. „Wo ist die Formel?“, wollte er wissen.

Koslowski zuckte fragend die Schultern. „Die von Rosenberg oder die von Diethardt von Schlitz?“

Das Gesicht von Kleine-Natrop verzerrte sich zu einer hässlichen Fratze.

„Du hast beide?“, wollte er wissen und sah, dass Koslowski bedächtig nickte.

„Die von Rosenberg aus Dänemark, nachdem euer Nazidoktor von einer Polizeikugel aus dem Rennen geworfen wurde. Und die des Herrn von Schlitz, bevor ich deinem russischen Menschenfresser eine Brechstange in die Kaldaunen gejagt habe!“

Kleine-Natrops Blick glich dem eines Irren. „Du Verräter wirst dem Endsieg nicht im Wege stehen!“, schrie er mit Schaum vor dem Mund.

„Ich höre immer Endsieg?“, entgegnete Koslowski, während er unmerklich versuchte, sich immer ein wenig weiter um den hinteren Kotflügel zurückzubewegen.

„Ich glaube, euer Feldzug steht unter einem schlechten Stern! Der Faschistendoktor liegt auf Eis in Ringkøbings Leichenschauhaus, und eure russische Killermaschine versaut gerade mit seinen Eingeweiden die Balustrade des schönen Hermannsdenkmals und sorgt dafür, dass morgen keine Touristen darauf können.“

Kleine-Natrop unternahm einen weiteren wütenden Versuch sich unter dem Auto hervorzuschieben.

„Bleib stehen!“, schrie er Koslowski an. „Sonst lege ich dich genauso um wie Rosenberg, diesen Volksschädling!“

Koslowski nickte verstehend.

„Also haben Sie den Mann am Bunker in Ringkøbing hingerichtet!?" Kleine-Natrop hustete kurz und legte die MP erneut auf Koslowski an. „Genau so war es, und ich bin stolz darauf, dieses Geschmeiß von unserer Erde getilgt zu haben!"

„Dann sind Sie die Nummer drei, von der Fischer vor seinem Tod gesprochen hat?"

„Ja! Und du wirst der Nächste sein, den ich abknallen werde!"

Er sah auf Kleine-Natrop hinab, der die MP immer noch auf ihn gerichtet hielt und erneut hustete. Wieder schob sich Koslowski um Millimeter zurück.

„Was für ein Scheiß-Papier ist das, hinter dem ihr her seid? Die Neuauflage der Hitlertagebücher?"

Kleine-Natrop sah ihn mit irren Augen an. „Wenn du armselige Kreatur wüsstest, was du da in der Hand hast, dann würdest du dir vor Angst in die Hosen machen!"

Koslowski sah auf den bösartigen, alten Mann hinunter, der sogar jetzt noch, eingeklemmt unter einem tonnenschweren Autowrack, seinen Hass nicht ablegen konnte.

„Ich glaube, dass ich damit gut leben kann. Und eines steht fest, ihr braunes Gesocksе werdet nie mehr an die Macht kommen!"

Koslowski verlagerte sein Gewicht unmerklich auf das Sprungbein und blickte noch ein letztes Mal auf Kleine-Natrop hinunter.

Dieser stützte sich hoch und richtete die MP auf Koslowski. „Bleib stehen, du Missgeburt!", befahl er.

„Tut mir leid", sagte Koslowski und konzentrierte sich. „Bald sind Sie ja mit Ihren Nazifreunden in Walhalla vereint, da will ich nicht stören." Im nächsten Augenblick geschahen mehrere Dinge fast gleichzeitig.

Erstens: Koslowski hatte es richtig eingeschätzt, dass diese Äußerung die letzte Sicherung des alten Nazis durchbrennen lassen würde.

Daher war er bereits bei dem Wort „nicht“ mit einem gewaltigen Satz zur Seite gehechtet und rutschte auf dem Rücken liegend die feuchte Wiese bergab.

Zweitens: Liegende Personen schießen schlechter als stehende. Deshalb erwischte die Salve, die sich aus der Waffe löste, nicht nur den Kotflügel, sondern auch die Achse des Audis. Hier erzeugte sie einen Funken, welcher das auslaufende Benzin entzündete.

Drittens: Die Tatsachen, dass Koslowski mit seinem Hechtsprung das Weite gesucht hatte und sich die Wucht der Explosion fast senkrecht nach oben entlud, retteten ihm vermutlich das Leben.

Er blieb einen Moment benommen am Straßenrand liegen und richtete sich erst dann mühsam auf. Die Hitze des brennenden Autowracks strahlte so stark zu ihm herüber, dass er schützend die Hände vors Gesicht halten musste. Benommen wankte er auf die Straße und hielt sich an der noch offenstehenden Wagentür fest.

Innerhalb weniger Minuten würden die Bewohner der nahegelegenen Häuser angelaufen kommen, also wankte er zur Fahrertür, zog sich hinein, legte den Wahlhebel der Automatik auf „D“ und trat das Gaspedal durch.

Innerhalb von 10 Sekunden hatte er den Vogelpark passiert und donnerte in Richtung Heiligenkirchen davon. Im Rückspiegel sah er, dass sich der Himmel hinter ihm rot färbte.

„Jetzt stimmt wenigstens der Grabstein auf dem Friedhof!“, dachte Koslowski sarkastisch und wischte sich den Schmutz aus dem Gesicht.

Achtzehn

Koslowski war in die Jagdhütte zurückgekehrt und hatte dort sofort geduscht.

Unter der Dusche beschäftigte ihn vor allem eines: Woher hatten Kleine-Natrop und seine Russenschläger gewusst, dass er zum Hermannsdenkmal gefahren war?

Koslowski stützte sich an der Wand ab und ließ sich das heiße Wasser über den Nacken laufen.

Diese Papierfetzen mussten wirklich äußerst wertvoll sein, wenn man bereit war, dafür ohne Rücksicht zu töten.

Immer wieder mal war er dem Tod von der Schüppe gesprungen, doch als alter Pokerfan war Koslowski davon überzeugt, dass jede Glückssträhne auch mal beendet sein würde.

Irgendwann würde der alte Schnitter mit seiner Sense auch beim ihm ernten wollen. Und er hatte absolut keinen Bedarf, bei der nächsten Beerdigung die Hauptrolle zu übernehmen.

Er drehte das Wasser ab, blieb noch einen Augenblick regungslos stehen und verließ dann die Dusche. An der Wand hing ein Bademantel, den er überstreifte, dann ging er mit nassen Füssen hinüber in den Wohnraum.

Auf dem Tisch lag der Umschlag aus Ölpapier.

Koslowski ließ sich auf die Eckbank sinken, griff nach oben und tastete ohne Hinzusehen nach der Obstlerflasche im Schrank.

Das Glas stand noch auf dem Tisch. Er schenkte sich einen Doppelten ein und kippte ihn mit einem Schluck hinunter.

Wie bei den russischen Puppen befanden sich in dem Umschlag noch zwei weitere Umschläge.

Ein dünnerer und ein etwas dickerer.

Koslowski schlitzte zunächst den dünnen auf, und Sekunden später hielt er das in der Hand, was er erwartet und gesucht hatte: den nächsten Teil der Formel.

Er legte das Papier auf den Tisch und nahm den zweiten Umschlag zur Hand. Als er auch ihn geöffnet hatte, war er um mehrere, in Handschrift geschriebene Blätter reicher.

Koslowski stürzte den nächsten Obstler hinunter und las langsam und aufmerksam den Inhalt der Seiten.

Nach der Lektüre ließ er sich gegen die Rückenlehne sinken und starrte auf die Schriftstücke, die vor ihm auf dem Tisch lagen. Erneut nahm er die beiden Blätter und las sie nochmals.

Kein Zweifel: Er hielt ein persönliches Schreiben des Diethardt von Schlitz in der Hand. Darin bekannte sich dieser mit aller Vehemenz zu der „Idee“ des Nationalsozialismus und machte aus seiner Verehrung für Adolf Hitler keinen Hehl. Weiterhin beschrieb er seine eigene Lebensgeschichte und die Zeit, als er im Bereich der Raketenforschung mit Arthur Rosenberg und Heinrich Hegering zusammengearbeitet hatte.

Ihr damaliger Chef war ein gewisser General Montanus gewesen. Koslowski hatte diesen Namen noch nie gehört, nahm sich aber vor, Fontembleau damit zu füttern. Der würde damit sicher etwas anfangen können. Von Schlitz beschrieb weiter, wie sie fast durch einen Zufall auf die Formel gekommen waren, kurz vor Ende des Krieges und dem Zusammenbruch des Ditten Reiches. Die Funktionalität der Formel hatten sie nie ausprobieren können, weil dafür ihre Energieressourcen nicht ausgereicht hatten. Auf Drängen von General Montanus wurde die Formel geteilt, und jeder der Männer hatte ein Stück behalten. Tausendprozentig überzeugt, dass das Ende des Krieges nur ein kurzes Zwischenspiel war und der Nationalsozialismus wiederkehren würde, wollten sie beim Wiederaufbau der alten Diktatur zur Stelle sein. Würde die Formel das halten, was sie versprach, könnten sie dem Führer (von dem sie damals nicht wussten, dass er bereits Selbstmord begangen hatte) ein Machtinstrument an die Hand geben, mit dem die Weltherrschaft nur noch eine Frage der Zeit war.

Koslowski schauderte bei dem Gedanken daran, dass so etwas Wirklichkeit werden könnte. Was Diethardt von Schlitz beschrieben hatte, war die ultimative Wunderwaffe, gegen welche die V 2 von damals als Wasserpistole dagestanden hätte.

Nach dem Krieg war von Schlitz den gegnerischen Truppen entkommen, zunächst in der Lüneburger Heide untergetaucht und dann später wieder nach Berlin zurückgekehrt. Dort hatte er etliche Jahre als Hilfsarbeiter sein Dasein gefristet und gehofft, dass sich einer seiner alten Kollegen oder der General bei ihm melden würde. Aber keiner hatte ihn gefunden, geschweige denn kontaktiert.

1950 begann er als Ingenieur bei der Berliner Firma zu arbeiten, die 1952 das Hermannsdenkmal in Detmold restaurierte. Während der Bauarbeiten hatte er seinen Teil der Formel in der Statue versteckt.

Die Tafel, die zur Erinnerung angebracht wurde, erschien ihm dabei als geeignetes Versteck und als ausführender Ingenieur war es ihm ein Leichtes gewesen, den Umschlag dahinter zu verbergen, bevor er sie annietete.

Der Entschluss, sich von seinem Teil der Formel zu trennen, kam nicht von ungefähr, denn ein Arzt aus dem Detmolder Krankenhaus hatte ihn untersucht und festgestellt, dass er an Bauchspeicheldrüsenkrebs litt und hatte ihm nur noch wenige Monate Lebenserwartung prophezeit. Er hatte wohl noch versucht seine alten Gesinnungsgenossen zu finden, war aber bereits zu schwach gewesen und seine Suchen verliefen im Sande. Von Schlitz versteckte deshalb seinen wichtigsten Besitz in der Hoffnung, dass seine Kameraden auf der Suche nach ihm mehr Erfolg haben würden und die Tafel finden würden.

Mit dem Fund der Formel hatte er sich nicht geirrt, doch Koslowski war bestimmt nicht der Mann gewesen, der sie finden sollte. Da wären sich von Schlitz und Kleine-Natrop einig gewesen.

Koslowski blickte auf den zweiten Teil der Formel. Teil eins aus Dänemark, Teil zwei aus dem Hermann, Teil drei vermutlich noch versteckt von Heinrich Hegering oder in dessen Besitz und Teil vier vermutlich im Besitz dieses mysteriösen Generals – wenn dieser noch am Leben war.

Genauso wenig wie Koslowski wusste, wie man ihn ausspioniert hatte, hatte er auch keine Ahnung, wie die Kleine-Natrop-Sippe in die Geschichte kam.

War Kleine-Natrop in Wirklichkeit vielleicht General Montanus? Koslowski rieb sich das Kinn.

Minutenlang saß er bewegungslos da und dachte nach.

Plötzlich erschien in seinem Gehirn ein Gedanke, den er zunächst nicht so recht packen konnte.

Er versuchte bewusst nicht, ihn zu fassen und entspannte sich. Langsam arbeitete sich der Gedanke ans Licht.

Das Bild!

Koslowski traf es wie ein Keulenschlag.

Das Bild in der Jagdhütte in Hörste. Er sprang auf wie von der Tarantel gestochen und suchte sein Handy. In der Jagdhütte hatte er doch dieses Bild fotografiert, auf dem ein Mann in SS-Uniform abgebildet war mit einer Frau und einem Kind.

Koslowski hatte schon die Finger an seinem Handy, als er stutzte und innehielt. Entsetzt starrte er das Mobiltelefon an.

Schlagartig wurde ihm vieles klar.

In wilder Hektik schaltete er das Mobiltelefon aus und riss den Akku aus dem Gehäuse.

Wie ein Besessener raste er in den Schlafraum, stopfte seine Sachen in einen Rucksack, der an der Wand hing. Diesen schleuderte er zurück in den Wohnraum. In Windeseile war er in Hemd und Hose geschlüpft und sprang förmlich in die Schuhe.

Auf dem Nachttisch lag seine Magnum, die er bei seinem Besuch auf dem Hermann genauso vergessen hatte wie bei der Aktion in Dänemark.

Er steckte sie sich in den Hosenbund und rannte zurück in den Wohnraum.

Das Handy und seine Einzelteile stopfte er in den Rucksack, die Papiere in seine Jackentasche.

Ein schneller Griff an die Gesäßtasche und ein Blick in die Runde versicherten ihm, dass er weder seine Geldbörse noch sonst etwas Wichtiges vergessen hatte.

Er löschte zuerst das und Licht hastete dann in die Garage. Dort spähte er durch die vorsichtig geöffneten Tore hinaus in die Dunkelheit. Erst als er sich sicher war, dass ihm keine Gefahr drohte, stieg er in den schusssicheren Wagen. Nachdem er dessen Türen hinter sich geschlossen hatte, fühlte er sich einigermaßen sicher.

Er drehte den Schlüssel um, und der schwere Motor startet sofort. Er lenkte den Wagen ohne Licht aus der Garage und fuhr auf den Waldweg in Richtung Stapelage.

Erst nach einigen hundert Metern ließ er die Scheinwerfer aufflammen und brauste mit Volldampf durch den Wald. Als er nach einigen Minuten die Hauptstraße erreichte, bog er zuerst rechts ab und sofort wieder nach links in Richtung Billinghausen. Auf der Billinghauser Straße ließ Koslowski den Pferdestärken freien Lauf, und sein Blick wanderte zwischen Rückspiegel und Straße hin und her. Anscheinend war ihm noch niemand gefolgt.

Nach einiger Zeit bog er auf den Hellweg ab und drückte erneut aufs Gas. Der schwere Geländewagen schoss die Straße in Richtung Pivitsheide hinunter.

Koslowski fasste in den Rucksack und besah sich das Handy. Als er die Ortseinfahrt von Pivitsheide passierte war ihm alles klar. Damit war seine zweite Frage geklärt. Nämlich die, wie man wissen konnte, dass er auf dem Weg zum Hermann gewesen war.

Handyortung! Das war des Rätsels Lösung. Koslowski staunte nicht schlecht darüber, welche technischen Möglichkeiten den Typen zur Verfügung standen.

Chapeau! Ein Gegner mit Format!

Koslowski bog erneut ab und fuhr nun am Hasselbach vorbei.

Kurz überlegte er, warum man ihn nach der Aktion am Hermann nicht an der Hütte erwartet hatte? Waren die gegnerischen Truppen bereits aufgebraucht oder konnte man den Standpunkt im Wald zwischen Hörste und Oerlinghausen nicht genau genug zuordnen?

Koslowski erinnerte sich an den Ausspruch eines Außendienstmitarbeiters, der ihm mal an der Theke im *Knispel* gesagt hatte, wenn man ihn nicht erreichen sollte, dann würde er sein Handy abschalten und später behaupten, dass er sich in besagtem Bereich aufgehalten hätte. Dort sei nämlich ein schönes großes Funkloch.

Koslowski wurde klar, warum man ihn nicht geortet hatte, als er sich in der Jagdhütte befand, sondern erst, als er wieder im Bereich der Sendemasten war. Auf den Ortungsschirmen musste er aufgetaucht sein wie der Phönix aus der Asche. Aber über kurz oder lang würde man ihn auch im Wald finden, denn niemand konnte ernsthaft annehmen, dass er sich dort auf einem Baum versteckt hielt. Und so groß war die Zahl der Unterkünfte im Wald rundherum nun auch wieder nicht.

Die Hütte aufzugeben, war ein weiser Entschluss gewesen, fand Koslowski. Nur schade um den guten Obstler, den er leider vergessen hatte.

Er durchfuhr die Waldstrecke am Donoper Teich und bog dann nach rechts in Richtung Senne ab. Als Nächstes würde sich zeigen, wie gut das Archiv des Journalisten Fontembleau war.

„Heiliger Hubertus, lass die Schranke offen sein!“, betete Koslowski vor sich hin, der sonst von sich behauptete, dass er „Gott sei Dank“ Atheist sei.

Der Mercedes durchquerte den Wald, und Koslowski hielt weiterhin auf die Schranke zu. Eine letzte Kurve, und er konnte aufatmen. Die Schranke war oben, der Truppenübungsplatz offen und der Weg in die Senne frei.

Koslowski donnerte in Richtung des Abzweigs nach Oesterholz und lenkte den Wagen dann nach links immer tiefer in den Wald hinein.

Laut Verkehrszeichen waren es ca. 11 km bis Schlangen, doch Koslowski war schon mit der Hälfte zufrieden. Er hielt den Wagen an einer Lichtung an und schaltete Motor und Licht aus.

Dann griff er in den Rucksack und kramte die Einzelteile des Handys heraus. Er setzte den Akku wieder ein und schloss den Deckel. Dann legte er es auf den Beifahrersitz und überlegte kurz. Für seine Aktionen würde er nur wenig Zeit haben.

Koslowski atmete tief durch, schaltete dann das Handy ein. Augenblicke später piepte es, und Koslowski öffnete eine angekommene SMS.

Wie erwartet hatte sich Fontembleau gemeldet und bat um Rückruf.

Koslowski tippte ein kurzes *Ich melde mich. Vorab schon mal ein Bild zum Grübeln* in die Tastatur und drückte sich dann bis zur Seite mit den Fotos durch. Er öffnete das Bild von dem Gemälde und betrachtete den Jungen auf dem Bild. An irgendwen erinnerte ihn das Gesicht. Er wusste bloß nicht, an wen.

Dann schaltete er auf den Sendemodus um, und schickte das Bild an seinen Freund Fontembleau bzw. auf dessen Rechneradresse beim *Gladbecker Tageblatt.*

Kaum dass die Sendung bestätigt war, öffnete Koslowski den Deckel und nahm den Akku wieder raus. Er warf die Teile in den Rucksack, startete den Wagen und drehte.

Auf der Betonstraße ging es zurück in Richtung Hiddesen. Dabei zermarterte er sich das Gehirn, wie er weiter vorgehen sollte. Kurz vor dem Ortseingang kam ihm eine Idee.

Neunzehn

„Ich komme, ich weiß nicht woher.
Ich gehe, ich weiß nicht wohin.
Mich wundert, dass ich so fröhlich bin!“

Diese alte Gedichtzeile schoss Koslowski durch den Kopf, als er überlegte, wo er nun unterschlüpfen sollte. Die Nacht wich langsam dem Tage, und er war rechtschaffen müde. Sämtliche Anlaufadressen wurden sicher beobachtet, vermutete er und wollte keine anderen Leute in Gefahr bringen, wusste er doch, dass seine Gegner vor nichts zurückschreckten. Eine Weile sann er nach, bog dann ab in Richtung Lage und fuhr weiter in Richtung Pottenhausen. Er durchfuhr den Kreisverkehr und war bald an Lages einzigem Campingplatz angekommen. Hier schien noch alles zu schlafen.

Koslowski parkte den Wagen neben der Einfahrt und betrat den Platz. Ganz hinten stand ein Wohnwagen, der einem Bekannten von ihm gehörte. Bald hatte Koslowski das komfortable Gefährt erreicht und fand den Schlüssel dazu unter einem Blumentopf am Eingang. Müde betrat er den Wohnwagen, schloss die Tür hinter sich und ließ alle Rollos herunter. Er warf den Rucksack aufs Bett und streifte sich die Schuhe von den Füßen. Auf dem Bett sitzend trank er noch einen Schluck Wasser. Kurze Zeit später sank er zur Seite und fiel in einen tiefen Schlaf.

Koslowski erwachte Stunden später und machte sich sofort auf den Weg. In der Lagenser Innenstadt frühstückte er und kaufte anschließend in einem Schreibwarengeschäft ein. Dann ging seine Fahrt zur Triftenstraße. Er wusste, dass es in einem dortigen Getränkehandel eine Annahmestelle für einen privaten Paketdienst gab. Koslowski parkte vor dem Gebäude und sah mit Freude, dass dort gerade ein Wagen dieses Paketunternehmens vorgefahren war. Er beeilte sich in das Geschäft zu kommen und bat den Fahrer, doch noch einen Augenblick zu warten, da er noch ein wichtiges Paket aufgeben wollte. Der Fahrer sagte ihm noch eine Zigarettenlänge Zeit zu, und Koslowski machte sich an die Arbeit.

Er nahm das verräterische Handy und baute es wieder zusammen. Nachdem er es eingeschaltet hatte, verpackte er es in die gekaufte Luftpolsterfolie und legte alles in einen kleinen Karton, den er zuklebte. Anschließend übergab er es der Dame an der Kasse, die es gewissenhaft registrierte und dem Paketfahrer mit auf den Weg gab.

Zufrieden sah Koslowski den Quell allen Übels, sauber eingepackt und adressiert an eine fiktive Berliner Anschrift, vom Hof rollen. Diese Sorge war er zunächst mal los.

Aber er war sich sicher, dass diese Aktion hier nur einen begrenzten Aufschub bot.

* * *

Einen Tag später, in dem hochgesicherten Haus in Berlebeck, stand Kleine-Natrop junior wieder dem anderen Mann gegenüber. Man sah Kleine-Natrop junior die schlaflose Nacht an seinen rotgeränderten Augen an. Er war außer sich vor Wut, und seine Cognacfahne war deutlich zu riechen.

„Wenn ich diesen Dreckskerl in die Finger kriege, bringe ich ihn um!“

Er hatte die Fäuste geballt, und Tränen der Wut traten ihm in die Augen.

Sein Gegenüber beobachtete ihn ungerührt. „Ihr Vater hat diesen Koslowski eben unterschätzt, und dafür hat er bezahlt!“, meinte er leidenschaftslos.

Kleine-Natrop schwollen die Halsadern. „Unterschätzt?“, schrie er, und Speichel flog dabei durch die Luft. „Unterschätzt? Diese Sau hat nur Glück gehabt!“ Er griff sich an den Kragen und lockerte den Krawattenknoten. „Mein Vater war der beste Mensch, den ich mir vorstellen kann." Er griff nach dem Cognacglas auf dem Tisch. „So einer muss sterben, weil sich so ein Schwein in unsere Angelegenheiten mischt."

Mit Widerwillen sah der andere Mann zu, wie Kleine-Natrop das Glas Cognac in einem Zug runterstürzte. „Sie sollten aufhören zu saufen!", sagte er in schneidendem Tonfall.

Kleine-Natrop ließ das Glas sinken. „Wie reden Sie denn mit mir?", schrie er den anderen an.

Eine schallende Ohrfeige ließ seinen Kopf zur Seite fliegen. Der Cognacschwenker landete auf dem Glastisch und zersplitterte in tausend Teile. Mit der anderen Hand hatte der Mann Kleine-Natrop am Kragen gepackt. Er zog ihn zu sich heran. Nur wenige Zentimeter trennten die beiden Gesichter.

„Reißen Sie sich zusammen!", zischte der Mann. „Ich werde unsere große Sache nicht aufgeben, bloß weil Ihr Vater Fehler gemacht hat und Sie sich deshalb besaufen."

Kleine-Natrop sackte in sich zusammen.

„Ich werde diese Sache durchziehen, mit Ihnen oder ohne Sie. Und wenn Sie mir dabei in die Quere kommen, dann werden auch Sie aus dem Weg geräumt!" Dabei hatte er eine Pistole aus der Tasche gezogen und stieß sie Kleine-Natrop in die Seite. Dieser stöhnte auf. Der Mann ließ ihn los, und Kleine-Natrop fiel rückwärts über die Sessellehne auf die Couch. Nur mühsam kam er wieder in eine sitzende Position.

Der Mann trat einen Schritt zurück und lehnte sich gegen die Kommode. Die Hand mit der Waffe hing locker am Körper herunter.

„Ich habe Informationen, wonach dieser Koslowski auf dem Weg nach Berlin ist. Man hat sein Handy gestern wieder geortet, nachdem es eine Zeitlang abgeschaltet war." Der Mann hob den Arm und steckte die Waffe in ein Schulterholster unter der Jacke. „Wir werden ihn weiter beobachten.

Anscheinend ist er, von einigen Pausen abgesehen, immer noch unterwegs. Aber wir halten genügend Abstand. Ein Sichtkontakt ist ja heute, dank der modernen Technik, nicht mehr erforderlich."

Kleine-Natrop rieb sich die gerötete Wange.

Der Mann steckte beide Hände in die Hosentaschen. „Alles tappt außerdem noch im Dunklen, was den Toten auf dem Hermann angeht und den Unfall ihres Vaters."

Kleine-Natrop sah ihn mit blutunterlaufenen Augen an.

Der Mann stemmte sich von der Kommode ab, ohne die Hände aus den Taschen zu nehmen.

„Glücklicherweise ist Ihr Vater in dem Wrack bis zur Unkenntlichkeit verbrannt."

Kleine-Natrop schlug die Hände vors Gesicht und schluchzte.

Der Mann schüttelte mit einem angewiderten Gesichtsausdruck den Kopf über so viel Sentimentalität. „Leider hat man aber auch Reste der MP gefunden, und nun kocht alles hoch. Aber, wie gesagt, noch tappen sie im Dunklen." Er ging langsam in Richtung Ausgang.

„Wenn wir wissen, wo sich dieser Koslowski aufhält, dann werden Sie die Möglichkeit bekommen, den Tod Ihres Vaters zu rächen."

Kleine-Natrop sah auf und ein gehässiges Lächeln zog über sein Gesicht. „Und ich weiß auch schon wie!", prophezeite er.

Der Mann drückte den Fahrstuhlknopf.

„Er muss irgendwas verschickt haben, sagen meine Quellen, und zwar an eine Zeitung im Ruhrgebiet. Ob das allerdings mit unserem Fall hier zu tun hat, ist fraglich."

Kleine-Natrop nickte zustimmend.

„Was mich viel mehr irritiert, ist die Tatsache, dass wir nicht wissen, ob dieser Koslowski den Teil der Formel gefunden hat, den von Schlitz versteckt hatte. Wenn ja, dann ist er uns einen Schritt voraus. Ich will diese Formel haben."

Die letzten Worte kamen gepresst aus seinem Mund, und Kleine-Natrop fand, dass es besser sei darauf nicht zu antworten.

„Also“, sagte der Mann, während er sich in den mittlerweile angekommenen Fahrstuhl begab und umdrehte. „Halten sie sich bereit. Heil Hitler!“

Kleine-Natrop bekam seinen Arm nicht so schnell hoch, wie sich die Fahrstuhltür schloss, dann sank er wieder zurück auf die Couch und starrte ins Leere.

* * *

Koslowski saß zu diesem Zeitpunkt im Mercedes und fuhr gerade durch Pivitsheide. An der *Fleischerei Jobst* hielt er an, betrat den Speiseraum und bestellte ein ausgiebiges Frühstück. Da er alleine war, konnte er ungestört essen. Nach einer weiteren Tasse Kaffee bezahlte er und kehrte zurück zum Wagen.

Er holte das alte Handy hervor, welches man nicht zurückverfolgen konnte, und schaltete es ein. Koslowski wählte Fontembleaus Nummer und wartete darauf, dass es schellte.

Nach dem vierten Klingeln war der Journalist am Apparat. Koslowski meldete sich und schilderte ihm die letzten Ereignisse. Der Journalist am anderen Ende hörte schweigend zu.

„Da bist du dem Teufel ja mal wieder von der Schüppe gesprungen!“ Fontembleau war sichtlich erschrocken. „Mann, das scheint ja ein Sumpf zu sein, in den du da geraten bist.“

„Und zwar ein tiefbrauner!“, vervollständigte Koslowski die Aussage.

„Ich hab hier gerade das Bild vor mir liegen, das du mir geschickt hast.“

Koslowski lehnte sich in die Polster zurück. „Und was sagt es dir?

„Na ja, es ist nicht besonders scharf, vermutlich wohl mit 'nem Handy aufgenommen, was?"

„Genau, in aller Eile geschossen und nicht besser hinzukriegen."

„Na immerhin!"

„Also was ist?"

„In unserem zeitungseigenen Preisausschreiben würde man so was als Volltreffer bezeichnen!"

„Also, schieß los! Wer ist das auf dem Bild?"

Man hörte wie Fontembleau Luft holte, bevor er ansetzte. „General Montanus mit Frau und Kind. Vermutlich 1939 aufgenommen? Richtig?"

„Gratuliere, die Jahreszahl stimmt genau. Sie stand auf der Rückseite des Bildes."

„Das Bild ist gemalt worden, als er General der Waffen-SS wurde. Der Junge auf dem Bild ist Heinrich Montanus, sein Sohn, der nach dem Krieg verschwand, zusammen mit seiner Mutter. Man vermutet, dass der General den Abgang der beiden schon im Voraus geplant hatte."

Koslowski staunte Bauklötze darüber, was der Journalist so alles wusste.

„Und der General selber?"

Fontembleau ließ sich erneut Zeit mit der Antwort. Er wusste seine Informationen spektakulär zu präsentieren. „Der wurde von den Alliierten gefasst, als er nach dem Krieg versuchte unterzutauchen."

Koslowski dachte nach.

„Ach übrigens, er wurde in der Nähe von Cuxhaven gestellt. Dort, wohin man die Erprobungsstelle der V2-Raketen ausgelagert hatte."

„Was ist dann mit dem General geschehen?", wollte Koslowski wissen.

„Der wurde interniert und ist kurz darauf im Lager verstorben." Fontembleau hatte anscheinend gründlich recherchiert.

Koslowski spürte wie sich langsam alles zusammenfügte. Er notierte einige Stichpunkte.

Fontembleau war jetzt in seinem Element und kaum zu bremsen. „Die Frau und der Sohn verschwanden plötzlich. Der Junge muss da so cirka drei bis vier Jahre alt gewesen sein."

Koslowski rechnete nach.

Fontembleau schien Gedanken lesen zu können. „Du überlegst, wie alt er heute wäre? Na, so Mitte siebzig. Damit wäre er wohl kaum in der Lage, dir noch so viel Schwierigkeiten zu machen, wie die, die du mir geschildert hast."

Das sah Koslowski ein.

Fontembleau wartete eine Sekunde, bevor er das Gespräch fortsetzte.

„Man munkelt aber, dass auch er einen Sohn hat, der in Südamerika zur Welt gekommen sein soll."

„Paraguay?", fragte Koslowski.

„Bingo", antwortete der Journalist. „Ein Kollege von mir will den Sohn des Generals und seinen Enkel dort unten aufgespürt haben."

„Was bedeutet: ‚will'?", fragte Koslowski gespannt nach.

„Er tickerte die Meldung über den großen Teich und zwei Tage später fand man seine Leiche neben einer Autostraße im Dschungel. Angeblich wurde er von Banditen überfallen und ermordet."

„Was du nicht glaubst, oder?", vermutet Koslowski und hörte, wie Fontembleau mit der flachen Hand auf die Tischplatte schlug.

„Du etwa? Das wäre ein äußerst sonderbarer Zufall!" Der Journalist schnaufte ärgerlich. „Falls er den Sohn und den Enkel gefunden hat, dann haben die ihn aus dem Weg geräumt."

„Wann war das?", wollte Koslowski wissen.

„1976!", kam Fontembleaus Antwort, wie aus der Pistole geschossen. „Ich habe hier darüber berichtet!"

„Damals wäre der Sohn des Generals etwa um die Vierzig gewesen“, vermutete Koslowski, der im Geiste nachgerechnet hatte.

„Ja, und der Enkel wäre zu dem Zeitpunkt ungefähr achtzehn gewesen und heute Anfang fünfzig.“

Fontembleau folgte Koslowskis Gedankengängen. „Also hüte dich vor Fünfzigjährigen!“, gab er Koslowski den Rat. „Und nicht nur vor denen!“

„Also kann man ausschließen, dass Kleine-Natrop und der General identisch waren, oder?“

„Hundertprozentig!“, war sich der Journalist sicher.

Koslowski machte sich weitere Notizen. „Ach, hast du übrigens noch was über diesen Hegering rausbekommen?“

Wieder hörte man Fontembleau mit Papieren rascheln. Dann ein Räuspern. „Der hat sich nach dem Krieg auch in deine Richtung abgesetzt. Ich habe gehört, dass auch er irgendwo in Ostwestfalen gewesen sein soll.“

Koslowski war darüber nicht besonders erfreut. „Genauer hast du es nicht, oder?“

„Doch“, sagte der Journalist, „ich habe eine Telefonnummer, die Adresse, einige Röntgenbilder und seinen Personalausweis hier liegen! Arschloch!“

Koslowski ruderte sofort zurück.

„Nichts für ungut. War ja nur ‘ne Frage.“

„Ja, aber eine blöde!“

„Ich werde schon irgendwie weiterkommen. Hast du noch was für mich?“, wollte Koslowski wissen.

„Eines habe ich noch! Vielleicht hilft dir das weiter. Hegering soll als Orgelbauer gearbeitet haben.“

Koslowski stutzte. „Orgelbauer?“

„Na, du weißt doch Raketen zu Pfeifen, oder Schwerter zu Pflugscharen!“ Fontembleaus Lachen dröhnte aus dem Handy. „Nein, du Schlaumeier. Sein Vater war vor dem Krieg Orgelbauer, und er hat in der Firma mitgeholfen, um sein Studium zu finanzieren.“

„Na, mal sehen, was ich damit anfangen kann.“ Koslowski steckte seinen Kuli weg.

„Ach noch was“, ließ sich der Journalist am Handy vernehmen. „Bleib doch bitte am Leben, ja?“

Koslowski musste grinsen. „Und warum?“

„Na, aus zwei Gründen. Erstens will ich die Story haben, und zweitens können Tote keine zwei Kisten Rotwein bezahlen, die du mir jetzt mindestens schuldest.“

Man hörte ihn über seinen eigenen Scherz lachen.

Koslowski grinste und schüttelte den Kopf. „Die Story hast du ja schon fast. Mal sehen, was am Ende übrig bleibt. Entweder von mir oder von denen.“

Fontembleau gluckste.

„Pass auf dich auf!“ Damit beendete er die Verbindung.

Koslowski saß eine ganze Weile da und dachte nach. Der Enkel des Generals? Hegering, der Orgelbauer? Irgendwie musste er an Informationen über diesen Hegering kommen.

Einen anderen Ansatzpunkt gab es nicht, und ihm stand auch nicht der Sinn danach, sich auf ein Duell mit Kleine-Natrop junior oder einem seiner Spießgesellen einzulassen. Zumindest nicht im Moment.

Schritte zurück II

Eigentlich wollte Koslowski nie nach Mallorca. Ihm missfiel die Touristeninsel einfach. Aus seiner Abneigung hatte er allerdings auch nie einen Hehl gemacht. Doch nun stand er an einem Gepäckband des Flughafens in Palma und wartete auf seinen Koffer. Hoffentlich entdeckte ihn hier kein Bekannter, dachte er bei sich.

Koslowski schüttelte den Kopf. Alles nur wegen einer verlorenen Wette.

Gegen seinen ehemaligen Streifenkollegen hatte Koslowski gewettet, dass er schneller aus Oberhausen und von der dortigen Polizeiwache weg sei, als Eddy Geisler. Da er absolut sicher war, dass er gewinnen würde, hatte sich Koslowski auf den Wetteinsatz „Eine Woche Malle“ eingelassen.

Er trug bereits eine Zusage in der Tasche, nach der er am ersten Dezember bei einer Firma für Sicherheitsprojekte anfangen konnte. Bei fast doppeltem Gehalt.

Nur hatte Koslowski den Fehler begangen, davon auszugehen, dass sein Kollege, mit dem er viele gemeinsame Streifenfahrten auf dem Buckel hatte, die Aufnahmeprüfung für den gehobenen Dienst nicht schaffen würde. Zu Koslowskis Pech und Geislers Glück bewies dieser dabei jedoch mehr Ruhe, als damals auf dem Dachboden in Alstaden. Er hatte bereits Bescheid, dass er ab dem 1. September an der „Flachdachschule für öffentliche Verschwendung“, wie er die Fachhochschule für öffentliche Verwaltung spaßeshalber nannte, sein Studium beginnen konnte.

Koslowski hatte notgedrungen zugegeben, die Wette verloren zu haben und seinen Koffer gepackt. Eddy Geisler war schon zig Mal auf Mallorca gewesen, sodass Koslowski ihm alle Planung überlassen hatte.

Sie schwangen sich also in Düsseldorf-Lohhausen in den Flieger und landeten knapp zwei Stunden später auf „Malle“. Das Wetter war schön, die Sonne schien, und Koslowski kam, immer noch am Band stehend, mit sich überein, dass dieser Urlaub zu teuer war, um sich die ganze Woche zu ärgern.

Das Gepäck rumpelte über das Band, beide Polizisten schnappten sich ihre Koffer und strebten der Passkontrolle zu. Koslowski folgte einfach seinem Kollegen, der zielstrebig auf den Schalter einer Autovermietung zusteuerte. Dort wurde Koslowski Zeuge der Übergabe von Schlüssel und Papieren für ein feuerrotes Peugeot-Cabriolet.

Die beiden Männer verstauten ihre Koffer im Heck, und Koslowski ließ sich auf den Beifahrersitz fallen. Er zog die Sonnenbrille vor die Augen und zeigte mit dem Finger nach vorn.

„Kutscher, fahre er!“

Geisler grinste, legte den ersten Gang ein und rollte vom Parkplatz.

Die Fahrt ging zunächst in Richtung Andratx und von dort aus an der Küste entlang in Richtung Cala de Dejà. Hier, so erzählte ihm Eddy, lebte die Prominenz, die sich auf der Insel eingekauft hatte.

Von der Straße hatte man einen weiten Blick über das Meer, und Koslowski war sich sicher, dass auch er sich hier ein Grundstück kaufen würde, wenn Wim Tölke jemals an seine Tür klopfte, um den Hauptgewinn aus der „3 x 9-Sendung“ zu überbringen. Er musste sein gesamtes Bild von der Insel revidieren. Geschickt hatte Geisler von Palma aus den Weg in Richtung Westen gewählt und sich nicht östlich an die Ballermann-Strände angenähert.

Das Cabrio schnurrte auf der Straße weiter in Richtung Sóller und dann nach Port de Sóller.

Hier hielten sie an, setzen sich in ein Straßencafé und tranken einen Kaffee.

Dann ging die Fahrt ging weiter nach Sa Calobra, und Koslowski konnte sich kaum darüber beruhigen, dass in Sóller immer noch eine Straßenbahn der Firma Siemens in Betrieb war.

Auch die Orangenplantagen hatten ihn beeindruckt, und mit jeder Minute musste er sein Mallorcabild weiter revidieren. Allmählich begann er sich sogar über die verlorene Wette zu freuen.

Geisler steuerte das Cabrio in Sa Calobra auf einen Parkplatz, und sie suchten aus den Koffern ihre Badehosen und andere Utensilien raus.

Koslowski war zunächst etwas ratlos, wo Geisler hier baden wollte, folgte ihm aber. Und sein Vertrauen wurde belohnt. Am Ende des Weges standen die beiden Polizisten an der Mündung des Torent de Pareis.

Koslowski war vom Blau des Meeres ebenso beeindruckt wie von der Klarheit des Wassers. Als er sich umdrehte und in die Schlucht des Torent de Pareis blickte, wusste er, dass er diesen Anblick nie mehr vergessen würde. Die beiden Männer zogen sich um und badeten in den Fluten des Mittelmeeres.

Sie unternahmen etliche Ausflüge, und Eddy Geisler stellte sich als kompetenter Mallorca-Kenner heraus, was unter anderem daran lag, dass seine Eltern ihn schon früh mit auf die Insel genommen hatten.

Abends saßen sie am Wasser in gemütlichen Gaststätten und genossen spanisches Bier und einheimische Spezialitäten.

Die Zeit verging wie im Fluge, und die Maßnahme, kein festes Hotel zu buchen, sondern sich jeden Tag an einem anderen Ort eine Bleibe zu suchen, war genau das, was Koslowski so gefiel. Er lernte in dieser einen Woche mehr von der Insel kennen, als mancher Ballermann-Tourist in zehn Jahren. Kein Wunder also, dass ihn die Rückfahrt nach Palma schon ein wenig traurig stimmte. Dort wollten sie den letzten Abend verbringen.

Nachmittags noch ein Besuch am Hafen und in der Kathedrale, abends ein letzter Bummel durch die Stadt. Den Wagen hatten sie bereits wieder abgegeben und würden morgen früh vom Hotel aus zum Flughafen gebracht werden. Sie schlenderten durch die Straßen von Palma und genossen den Trubel in der Innenstadt und die milde Luft. Doch diese Urlaubsidylle sollte sich schlagartig ändern.

Koslowski war vor einem Geschäft mit Fotoapparaten stehen geblieben, als ein Wagen um die Ecke geschleudert kam und am Bordstein in einen parkenden Pkw krachte.

Der Motor erstarb und widersetzte sich jeglichen Versuchen des Fahrers, ihn wieder in Gang zu bringen.

Koslowski sah, wie drei maskierte Männer aus dem Wagen sprangen, und hörte im selben Moment auch schon mehrere Polizeisirenen.

Die Männer blieben einen kurzen Augenblick stehen, dann stürmten sie mit Handfeuerwaffen in den Fäusten auf einen großen gläsernen Hauseingang zu.

Koslowski konnte durch die große Glasfront erkennen, wie sie in einen offenen Fahrstuhl sprangen. Er sah auch, dass der Fahrer als Letzter aus dem Wagen sprang, nachdem er eingesehen hatte, dass er den Motor nicht mehr starten konnte.

Als der erste mallorquinische Polizeiwagen halb auf dem Gehweg zu stehen kam, gab der Fahrer noch einen Schuss in Richtung des Polizeifahrzeuges ab und stürmte ebenfalls auf den Hauseingang zu.

Eddy Geisler, der unbeweglich in der Nähe des Einganges gestanden hatte, musste ihm wohl ins Auge gefallen sein.

Der Schütze machte einen Schritt zur Seite, packte Geisler am Hemd und zerrte ihn hinter sich her.

Geisler wehrte sich automatisch, doch es gelang dem Mann, ihn in den Hauseingang zu ziehen.

Mit Schrecken sah Koslowski, dass der Ganove im Hausflur stehen blieb und nicht wusste, wohin sich seine Komplizen abgesetzt hatten.

Augenscheinliche Panik ergriff ihn, als er sah, wie ein zweiter Polizeiwagen von der anderen Seite auf den Gehweg fuhr, zwei weitere Polizisten aus dem Wagen sprangen und dahinter in Deckung gingen. Er presste die Waffe gegen Geislers Hals und hielt ihn am ausgestreckten Arm von sich entfernt. Dabei schrie er ununterbrochen irgendetwas auf Spanisch.

Eddy Geisler war kreidebleich.

Koslowski hörte einen der Polizisten in sein Mikrofon schreien, doch er verstand nur den Begriff „Guardia Civil".

Koslowski kannte die Angst der Spanier vor der paramilitärischen Guardia Civil, die man früher auch „la mala sombra" (der böse Schatten) genannt hatte. Er ahnte, dass die Guardia dieses „kleine Problem" in dem gläsernen Hauseingang rigoros lösen würde. All die Gespräche der letzten Woche schossen ihm durch den Kopf. Geislers Traum von der Karriere bei einer Sondereinheit der Polizei verbunden mit dem Wunsch, selber mal Leben retten und anderen helfen zu können. Die Chancen, dass er das würde verwirklichen können, standen im Moment außerordentlich schlecht.

Koslowski blickte panisch um sich. Was konnte er tun? Die Polizisten hielten die Stellung und blockierten den Rückweg.

Der Fahrer des Wagens hielt seinem Freund immer noch die Pistole an den Hals und trommelte gleichzeitig mit der freien Hand auf den Rufknopf des Fahrstuhles.

Panisch blickte er dabei immer wieder nach draußen. Koslowski konnte erkennen, wie ihm der Schweiß auf der Stirn stand. Sein Glück war sein Interesse an Fotoapparaten gewesen, bloß deshalb hatte er ein paar Meter von Geisler weggestanden.

Er überlegte fieberhaft, was er unternehmen konnte, denn es war klar, dass die spanischen Polizisten bis zum Eintreffen der Guardia Civil erst einmal abwarten würden.

Es war aber auch anzunehmen, dass dem Geiselnehmer im gläsernen Hauseingang in kürzester Zeit die Sicherungen durchbrennen würden.

Der Fahrstuhl würde nie kommen.

Wenn seine Komplizen nur ein wenig Grips und kein Kameradschaftsgefühl besaßen, dann hatten sie die Fahrstuhltür beim Aussteigen blockiert, um sich so einen Vorsprung zu verschaffen.

Koslowski durchsuchte seine Taschen nach einer Art Waffe, fand aber nichts als die letzten Peseten und seinen Hotelschlüssel mit dem klobigen Anhänger.

Er blickte zum Streifenwagen hinüber, und als einer der beiden Polizisten zu ihm herübersah, tippte sich Koslowski mit dem Zeigefinger gegen die eigene Brust und zeigte dann auf den Eingang. Der Spanier zuckte verständnislos mit den Achseln, und erst bei der dritten Wiederholung, verstand er die Pantomime. Hektisch verneinend schüttelte er den Kopf und Koslowski konnte ihm das „No!" von den Lippen ablesen.

Koslowski blickte noch einmal zu dem Polizisten hinüber, schüttelte nun seinerseits den Kopf, holte tief Luft und marschierte nach einem Bogen frontal auf den Eingang zu.

Als er die Tür erreichte, bemerkte ihn der Geiselnehmer. Koslowski zog die rechte Hand aus der Tasche, sah auf seinen Schlüssel und ging weiter auf die beiden Personen im Eingang zu.

Der Geiselnehmer war mit dieser Situation anscheinend komplett überfordert.

Den Typ, der da ins Haus wollte, hielt er offensichtlich für einen Touristen.

Koslowski war nur noch vier Meter von den beiden entfernt und hoffte, dass Eddy die Nerven behalten würde.

Als er den Blick wieder hob, sah er wie dieser ihn fragend ansah.

Koslowski änderte sein Mienenspiel nicht.

Noch drei Meter.

Noch zwei Meter. Koslowski sah auf und lächelte den Geiselnehmer mit dem freundlichsten und harmlosesten Gesicht an, welches er auf Lager hatte.

Ein Meter! Koslowski wechselte den Schlüssel von der rechten in die linke Hand und hielt ihn mit strahlendem Gesichtsausdruck hoch.

Als er knapp vor den beiden Männer stand, bat er mit einem „Perdón“ darum, zwischen ihnen durchgehen zu dürfen.

Und seine Rechnung ging auf. Der Stresspegel beider Männer war so hoch, dass sie einem natürlichen Reflex folgten und jeder einen Schritt zurücktrat.

Freundlicherweise ließ der Geiselnehmer Geisler dafür auch noch los und senkte sogar den Revolver.

Koslowski machte noch genau einen halben Schritt, dann legte er all seine Kraft und Anspannung in einen rechten Haken, der den Geiselnehmer von den Füssen holte.

Beim Aufschlag auf dem Granitfußboden war er bereits bewusstlos.

Koslowski hielt sich die schmerzende Hand, und nun reagierte Eddy Geisler. Er machte zwei Sätze auf die Waffe zu, die der Geiselnehmer hatte fallen lassen. Während er die Waffe an sich nahm, erfasste er Koslowski am Hemdkragen und zerrte ihn zur Tür. Mit der Waffe in der erhobenen Hand trat er aus dem Eingang, seinen verletzten Kumpel im Schlepp.

Dem Winken eines Polizisten nach links zu laufen kamen die beiden nach und wurden am nächsten Streifenwagen in Empfang genommen.

Aus den Augenwinkeln sah Koslowski, wie zwei Polizisten den Eingang stürmten und sich auf den immer noch bewusstlosen Geiselnehmer warfen. Sie drehten ihn auf den Bauch, legten ihm Handfesseln an und zerrten ihn dann aus dem Eingangsbereich hinter einen der Streifenwagen.

Ein Polizist hatte Geisler die Waffe aus der Hand genommen, und hinter ihm erschienen zwei Beamte, welche die beiden Deutschen zu einem abseits stehenden Streifenwagen brachten.

Genau 19 Minuten später saßen beide in einer Zelle des Polizeigewahrsams Palma und fragten sich, auf wessen Seite sie gestanden hatten.

Koslowskis Hand war mindestens geprellt, wenn nicht gebrochen, doch einen Arzt hatte die Hand bislang nicht gesehen.

Man hatte sie wortlos in die Zelle geschoben und alle Fragen und Bitten ignoriert. Auch der Versuch, den Spaniern zu erklären, dass sie Kollegen aus Deutschland seien, scheiterte.

Sie saßen auf dem unteren der beiden Betten, und Geisler sah Koslowski von der Seite an.

„Ich weiß nicht, wie ich anfangen soll ...“

Geisler schluckte. „Du hast mir heute vermutlich das Leben gerettet.“

Koslowski winkte ab. „Das hättest du genauso gemacht.“

Geisler schüttelte den Kopf. „Die Idee mit dem Schlüssel und den Mieter zu spielen war schon eine psychologische Meisterleistung! Vor allem in dieser Stresssituation.“

Koslowski sah auf seine angeschwollene Hand. „Man darf vielleicht gar nicht so viel denken, sondern muss nur handeln!“, vermutete er. „Auf jeden Fall war das kein großes Ding.“ Geisler richtete sich auf.

„Wenn das kein großes Ding war, was soll dann noch groß sein?“ Er sackte wieder in sich zusammen.

„Ich hoffe nur, ich kann das irgendwann mal wieder gutmachen, was du damals bei dem Terroristeneinsatz, bei dem ich fast einen Menschen getötet hätte und heute, als du mir das Leben gerettet hast, für mich getan hast!“

Koslowski sah ihn grinsend an.

„Ganz ehrlich?“, fragte er.

„Ganz ehrlich!", antwortete Geisler mit leicht belegter Stimme. Koslowski klopfte ihm auf die Schulter

„Eddy?"

„Ja?"

„Nimm es als Geschenk von einem echten Mallorca-Fan!" Und beide lachten.

Das Handgelenk war nicht gebrochen, sondern nur stark geprellt, das hatte ein Arzt festgestellt, nachdem sie in den frühen Morgenstunden von einem hochrangigen Polizeibeamten persönlich aus der Zelle geholt und in sein Büro geführt worden waren.

Hier entschuldigte er sich in einer Mischung aus Deutsch, Spanisch und englischen Wörtern tausend Mal, dass er sie hatte einsperren lassen. Aber am Einsatzort hatte eine derartige Hektik geherrscht, dass er erst mal alles sichern wollte. Den Fahrer des Wagens habe man identifiziert, er sei Angehöriger einer Splittergruppe der ETA. Bei einer Verkehrskontrolle waren die Männer in dem Wagen plötzlich getürmt und so vor das Haus gekommen.

Polizeichef Enrico Barocca dankte Koslowski überschwänglich für seinen beherzten Einsatz.

Kurze Zeit später erschien ein Dolmetscher, und im Laufe der Unterredung stellte sich heraus, dass die anderen drei Männer von einer Spezialeinheit der Guardia Civil in dem Haus ausgeräuchert und festgenommen worden waren.

Vermutlich hatten sie einen Anschlag irgendwo auf Mallorca geplant.

Drei Osborne weiter kam der Polizeichef dann zur Sache.

Er ließ den Dolmetscher von der schlechten Stellung seiner Polizei gegenüber der Guardia erzählen, schilderte den überbordenden Papierkram, der auf ihn zukommen würde, und versuchte Mitleid für die Polizisten zu wecken, die keine Initiative ergriffen hatten und die man dafür sicher zur Rechenschaft ziehen würde.

Koslowski und Geisler sahen sich kurz an und nickten.

Wieder bekam der Dolmetscher Arbeit. Aber anschließend war der Polizeichef überglücklich. Die ganze Aktion, einschließlich der Festnahme des Fahrers, würde nun auf das Konto seiner Männer gehen.

Die beiden deutschen Polizisten würden in keinem Vorgang auftauchen und dem Ansehen und der Motivation seiner Truppe tat der Erfolg mal gut.

Barocca rief nach einem Streifenwagen, der die Koffer aus dem Hotel holte, und ließ es sich nicht nehmen, die beiden deutschen Kollegen persönlich zum Flughafen zu begleiten.

Am Abflugschalter umarmte er sie und ließ sich versprechen, dass sie beide als seine Gäste zur Orangenblüte wieder nach Mallorca kommen würden.

Leider jedoch verloren sich Geisler und Koslowski kurz darauf gänzlich aus den Augen, und keiner der beiden kam der Einladung jemals nach.

Koslowski hatte zwar seine Meinung über Mallorca grundlegend geändert. Aber auf die Insel war auch er bis heute nicht mehr zurückgekehrt.

Zwanzig

Koslowski hatte Hunger und Durst und brauchte ein Telefonbuch. Also gab er seinen Bedürfnissen nach, parkte seinen Wagen in Detmold, nahe der „alten Pauline“ und ging die Bielefelder Straße entlang in Richtung Paulinenstraße.

An der Ecke gegenüber der Sparkasse stieg er die Treppen hinunter und stand dann vor dem Eingang der *Handwerkerstuben.*

Er öffnete die Tür und trat ein. Bis auf wenige Gäste, vermutlich Banker aus der gegenüberliegenden Sparkasse, war der Schankraum zur Zeit leer.

Er setzte sich an den letzten Tisch mit Blick auf den Eingang. Als der Kellner kam, bestellte sich Koslowski ein großes Glas Weizenbier und bat um die Karte und ein Branchenfernsprechbuch.

Beides kam mit dem Bier, welches Koslowski angenehm kühl die Kehle hinunterrann. Er blätterte zunächst in der Speisekarte, dann nahm er sich das Branchenbuch vor. Unter „Orgelbau“ fand er absolut nichts. Auch unter Musikinstrumente: Fehlanzeige.

Koslowski versuchte weitere Begriffe, blieb jedoch erfolglos. Das Essen kam, und er widmete sich mit Inbrunst seinem Cordon Bleu. Ihm fiel ein, dass er schon geraume Zeit nichts gegessen hatte und auch nichts, was annähernd so gut schmeckte wie das Essen hier.

Er aß den Teller komplett leer und verspeiste sogar die Dekoration aus Salatblättern und Tomaten, die er sonst für gewöhnlich verschmähte.

Der Kellner deutete beim Abräumen auf den leeren Teller. „Man sieht, es hat Ihnen geschmeckt.“

Koslowski nickte und rieb sich genießerisch den Bauch. „Es war vorzüglich. Danke der Nachfrage.“

„Darf ich mal neugierig sein und fragen, was sie im Branchenbuch gesucht haben?“, wollte der Kellner wissen.

„Ich suche einen Orgelbauer oder jemanden, der mir darüber Auskunft geben kann."

Der Kellner überlegte einen Moment, dann ging er zur Theke und suchte dahinter nach Schreibzeug. Kurze Zeit später kam er mit einem Zettel zurück. Er notierte einen Namen und schob Koslowski den Zettel hinüber.

„Das ist die Adresse von Waldemar Semmeling. Wenn einer in Lippe etwas über Instrumente weiß, dann der alte Semmeling."

Koslowski sah auf den Zettel. Die Adresse war in Holzhausen-Externsteine.

„Der ist hier Stammkunde."

Koslowski bedankte sich bei dem Kellner, lehnte einen Schnaps ab und gab ein ordentliches Trinkgeld.

Draußen blieb er einen Moment stehen, blinzelte in die Sonne. Die frische Luft genießend ging er zu seinem Fahrzeug.

Die Fahrt nach Holzhausen verlief ohne Störungen, und er fand problemlos die angegebene Adresse.

Ein älteres Haus am Waldrand, mit einem Vorgarten, der eher einem Feenreich glich als einem lippischen Vorgarten, empfing ihn.

Nachdem er vergeblich versucht hatte, das niedrige Türchen zu öffnen, überstieg er es einfach. An der Haustür fand er nur eine Klingel, kein Namensschild. Die Hausnummer war zwar verblichen, aber noch zu erkennen, und so schellte Koslowski. Aus dem Haus dröhnte ein infernalischer Gong in einer Folge von drei Tönen. Anschließend erklang ein dunkles Bellen.

Koslowski wartete brav und wurde kurze Zeit später belohnt. Die Tür öffnete sich, und Albert Einstein oder dessen Zwillingsbruder öffnete.

„Sie wünschen?", fragte die Person mit näselnder Stimme. Dabei hielt er einen großen braunen Neufundländer zurück, der sich begeistert auf Koslowski stürzen wollte.

Dieser sah zunächst den Hund, dann den Mann an. „Wenn sie Waldemar Semmeling sind, dann brauche ich Ihren Rat!“

Der Mann nickte, schob kommentarlos den Hund zurück und ließ Koslowski eintreten.

Schon der Flur glich einem Museum. Überall, sogar von der Decke, hingen Musikinstrumente. Koslowski staunte nicht schlecht. Der Mann ließ den Hund los, der Koslowski beschnupperte und anscheinend als passabel befand. Dann trottete er durch eine Tür, und Koslowski hörte ihn schnaufend auf ein Kissen fallen.

„Na, das ist aber eine tolle Sammlung“, sah Koslowski den Mann an.

„Ja?“, fragte dieser überrascht und folgte dem Hund in eine Art Wohnzimmer.

Und hier verschlug es Koslowski vollends die Sprache. Im Flur hatte er schon zahllose Instrumente gesehen, doch hier lagerte bestimmt das Dreifache.

Semmeling lachte, als er Koslowski mit offenem Mund staunen sah. „So geht es jedem, der zum ersten Mal hier ist!“

Koslowski wanderte herum und kam sich vor wie im Musikerhimmel. Von der Triangel bis zum Susaphon war alles vorhanden.

„Aber bitte, setzen sie sich“, forderte der Hausbesitzer ihn auf.

Koslowski suchte sich einen freien Platz auf dem zugepackten Sofa und kraulte den Kopf des Neufundländers, der auf seinem Oberschenkel lag, kaum dass er sich gesetzt hatte.

„Aber sicher sind sie weder hierher gekommen, um meinen Hund zu kraulen, noch um sich meine Sammlung anzusehen, oder?“, wollte Semmeling wissen.

Koslowski tätschelte den Kopf des Hundes und setzte an: „Es geht um Orgeln. Kirchenorgeln beziehungsweise um die

Konstrukteure, oder noch besser die Mitarbeiter in Orgelfirmen." Koslowski holte Luft. Wieder einmal würde er zu einer Notlüge greifen müssen, da er dem alten Mann kaum die ganze Geschichte erklären konnte. So gab er vor, dass er für das Archiv der Stadt Lage recherchieren würde. Man sei dabei, einen Artikel über die Marktkirche zu erstellen und dabei sei er auf die Restaurierung der Orgel gestoßen. Und nun sei man auf der Suche, ob es wohl noch einen Mitarbeiter gebe, der etwas über die damalige Arbeit sagen könne. Quasi als Zeitzeuge.

„Orgelbauer?" Semmeling ließ den Kopf auf die Brust sinken und dachte nach. „Orgelbauer?", wiederholte er nochmals leiser.

Dann saß er einige Minuten versunken da.

Koslowski schwieg, da er die Konzentration nicht stören wollte.

Waldemar Semmeling hob den Kopf und man sah förmlich den Schatten der Erkenntnis über sein Gesicht huschen. „Hier in der Region hat es früher mehrere Orgelbauer gegeben. Die letzte produzierende Firma war in Lemgo ansässig."

Koslowski dachte, dass der Kellner in den *Handwerkerstuben* vollkommen richtig gelegen hatte. Semmeling war tatsächlich ein wandelndes Lexikon für Musikinstrumente.

Dieser nutzte die Pause, um weiter nachzudenken. „Vor etlichen Jahren haben die den Laden dicht gemacht. Der Besitzer ist wohl verstorben, wenn ich mich recht erinnere." Semmeling griff nach einem Etui, das auf einem Beistelltisch lag, und zündete sich eine Zigarre an. Er blies den Rauch in die Luft und sah ihm nach.

„Wissen sie, ob mir jemand mehr über die Firma sagen kann?", wollte Koslowski wissen.

Der Instrumentenexperte sah ihn nachdenklich an, dann nahm er einen weiteren Zug, blies den Rauch in Richtung Koslowski und nickte.

„Die Familie hat in Lemgo gelebt. Vermutlich finden Sie sie noch im Telefonbuch."

Koslowski schob den Hundekopf von seinem Oberschenkel und beugte sich interessiert vor. „Können Sie sich noch an den Namen der Firma oder des Sohnes erinnern?", wollte er gespannt wissen.

Semmeling suchte nach einem Aschenbecher und fand ihn auf dem Flügel, der hinten im Raum stand. Er ging hinüber, streifte die Asche ab, drehte sich um und lehnte sich an das Instrument. Dann nickte er. „Na klar, der Name war Hegering."

Einundzwanzig

Manchmal ist der Teufel ein Eichhörnchen, dachte Koslowski. Oder wie Krameike immer zu sagen pflegte: „Ein guter Katholik hat immer etwas Glück!"

Er saß wieder im Wagen und fuhr von Holzhausen in Richtung Lemgo. Das nicht zurückverfolgbare Handy steckte er in die Halterung am Armaturenbrett und schaltete es ein. Dann wählte er den Service seines Telefonnetzbetreibers und wartete, dass man sich meldete.

Koslowski hörte eine Fahrstuhlmusik und ab und zu eine Stimme, die ihm zwei Dinge flüsterte. Zum einen, dass alle Servicemitarbeiter zur Zeit im Gespräch seien und er mit dem nächsten freien Mitarbeiter verbunden würde. Und zum zweiten, dass die Wartezeit natürlich für ihn kostenlos sei. Das brachte Koslowski in seiner jetzigen Situation weit nach vorne. Er sparte während der Wartezeit so viel Geld, da würde wohl bald von der Telefongesellschaft was zurücküberwiesen werden.

Endlich wechselte die Automatenstimme zu einer mit sächsischen Dialekt. Koslowski erkundigte sich nach einer Familie Hegering in Lemgo.

Einen Augenblick war es still, dann meldete sich die Stimme wieder und teilte ihm mit, dass es zwei Einträge gebe, beide mit derselben Adresse.

Koslowski bedankte sich und schaltete das Handy wieder ab.

Die Straße kannte er zufällig. Sie lag in Luerdissen.

Er fuhr durch die Detmolder Innenstadt und sah dabei ab und zu in den Rückspiegel. Er glaubte an vieles, aber nicht daran, dass ihn seine Gegenspieler in Ruhe lassen würden, vor allem nicht nach dem Tod von Kleine-Natrop senior und dessen Schergen in der lippischen Schweiz.

An der Einmündung Paulinen-/Bielefelder Straße musste Koslowski bei Rot anhalten. Von der Bielefelder Straße kommend hielt ein dunkelblauer Opel Astra ebenfalls an der Ampel. In diesem Wagen, bei dem es sich wohl um ein ziviles Polizeifahrzeug handelte, erkannte Koslowski den Kripomenschen Walfried Eugelink. Er stand auf der Linksabbiegerspur in Richtung Bahnhof.

Koslowskis Ampel sprang auf Grün, und er fuhr los. Kurz vor der Bruchstraße fand er eine freie Parklücke und lenkte den schweren Mercedes-Geländewagen hinein.

Einige Fahrzeuge ließ er passieren und setzte sich dann hinter den Astra, der an ihm vorbeifuhr. Koslowski folgte dem Kripowagen über die Paulinenstraße in Richtung Lemgo.

An der Röntgenstraße bog der Wagen rechts in Richtung Klinikum ab. Auch Koslowski lenkte den Wagen in diese Richtung und sah, wie Eugelink den Weg zur Notaufnahme hinauffuhr. Als der Astra stoppte, hielt Koslowski bereits hinter ihm.

Eugelink stieg aus und sah nach hinten. Er stutzte einen Moment und erkannte dann seinen Freund Koslowski. „Was machst du denn hier? Wo kommst du her? Halb Lippe sucht dich bereits!“

Koslowski war ebenfalls ausgestiegen und ging auf Eugelink zu. Dieser sah sich sichernd um.

„Das sind zwei Fragen und eine Feststellung, Walfried!“

Koslowski schüttelte dem Kriminalbeamten die Hand. „Ich komme gerade aus einem Musikmuseum und suche jemanden!“, erklärte er.

„Und nun meine Frage, wer sucht mich und warum?“

Eugelink trat erstaunt einen Schritt zurück. „Na, hast du denn keine Zeitung gelesen?“

Koslowski schüttelte den Kopf. „Also wenn ich in der letzten Zeit für irgendwas keine Zeit hatte dann war es Zeitunglesen.“

„Mensch, man sucht dich wegen des schweren Unfalls in der lippischen Schweiz und wegen eines Toten auf dem Hermannsdenkmal!“

„Nun musst du mich wohl festnehmen, oder?“, wollte Koslowski wissen.

„Quassle nicht so einen Stuss!“, forderte Eugelink ihn auf und zog ihn hinter den großen Geländewagen. „Du erinnerst dich sicher noch an den Leiter der Mordkommission, diesen Bergius, oder?“

Koslowski nickte.

„Der hat den Fall übertragen bekommen. Er ermittelt gegen dich und lässt nach dir fahnden.“

Koslowski dachte nach. „Wie bringen die mich denn mit der Sache am Hermann in Verbindung?“

Eugelink lehnte sich an den Mercedes. „Angeblich gibt es einen Zeugen, der dich da oben gesehen haben will.“

Der Kripobeamte rieb sich das Kinn. „Mehr weiß ich auch nicht. Bergius und seine Truppe haben die Akten alle unter Verschluss.“

Koslowski dachte kurz nach. „Was wissen die denn über den Toten vom Hermann und die beiden aus dem Autowrack?“

„Angeblich sei der Tote auf dem Hermann ein Unbekannter gewesen. Und die beiden Toten im Auto Täter, ein gewisser Arthur Rosenberg und sein Fahrer.“

Koslowski schüttelte den Kopf. Die verdammten Hunde hatten einfach zwei Identitäten getauscht.

„Weißt du, wer der Tote aus dem Auto ist?“, fragte er Eugelink.

„Das war Kleine-Natrop senior. Er ist nicht in Dänemark erschossen worden, sondern war selber der ...“

Eugelink sah ihn erschrocken an. „Und der Mann, der angeblich in Dänemark erschossen wurde ...?“

„... war Arthur Rosenberg, der angeblich in dem Auto verbrannte, welches ihr in der lippischen Schweiz gefunden habt!“, vervollständigte Koslowski den Satz.

„Und die beiden Typen, die mit im Auto und auf dem Hermann waren?“, wollte der Kriminale wissen.

„Waren Kleine-Natrops Schergen." Koslowski lehnte sich gegen den Wagen. „Die waren hinter mir her, und gegen Mitternacht sollte nicht nur dem ollen Cherusker der Strom abgestellt werden."

Eugelink sah Koslowski entgeistert an. „Sag mal, wo bist du da bloß reingeraten?"

Koslowski nickte bedächtig. „Das kannst du laut fragen! Ich werde dir mal einen Kurzbericht über alles geben."

Koslowski erklärte dem Kripobeamten in knappen Sätzen alles, was er bislang wusste und erlebt hatte. Angefangen von seinen Erlebnissen in Dänemark, bis hin zu den neusten Erkenntnissen in Sachen Hegering. Er erzählte ihm auch von den beiden Teilen der Formel, die er bislang an sich bringen konnte. „Hast du schon was über den Mord an Tobergte erfahren, den ihr in meinem Wagen gefunden habt?" wollte er wissen.

Wieder schüttelte Eugelink den Kopf. „Die ganze Sache ist Bergius übertragen worden, und der ermittelt in alle Richtungen."

Koslowski überlegte. Wer konnte ihn in der Nacht am und auf dem Hermannsdenkmal gesehen haben?

Der Kriminalbeamte schaute seinen Freund fragend an. „Und du willst jetzt trotzdem weitermachen?"

„Klar!" Koslowski legte ihm die Hand auf die Schulter. „Habe ich eine Wahl? Die werden doch mit aller Macht versuchen, an alle Teile der Formel zu kommen. Und ich nehme es ihnen persönlich übel, dass sie dabei auch über meine Leiche gehen wollen." Er stieß sich vom Wagen ab. „Und auch Kleine-Natrop junior, der jetzt berechtigt trauernde Sohn, hat sicher noch vor, ein Hühnchen mit mir zu rupfen."

Eugelink sah seinem Freund in die Augen. „Willst du dich nicht bei uns stellen, dann könnten wir alles klären."

Koslowski schüttelte langsam den Kopf. „Habt ihr schon etwas über den toten Doktor aus Ringkøbing erfahren?", antwortete er mit einer Gegenfrage.

Eugelink musste verneinen.

„Siehst du, dein dänischer Kollege Larsson hat kein Vertrauen zur deutschen Polizei. Und ich bin mir nicht sicher, ob ich für euren Herrn Bergius nicht ein zu einfaches Opfer beziehungsweise ein Täter wäre, von wegen schneller Fahndungserfolg und so."

Eugelink sah ihn entgeistert an.

„Ich hoffe, du meinst damit nicht auch mich, oder?", wollte er wissen.

Koslowski legte ihm den Arm um die Schulter. „Walfried, du bist über jeden Zweifel erhaben. Du mogelst ja selbst beim Knobeln im *Knispel* nicht."

Eugelink lächelte. „Ich will erst alle Beweise zusammen haben. Dann komme ich bei euch vorbei, und ihr könnt die Reste einsammeln!" Der Kripobeamte kramte nach seinem Autoschlüssel. „Mensch Koslowski, pass bloß auf dich auf!"

Der so Gewarnte trat einen Schritt zurück. „Ich verspreche dir, die nächsten Frikadellen bei Strunte gehen auf meinen Zeiger!"

Beide Männer kehrten zu ihren Wagen zurück.

Eugelink drehte sich noch einmal um. „Kann ich dich irgendwie erreichen?", wollte er wissen.

„Ich melde mich bei dir, alles andere wäre zu gefährlich!"

Koslowski öffnete die Fahrertür des Mercedes. „Erlaub mir eine letzte Frage!"

Eugelink hatte sich in den Dienstwagen gebeugt und eine Schreibmappe herausgeholt.

„Was machst du hier am Krankenhaus?"

Eugelink verschloss den Astra. „Ich muss jemanden vernehmen, dem hier der Hintern behandelt wird."

Koslowski verstand nur Bahnhof.

„Na, so ein Schlaumeier hat versucht, einem Opa in Orbke Hühner zu klauen, und der Geflügelbesitzer hat ihm die Freude daran mit einer Schrotgarbe in den Hintern verdorben."

Koslowski grinste. „Ich sag doch: Eugelink, Sachbearbeiter für Hühnerdiebe!“

Nachdem sich die beiden Männer getrennt hatten, befand sich Koslowski weiter auf dem Weg nach Lemgo. Nach einigen Kilometern sah er das ersehnte Straßenschild und bog rechts ab. Und wiederum einige hundert Metern weiter stand er vor der gesuchten Adresse. Hier also sollte er Heinrich Hegering finden und so dem Geheimnis der Formel vielleicht ein weiteres Stück näher kommen?

Koslowski stieg aus dem Wagen und ging langsam auf das Haus zu. Ein gepflegter Vorgarten. Ein alte Fassade, aber sorgsam restauriert. Eine mit Kies bestreute Einfahrt, in der ein Kleinwagen parkte. Koslowski näherte sich der Haustür.

Ein Messingschild mit dem Namen *Hegering* war in der Mitte der Tür angeschraubt.

Koslowski holte tief Luft und drückte dann auf den Klingelknopf. Aber auch auf weiteres Klingeln öffnete niemand.

Er trat einen Schritt zurück und sah sich um.

Links neben dem Haus gab es eine Garage, rechts führte ein Plattenweg um das Haus herum. Koslowski wandte sich nach rechts und folgte dem mit alten Kopfsteinen gepflasterten Weg. Hinter der Hausecke ging das Pflaster in einen mit Kies bestreuten Weg über. Auf diesem Kiesweg gelangte man hinter dem Haus in einen hübschen, alten Bauerngarten. Koslowski blieb stehen und bewunderte die niedrigen Hecken aus Buchsbäumen, die den Garten in kleine Kräuter- und Blumenbeete unterteilten. Er ließ den Blick schweifen und bemerkte im hinteren Bereich eine Gestalt, die in einem der kleinen Beete kniete. Sie schien dort Unkraut zu jäten.

Koslowski ging über den knirschenden Kies, aber erst als er schon sehr nah war, wurde er bemerkt.

Eine Frau mittleren Alters drehte sich um und sah zu ihm auf. „Wenn Sie das Paket bringen, stellen Sie es doch bitte auf die Terrasse“, sagte sie und wischte sich die Hände an den Oberschenkeln ab.

„Das würde ich gerne tun“, ließ sich Koslowski vernehmen, „wenn ich ein Paket hätte.“

Die Frau stand auf und warf ihre langen, dunkelbraunen Haare in den Nacken.

„Oh, das tut mir leid. Ich habe Sie doch tatsächlich für den Paketboten gehalten“, entschuldigte sie sich.

Koslowski winkte ab. „Sind Sie Frau Hegering?“, wollte er wissen.

Die Frau, die Koslowski etwa auf Mitte vierzig schätze, ging zu einem Regenfass und wusch sich dort die Hände. Dann drehte sie sich um. „Und wer will das wissen?“

„Nun ist es an mir mich zu entschuldigen. Mein Name ist Koslowski, und ich interessiere mich für Orgelbau. Man sagte mir, dass ich hier jemanden finden könnte, der mir da weiterhelfen kann.“ Er steckte die Hände in die Taschen. „Hier soll ein gewisser Heinrich Hegering wohnen.“

Die Frau wies hinüber zur Terrasse, auf der zwei Metallstühle standen. „Wer hat Sie hierher geschickt?“, wollte sie wissen und ließ sich auf einem der Stühle nieder.

Koslowski nahm auf dem anderen Platz. „Ich habe mich mit Herrn Semmeling unterhalten. Er wohnt in Holzhausen, ist Musikinstrumentenexperte und er hat mich zu dieser Adresse geschickt.“

Die Frau sah Koslowski mit ihren eisgrauen Augen durchdringend an. Während sie ihr Haar hinten zusammendrehte und mit einem Band befestigte, fragte sie nebenbei: „Und was wollen Sie von Herrn Hegering?“

Koslowski räusperte sich und beugte sich leicht nach vorn. „Ich interessiere mich, wie gesagt, für den Orgelbau.“

Die Frau nickte leicht. „Und was genau wollen Sie da von Herrn Hegering wissen?“

Koslowski merkte, dass er Gefahr lief, mitten in eine Falle zu laufen. Sein Blick schweifte über den Garten.

„Also, ich will ehrlich zu ihnen sein“, log Koslowski. „Ich bin Journalist und mehr an der Person von Herrn Hegering interessiert als an seinem Beruf.“

Die Frau stand abrupt auf. „Ich glaube, Sie verschwinden besser!“

Koslowski erhob sich ebenfalls und machte einen Schritt zurück. „Es tut mir leid, ich wollte nur ein paar Informationen.“

Die Frau funkelte ihn an. „Werde ich denn niemals Ruhe haben?“ Sie deutete auf den Plattenweg. „Ich werde Ihnen sagen, wo Sie Ihre Informationen herbekommen können!“

Koslowski wich weiter zurück und betrat den gepflasterten Weg. Die Frau hatte etwas Energisches an sich.

„Verschwinden Sie und lassen Sie mich endlich in Ruhe!“ Sie kam weiter auf Koslowski zu, der ihr weiter rückwärts auswich.

„Fahren Sie zum Lemgoer Friedhof und suchen Sie dort nach meinem Großvater!“

Nun war es an Koslowski zu schlucken.

Richtig schönes großes Fettnäpfchen, in das er da getreten war. Immer weiter zurückweichend erreichte er die Vorderseite des Hauses. „Bitte hören Sie mich ein letztes Mal an“, bat er.

Die Frau schüttelte energisch den Kopf. „Ich habe die Nase voll davon, dass immer und immer wieder Leute auftauchen, die mich mit der unsäglichen Vergangenheit meines Großvaters konfrontieren.“

Sie stieß Koslowski so heftig vor die Brust, dass er vom Grundstück taumelte.

„Mein Großvater hat sicher genug Leid produziert, aber ich kann es nicht mehr ertragen, ständig damit konfrontiert zu werden.“ Jetzt schrie sie fast. „Verschwinden Sie!“

Koslowski stand betroffen da und sah der Frau dann offen in die Augen.

„Ich bin gar kein Journalist“, bekannte er.

Die Frau sah ihn entgeistert an.

Sie schien nicht glauben zu können, dass sie in so kurzer Zeit so oft belogen worden war.

Koslowski streckte die Hände in einer Geste der Entschuldigung zur Seite.

„Hören Sie mir bitte nur noch einmal zu und ich schwöre Ihnen, ich werde Ihnen jetzt die Wahrheit sagen. Bitte!“

Die Frau war zu perplex, um zu antworten.

Koslowski nutzte die Pause und schilderte seine Erlebnisse: Die Versuche, ihn umzubringen, um an die Teile der Formel zu gelangen. Die Morde, die dafür schon begangen worden waren und wie er auf Heinrich Hegering gekommen war.

Sprachlos hörte die Frau ihm zu. Dabei setzte sie sich auf einen großen Sandstein im Vorgarten und unterbrach ihn nicht.

„Die Gespenster der Vergangenheit“, murmelte sie, nachdem Koslowski geendet hatte. Dann stand sie auf und streckte ihm die Hand hin. „Entschuldigen Sie meinen Ausbruch von gerade.“

Koslowski winkte ab und nahm ihre Hand, der man die häufige Gartenarbeit anmerkte. „Ich bin es, der sich bei Ihnen entschuldigen muss.“

Sie bat ihn zurück hinter das Haus auf die Terrasse und fragte, ob sie ihm etwas zu trinken anbieten dürfe. Der reuige Lügner bat um ein Glas Wasser.

Aus dem Haus holte sie in Tablett mit einer Karaffe und zwei Gläsern. Sie stellte es auf dem Tisch ab und schenkte ein.

Dankbar ergriff Koslowski das Glas und trank einen tiefen Schluck.

Die Frau setzte sich ihm gegenüber und nahm ihrerseits ein Glas. „Was also wollen Sie wissen?“, fragte sie.

„Sie wissen nicht zufällig, ob Ihr Großvater jemals von dieser geheimen Formel gesprochen hat?“

Die Frau schüttelte den Kopf. „Über seine Zeit im Krieg hat er nie geredet.“ Sie faltete die Hände.

„Ich finde es erstaunlich, wie Sie in diese Geschichte geraten sind“, sagte sie.

Er erzählte ihr von dem Gespräch mit dem Buchhalter Tobergte und den Fortgang der Geschichte.

Er erklärte ihr, wie er an den Teil der Formel gelangt war, den Diethard von Schlitz im Hermannsdenkmal versteckt hatte, und äußerte die Vermutung, auch ihr Großvater könne seinen Teil der Formel im Rahmen seiner Arbeit irgendwo versteckt haben.

Sie schüttelte den Kopf. „Er hat niemals mit mir oder meinem Mann über seine Arbeit vor dem Krieg gesprochen. Das Thema war Tabu.“

Koslowski wartet ab.

„Mein Großvater war zwar nach dem Krieg wieder als Orgelbauer tätig, hat aber niemals mehr eine ganze Orgel gebaut, sondern lediglich alte repariert.“

Sie trank einen kleinen Schluck und behielt das Glas in der Hand.

„Und über Formeln oder Ähnliches hat er wirklich niemals gesprochen?“ Koslowski lächelte sie an.

Aber die Enkelin Heinrich Hegerings schüttelte den Kopf.

„Sie könnten mir schon damit helfen, wenn Sie mir sagen, wo Ihr Großvater vor seinem Tode zuletzt gearbeitet hat.“

Die Frau blickte in die Ferne und Koslowski konnte förmlich sehen, wie ihre Gedanken auf die Reise gingen.

Abgesehen vom Summen der Bienen in den Blumen war es völlig still auf der Terrasse. Koslowski genoss den Anblick der vielen Terrakotta-Töpfe mit den unterschiedlichsten Blumen. Auf keinen Fall wollte er die Konzentration der Frau stören. Diese kehrte alsbald in die Wirklichkeit zurück.

„Ich habe nachgedacht. Die letzte große Arbeit meines Großvaters war wohl die Reparatur der Orgel in der Marktkirche von Lage." Koslowski hatte wieder nach seinem Glas gegriffen.

„Weiß Ihr Vater eventuell mehr?", wollte er wissen.

Die Frau sah ihn traurig an. „Der wird Ihnen leider keine Auskunft geben können. Er liegt nämlich neben meinem Großvater."

Koslowski verschluckte sich fast an seinem Wasser. „Das tut mir leid, ich glaube, heute ist wirklich nicht mein Tag."

Die Frau winkte ab. „Lassen Sie nur. Er ist schon lange tot, und ich bin darüber hinweg."

Koslowski beugte sich vor. „Und Ihr Mann?", fragte er nun gewarnt.

Nun war es an ihr zu lächeln. „Den hat es leider nie gegeben!"

Koslowski stellte das Glas auf den Tisch zurück. „Tun Sie mir doch bitte noch einen Gefallen."

Sie lächelte Koslowski an. „Was kann ich denn für Sie tun?"

Koslowski stand auf und reichte ihr die Hand. „Bitte werfen Sie mich raus, bevor ich auch noch in das allerletzte Fettnäpfchen trete!"

Sie lachte und Koslowski gefiel die Art, wie sie es tat. „Das tue ich nur unter der Voraussetzung, dass Sie sich wieder melden, wenn das alles vorbei ist!"

Koslowski versprach es ihr und wandte sich zum Ausgang.

Sie folgte ihm, und am Auto drehte er sich noch einmal um. „Danke für Ihre Hilfe!"

„Passen Sie auf sich auf!", bat sie ihn, während Koslowski in den Wagen stieg.

Als er zurückgesetzt hatte und anfuhr, sah er im Rückspiegel, dass sie ihm nachwinkte.

Er erwiderte diesen Gruß und fuhr dann mit etwas zu viel Gas los. Wie ein verliebter Teenager, dachte er und machte sich auf den Weg in Richtung Lage.

Zweiundzwanzig

Koslowski hatte Lemgo bereits hinter sich gelassen und rollte gerade auf der B 66 durch Hörstmar. In Gedanken war er immer noch bei Hegerings Enkelin. Doch auch andere Gedanken kamen ihm in den Sinn: Seine Gegenspieler wussten anscheinend gut über ihn Bescheid. Als er ihr seine Situation schilderte, war ihm das noch einmal deutlich geworden.

Man hatte ihm eine Leiche in den Wagen gesetzt.

In Dänemark hatte der wahnsinnige Doktor versucht, ihn zu töten.

Kleine-Natrop senior hatte ebenfalls dieses Verlangen, und dessen Killer wäre auf dem Hermann fast erfolgreich gewesen.

Die Sache schmeckte ihm überhaupt nicht.

Vier Teile einer Formel, mit der man angeblich die Welt aus den Angeln heben konnte.

Zwei Teile davon hatte er bereits, dem dritten jagte er gerade hinterher.

Und der vierte Teil?

Wenn der vierte Mann, neben Diethard von Schlitz, Rosenberg und Hegering dieser seltsame General Montanus war, dann hatte er vor seiner Verhaftung vermutlich Teil Nummer vier besessen.

Und nahm man weiterhin an, er hatte seinen Teil damals seiner Frau überlassen, dann könnte nach dem Sohn heute der Enkel im Besitz des letzten Viertels sein. Deutlich ließ sich erkennen, dass man hinter den anderen Teilen, besonders hinter denen, die sich schon in seinem Besitz befanden hatte, her war.

Es stand also 2:1 für Koslowski, was die Teile der Formel anging. Hoffentlich würde er in Lage weiterkommen. Dort könnte es ein ebensolches Versteck geben wie im Hermann. Alles zwar nur weit hergeholte Spekulationen, aber immerhin besser als nichts.

Koslowski fuhr am Ortseingangsschild von Lage vorbei und über die Stauffenbergstraße in Richtung Innenstadt.

Wieder ein Bezug zum Dritten Reich, dachte er, als er die Straße entlangfuhr, deren Name an den Hitlerattentäter erinnerte.

Kurz vor der Tankstelle bog Koslowski in die St.-Johann-Straße ein und parkte links auf dem Parkplatz. Er schloss den Wagen ab, zog seine Jacke über und ging durch den kurzen Verbindungsweg in Richtung Marktplatz.

Er überlegte, was er über die Marktkirche St. Johann wusste. Eigentlich nur, dass sie irgendwann um 800 n. Chr. schon erwähnt wurde und dass sie im spätgotischen Stil erbaut worden war. Steil ragte der große Turm in den Himmel.

Koslowski erreichte die Seitentür. Er hatte Glück, dass diese nicht verriegelt war, und betrat ohne Zögern das Gotteshaus. Dunkle Kühle umfing ihn.

Koslowski ging in Richtung des schlichten Altars und drehte sich um. Er sah zur Orgel hinauf, die über allem thronte.

Drei Bunde von Orgelpfeifen, die an jeder Seite und in der Mitte angebracht waren, ließen Koslowskis Hoffnung schwinden, hier das kleinen Papier zu finden, das Hegering hier versteckt haben könnte.

Die Mienen der drei an der Orgel angebrachten Engelsköpfe schienen seine Niedergeschlagenheit wiederzuspiegeln.

Vor die eigentliche Orgel mit der Aufschrift *Anno 1707* war noch eine Art kleinere Orgel aus dem Jahre 1947 gebaut. Dadurch würde seine Suche noch erschwert werden. Nein, nicht nur erschwert.

Es war schlichtweg aussichtslos, denn Koslowski würde die Orgel zerlegen müssen, um sich zu vergewissern, ob die Formel irgendwo versteckt war. Ein unmögliches Unterfangen.

Er ließ sich auf einen der Stühle sinken, die hier die sonst üblichen harten Kirchenbänke ersetzten.

Eine Weile starrte er auf die hohen, bunten Fenster und schüttelte dann den Kopf.

Endlich raffte er sich auf und verließ die Kirche durch den anderen Ausgang in Richtung Marktplatz.

Er zog die Tür hinter sich zu und ging zum Zieglerbrunnen hinüber. Dort setzte er sich auf den Brunnenrand und schaute zurück zum dreischiffigen Kirchenbau.

Das Glockenspiel setzte ein, und Koslowski erkannte erstaunt das Miss-Marple-Thema aus den Filmen mit Margret Rutherford. Verwundert hörte er zu und sah dabei zufällig zum Gemeindehaus hinüber. Ob man ihm da würde weiterhelfen können?

Als das Glockenspiel verstummte, ging er hinüber und als er vor dem Eingang ankam, öffnete sich die Tür und ein Mann kam heraus. „Kann ich Ihnen helfen? Ich arbeite hier bei der Gemeinde."

„Ich habe mir gerade Ihre schöne Kirche angesehen", erklärte ihm Koslowski.

Amüsiert sah ihn der Mann an. „Hat die Marktkirche wieder einen neuen Bewunderer gefunden?", wollte er wissen.

Koslowski nickte lächelnd.

„Ja", gab er zu, „ich bin erstaunt." Der Mann war sichtlich erfreut. „Na, wenn Sie mehr über ihre Geschichte wissen wollen, dann sollten Sie sich mal im Archiv der Kirche umsehen."

Koslowski nickte. „Ich habe sie heute zum ersten Mal von innen gesehen. Aber ich muss gestehen, es geht mir weniger um die Kirche, sondern eher um die Orgel. Ich interessiere mich sehr für sie."

Der Mann nickte. Jeder hatte so seine Hobbies. Der eine sammelte Briefmarken, der andere interessierte sich für Orgeln. „Ein schönes Stück", sagte er, „und schon sehr alt."

Koslowski stimmte ihm zu. „Ja, ich habe die Jahreszahlen gelesen.“ Der Mann sah zur Kirche hinüber. „Die Orgel war das ganze Glück für unseren alten Kantor. Er hat sie behütet wie seinen Augapfel. Der wusste alles über sie.“ Koslowski wurde hellhörig. „Lebt dieser alte Kantor noch“, wollte er wissen?

Der Mann lächelte ihn an. „In gewisser Weise war Herr Erfkamp, so heißt er, mein Vorgänger. Jetzt ist er Rentner und mit seinem Umzug ist leider auch viel altes Wissen in die Diakonie gewandert. Dort lebt er nun schon etliche Jahre.“

Koslowski witterte Morgenluft. Vielleicht könnte ihm der alte Kantor weiterhelfen. Er ließ sich noch den Weg zum Gebäude der Diakonie an der Friedrich-Petri-Straße erklären, dankte dem Gemeindemitarbeiter und machte sich auf den Weg durch die Innenstadt.

Kurze Zeit später betrat er das Gebäude und erkundigte sich am Empfang nach dem alten Kantor Erfkamp. Die Dame brachte ihn zu einem älteren Herrn, der auf der Sonnenterrasse in einem Sessel saß und seine Hände auf einen Gehstock stützte.

Sein Alter schien irgendwo zwischen siebzig und neunzig zu liegen. Er hatte ein schwarzes Barett auf dem Kopf und trug eine dunkelbraune Cordjacke und eine beigefarbene Cordhose.

Sein faltiges Gesicht stand im krassen Gegensatz zu seinen strahlend blauen Augen. Koslowski stellte sich vor, erklärte ihm, wie er ihn gefunden hatte, und kam auf seine frühere Tätigkeit als Kantor zu sprechen. Der alte Man schien so dankbar, dass sich jemand mit ihm unterhielt, dass er gar nicht nach Koslowskis Beweggründen fragte. Er liebte seinen früheren Arbeitsplatz immer noch, die Marktkirche war immer noch seine Kirche.

„Ist sie nicht wunderschön?“, fragte er den Besucher stolz.

Koslowski nickte. „Ich habe sie heute zum ersten Mal von innen gesehen. Aber ich muss gestehen, es ging mir dabei weniger um das Gebäude, sondern eher um die Orgel."

Die Augen des alten Mannes blitzten auf. „Ein schönes Stück und schon sehr alt."

Nun war es an Koslowski zu nicken. „Ich habe die Jahreszahlen gelesen."

Der Alte blinzelte in die Sonne. „Tatsächlich hat sie 240 Jahre nach ihrem Einbau noch ein neues Rückpositiv bekommen."

Koslowski wirkte erstaunt, und der alte Mann ging darin auf, Koslowski alles genau zu erklären. Das Rückpositiv war das Teil der Orgel, welches direkt vor die Hauptorgel gebaut worden war, und zwischen beiden Teilen saß der Organist.

Koslowski erinnerte sich, dass am vorderen Teil die Jahreszahl 1947 angebracht war. „Ich bin erstaunt, wie gut Sie sich noch erinnern."

Der Alte nickte schmunzelnd. „Ach wissen Sie? Die Orgel war mir fast lieber als meine Frau."

Koslowski musste schmunzeln.

„Haben Sie denn den Einbau des neuen Teils, wie hieß es doch gleich, miterlebt, oder?"

„Aber keine Frage, der Umbau fiel genau in meine Zeit als Kantor hier. Ich kann mich noch genau daran erinnern."

Koslowski sah einen schmalen Lichtschein am Ende des Tunnels. Sollte er tatsächlich so viel Glück haben?. Er drehte sich nun ganz dem alten Mann zu. „Können Sie sich noch an die Handwerker erinnern, die den Umbau vorgenommen haben?"

Der Alte lehnte sich zurück und starrte nach oben, als wollte er aus dem Himmel die Informationen abrufen. „Es waren nur drei, der Meister, ein Geselle und ein Lehrling. Die meiste Arbeit haben aber der Geselle und der Lehrling gemacht. Der Meister kam nur selten. Wenn überhaupt dann nur für zehn Minuten und schaute sich lediglich oberflächlich die Arbeiten an, die die beiden ausgeführt hatten."

Koslowski ahnte, wer der Meister gewesen sein könnte. „Hat sich nie jemand darüber beschwert, dass der Meister so selten da war?"

Der Alte schüttelte den Kopf. „Die Arbeit ging schnell und ordentlich vonstatten, und die beiden jungen Burschen haben handwerklich sehr sauber gearbeitet." Er stützte sich wieder auf den Stock, um seinen Rücken zu entlasten. „Die Knochen!", stöhnte er leise.

Koslowski blickte ihn erwartungsvoll an.

„Wissen Sie noch, wie der Meister hieß?", wollte er von ihm wissen.

Der Alte dachte kurz nach. „Er hatte einen typisch lippischen Namen. Ja, genau! Er hieß Havergo, glaube ich!"

Koslowski sah ihn fragend an.

„Kann es auch Hegering gewesen sein?", wollte er wissen.

Der Alte stutzte kurz und nickte dann eifrig.

„Genau, genau! Hegering, nicht Havergo!"

Koslowski konnte sein Glück kaum fassen.

Gerade noch schien es völlig aussichtslos die Formel beziehungsweise einen Teil davon zu finden, dann stieß er in einer Stadt mit schätzungsweise 30.000 Einwohnern ausgerechnet auf den Kantor, der zu dieser Zeit hier Dienst verrichtet hatte. Das war wie ein Sechser im Lotto.

„Warum interessieren Sie sich so für diesen Orgelbaumeister?", wollte der alte Mann wissen und sah Koslowski fragend an.

„Ach, wissen Sie, ich arbeite gerade an unserer Familienchronik und er war ein entfernter Verwandter von meinem Vater. Ich habe ihn allerdings nie persönlich kennen gelernt. Nun habe ich erfahren, dass er hier gearbeitet haben soll. Das wollte ich mir mal ansehen!" Koslowski konnte auch ihm schlecht die Wahrheit sagen.

Der Alte nickte. Ob er Koslowski diese Lüge abkaufte, stand auf einem anderen Blatt.

„Ja ja", sagte der alte Mann. „Ab und zu holt uns alle die Vergangenheit wieder ein. Aber wenn es ein Verwandter von Ihnen ist, dann müssten Sie doch sicher auch die Kapelle kennen, oder?"

Koslowski musste sich nicht verstellen, um ahnungslos zu wirken. „Welche Kapelle?"

Der alte Mann beugte sich ihm entgegen. In verschwörerischem Ton ließ er Koslowski an seinem Wissen teilhaben. „Ach, Ihr Verwandter, der ist doch immer nur mit dem Bau seiner Kapelle zugange gewesen."

Koslowski beugte sich noch näher zu dem alten Mann. „Kapelle?"

„Aber ja doch. Das war doch sein Steckenpferd, und deshalb hatte er hier auch so wenig Zeit." Der Alte schmunzelte und kniff ein Auge zu. „Oder keine Lust, hier an der Orgel zu arbeiten! Die Kapelle sei sein Lebenswerk, hatte er immer gesagt, und fast alle Zeit dafür aufgewendet, sie zu bauen."

„Haben Sie die jemals gesehen?", wollte Koslowski wissen.

Der Alte nickte. „Aber sicher. Gegen Ende der Bauphase hat er mich mal mitgenommen."

Koslowski hielt den Atem an. „Und die gibt es heute noch?"

Der alte Mann nickte. „Natürlich, und ich vermute Sie sind sogar schon daran vorbeigefahren, wenn Sie hier aus Lippe kommen."

Koslowski ballte die Faust in der Tasche. Könnte das eine mögliche Stelle sein, wo der Teil der Formel versteckt war, den Hegering besessen hatte? Er lächelte den alten Mann an. „Dann machen Sie mir doch noch die Freude und klären mich auf, wo diese Kapelle steht. Ich würde sie sehr gerne besuchen."

Der alte Mann nickte verstehend. Er erhob sich mühsam und streckte seinen Glieder.

„Wenn Sie von Detmold nach Horn fahren, dann müssen Sie in Remmighausen nach rechts abbiegen und kommen über die Hornoldendorfer Straße nach Hornoldendorf. Am Berg liegt der Friedhof." Er sah Koslowski fragend an.

Dieser nickte, da er die Örtlichkeit kannte.

„Dort geht es über den Remmighauser Berg, und oben, nach dem Friedhof, geht rechts wieder ein Weg ab. Der führt zur Kapelle, die Ihr Verwandter gebaut hat."

Koslowski sah die Stelle fast bildlich vor sich. Auch die Kapelle, die abseits der Straße stand, hatte er schon öfter gesehen und war bislang immer ahnungslos daran vorbeigefahren.

Nun erhob sich auch Koslowski.

„Lebt Ihr Verwandter denn noch?", wollte der alte Mann wissen?

Koslowski schüttelte den Kopf. „Nein, er ist bereits vor längerer Zeit verstorben!"

Der alte Mann nickte und sah Koslowski ernst an. „Ich kann mich noch ganz genau an den Tag erinnern, an dem er mir die Kapelle gezeigt hat. Er sprach davon, dass es eine Art Wiedergutmachung sei, die er sich auferlegt habe, weil er an etwas Schlimmem beteiligt gewesen sei!"

Koslowski sah den alten Mann sprachlos an.

Dieser streckte ihm zum Abschied die Hand hin. „Ich hoffe, er hat seinen Seelenfrieden gefunden!"

Koslowski erwiderte den Händedruck. „Sie haben mir sehr geholfen. Leben Sie wohl und vielen Dank!"

„Keine Ursache", erwiderte der Alte und schlurfte mit seinem Gehstock in das Gebäude.

Koslowski sah dem alten Mann lange nach und dachte an das unverschämte Glück, das seine Suche nach den Teilen der ominösen Formel begleitete. Dann machte er sich auf den Rückweg zum Auto.

Dreiundzwanzig

Während Koslowski nach Detmold zurückkehrte, klingelte im Büro von Kleine-Natrop junior dessen Handy. Der geheimnisvolle Mann aus dem Haus in Berlebeck war dran.

„Es wird Zeit zu handeln!"

Kleine-Natrop fand, dass es dafür schon lange Zeit war.

„Der Schweinehund hat uns zwar mit dem verschickten Handy abgelenkt, aber auf weitere Tricks fallen wir nicht mehr rein", ließ sich der Anrufer vernehmen. „Wir haben einen Kontaktmann von Koslowski beobachtet. Sie haben sich am Krankenhaus getroffen und zusammen gequatscht. Dann war er in Lage in der Marktkirche und ist nun unterwegs nach Detmold."

Kleine-Natrop schlug mit der Hand auf den Tisch. „Es wird Zeit, dass wir uns endliche diese Zecke vom Hals schaffen", ließ er sich hasserfüllt aus.

„Von mir aus. Setzen Sie seinem Leben ein Ende. Nur vermasseln Sie es nicht." Der Anrufer sprach leise, und seine Stimme hatte einen drohenden Unterton.

„Jawohl, ich werde mir alle Mühe geben!" Kleine-Natrop schien am Telefon Haltung anzunehmen, doch der Anrufer hatte schon aufgelegt.

Der Bauunternehmer drückte das beendete Gespräch weg und wählte sofort eine andere Nummer.

Als sich ein Mitarbeiter seiner Firma meldete, erhielt dieser kurze und knappe Anweisungen.

Ihm blieb nicht viel Zeit dafür, doch er versprach sich zu beeilen.

* * *

Koslowski hatte die Kreuzung am Lippischen Hof passiert, und der schwere Geländewagen fuhr über die Hornsche Straße in Richtung Horn und Bad Meinberg.

In Gedanken war er immer noch in Lage. Ein riesiges Glück, dass er diese Informationen überhaupt erhalten hatte, und er wusste, dass dieser Zufall ihm einen Vorteil gegenüber seinen Gegnern einbrachte.

Irgendwie war er sich nach dem Gespräch mit dem alten Kantor schon ziemlich sicher gewesen, dass Heinrich Hegering seinen Teil der Formel in der Kapelle versteckt hatte. Koslowski wusste, an welcher „schlimmen Sache" Hegering durch die Mitwirkung am Raketenprojekt in Peenemünde beteiligt gewesen war. Auch wenn die Raketen bezüglich ihrer Vernichtungskraft nicht die Hoffnung der Nazis erfüllt hatten, so waren sie doch für viele Menschen das Todesurteil gewesen.

Der Wagen rollte weiter in Richtung Horn und Bad Meinberg.

Eines war ihm klar: Seine Gegenspieler würden alles daran setzen, ihm die anderen Teile der Formel abzujagen. Hegering schien, im Gegensatz zu den damaligen Gesinnungsgenossen, seine frühere Einstellung geändert zu haben und war anscheinend vom Saulus zum Paulus geworden. Aber Hegering hatte mit Sicherheit gewusst, dass ihn nur der Besitz eines Teiles der Formel davor schützte, dass er von einem der anderen zur Strecke gebracht wurde. Koslowski vermutete immer stärker, dass er die Formel in der Kapelle finden würde.

Er ließ Spork Eichholz hinter sich und erreichte die beschriebene Kreuzung.

Als die Ampel umschaltete, fuhr er an und bog nach rechts ab.

Im Rückspiegel sah er einen Betonmischer hinter sich ebenfalls blinken.

Er fuhr die Serpentine zum Friedhof hoch und war sozusagen schon auf der Gegengeraden, als unterhalb von ihm ein Betonmischer-LKW herunterschaltete, um den Berg in Angriff zu nehmen. Der Friedhofsparkplatz war leer, und

Koslowski erreichte nach wenigen Metern den Abzweig auf der Kuppe des Remmighauser Berges.

Er lenkte den Mercedes in den Weg hinein und hielt nach etwa 500 Metern an. Den Rest des Weges zur Kapelle wollte er zu Fuß zurücklegen. Über die Baumkronen hinweg sah man die Spitze des Glockenturms. Koslowski verschloss den Wagen und marschierte los. Als er ein größeres Gebüsch umrundet hatte, lagen die Wiesen bis hinunter nach Hornoldendorf vor ihm.

Er konnte sich noch gut erinnern, als er zum ersten Mal diese Strecke gefahren war. Auf der Kuppe hatte er angehalten und sich einen Blick in Richtung Hornoldendorf gegönnt. Diesen Blick ins Lipperland würde er nicht vergessen und konnte gut verstehen, warum Heinrich Hegering seine Kapelle ausgerechnet hier gebaut hatte.

Er ging weiter und sah vor sich ein kleines Gebäude, das man eher in Bayern oder in Österreich vermutet hätte. Die mit Stuck verzierte Außenfassade verstärkte diesen Eindruck noch. Koslowski schätzte die kleine Kirche auf ungefähr zwanzig Meter Länge und zehn Meter Breite.

Im Glockenturm erkannte er sogar eine einzelne Glocke.

Die Kapelle hatte eine doppelflügelige Tür aus massivem Holz, versehen mit schweren schmiedeeisernen Beschlägen.

Der Eingang war überdacht, und Koslowski musste zwei Stufen hinaufsteigen, bevor er versuchen konnte, ob die Tür sich öffnen ließ. Er musste ziemlich viel Kraft aufwenden, um den schweren Flügel zu öffnen. Aber mit Erleichterung stellte er fest, dass er nach dem Einbruch in die Jagdhütte und den Hermann nicht auch noch gezwungen war, in ein Gotteshaus einzubrechen.

Behände schlüpfte er hinein. Durch die bunten, bleiverglasten Fenster herrschte im Innenraum dämmeriges Licht. Koslowski glaubte sich allein. Dementsprechend groß war sein Schreck, als er plötzlich eine Person bemerkte, die in der ersten Bank kniete.

Zunächst blieb er ruhig stehen und beobachtete die leise betende ältere Frau.

Keine Gefahr, signalisierte sein Gehirn, und er konnte sich im Inneren umsehen. Die Decke war offen wie die einer Kathedrale und mit reichlich Bildern aus dem Leben der Maria versehen, wenn Koslowski seine Religionskenntnisse nicht täuschten.

Durch jeweils drei hohe Fenster an beiden Seiten fiel spärliches Licht in den Raum.

Am Kopfende stand ein schlichter Altar. Darüber hing ein großes, schmiedeisernes Kreuz mit einer hölzernen Jesusfigur.

Koslowski sah hölzerne Bänke und an einer Seite eine Stellage für Kerzen.

Darauf brannten drei Flammen. Koslowksi mutmaßte, dass die Frau sie vor Kurzem angezündet hatte. In diesem Moment bekreuzigte sie sich, stand auf und drehte sich um.

Koslowski merkte, wie sie erschrak und zusammenzuckte als sie bemerkte, dass sie nicht allein in der Kapelle war.

Er setzte sich in eine Bank und setzte sein freundlichstes Ich-bin-kein-gesuchter-Serienmörder-Lächeln auf.

Die ganz in Schwarz gekleidete, alte Dame kam mit gebeugtem Rücken auf ihn zu.

„Gott segne Sie!“

Koslowski bedankte sich mit einem freundlichen Nicken.

„Eine schöne Kapelle ist das!“, wandte er sich der älteren Frau zu.

„Ja, ein Ort der Stille und der Ruhe.“ Sie blieb bei der Bank stehen, in der Koslowski saß.

Er rutschte ein wenig zur Seite.

Sie nahm diese unausgesprochene Einladung an und setzte sich neben ihn.

Koslowski sah nach oben, und sie folgte seinem Blick.

„Wer wohl so was Schönes gebaut haben mag?“, fragte er.

Die ältere Frau nickte langsam und zustimmend. „Er war ein guter Mensch!“, sagte sie leise.

Koslowski sah sie fragend von der Seite an.

„Er war ein guter Mensch!“, wiederholte sie und seufzte dann.

„Sie kannten den Erbauer?“, fragte Koslowski.

Wieder nickte sie. „Ich habe mich früher immer um die Pflege des Friedhofs gekümmert und war schon hier, als er den Grundstein setzte.“ Koslowski schwieg, und sie sprach von allein weiter. „Er hat sich den schönsten Platz ausgesucht und dann einen Pfahl in den Boden gerammt. ‚Hier will ich Abbitte leisten‘, hat er gesagt und kam dann fast jeden Tag, um an der Kapelle zu bauen.“

Koslowski ließ den Blick durch den Raum gleiten. „Wollen Sie damit sagen, dass der Erbauer alles allein gemacht hat?“

Sie kramte nach einem Taschentuch und wischte sich damit den Mund ab. „Ab und zu kamen noch zwei jüngere Männer und halfen ihm bei schweren Dingen wie Trägern und Balken, aber ansonsten hat er fast alles selber gemacht.“

Koslowski nickte anerkennend. Ob seine Enkeltochter wohl wusste, dass es diese Kapelle hier gab?, fragte er sich in Gedanken.

Die ältere Frau erhob sich aus der Bank. „Genießen Sie die Stille und die Ruhe, die man hier findet.“

Koslowski erhob sich ebenfalls. „Wie lange hat der Mann daran gebaut?“ wollte er wissen und war froh, dass er nicht noch scheinheilig nach dessen Namen fragen musste.

„Ganze sechs Jahre!“ Sie schien wieder zurück in die Vergangenheit zu blicken.

Koslowski sah auf die Uhr. Drei Minuten vor Sechs.

Ohne besonderen Grund sah er nach oben.

Die ältere Dame lächelte leise in sich hinein. „Wenn Sie auf das Glockengeläut warten, muss ich Sie enttäuschen. Sie hat noch nie geläutet.“

Koslowski stutzte einen Augenblick. Das hatte er nicht erwartet.

„Er hat sie zwar noch aufgehängt und auch den Motor angeschlossen, doch richtig geläutet hat sie nie."

Koslowski sah, dass ihr die Tränen in die Augen stiegen.

„Was war denn der Grund dafür?", wollte er mit leiser Stimme wissen.

Sie wischte sich die Tränen aus den Augenwinkeln und ging langsam in Richtung Tür.

Koslowski folgte ihr und half ihr beim Öffnen der schweren Tür.

Als sie im Rahmen stand, drehte sie sich noch einmal um und sah ihn mit traurigen Augen an.

„Bevor er die Glocke läuten konnte, ist mein Heinrich gestorben!" Als sie leicht ins Schwanken geriet, griff Koslowski nach ihrem Arm und sie lehnte sich einen Moment dankbar an ihn. In diesem Moment wusste er, was zu tun war.

„Es geht schon wieder", schluchzte sie und verließ die Kapelle.

Koslowski ließ den Türflügel los, und die schwere Tür fiel langsam wieder ins Schloss. So wie es aussah, hatte Heinrich Hegering hier also noch zwei späte Lieben gefunden. Seine Kapelle und diese inzwischen ältere Frau, die auch heute noch um ihn trauerte.

Koslowski stützte sich mit beiden Händen auf die Rückenlehne der letzten Bank. Und hier also hatte Hegering die letzten Jahre seines Lebens verbracht. Hierhin war er immer während der Reparatur der Lagenser Orgel verschwunden.

Hier hatte er seinen Frieden mit sich selber und seinem Schöpfer gemacht, und hier war er dafür mit der Zuneigung, oder sogar der Liebe dieser Frau beschenkt worden.

Koslowski nickte verstehend und dachte noch einmal darüber nach, was es wohl für seine Enkelin bedeuten würde, wenn sie dies alles wusste. Vielleicht würde auch sie ihren

Seelenfrieden finden. Er atmete tief durch und rief sich ins Gedächtnis, warum er hier war.

So sicher er sich war, dass Heinrich Hegering hier in den letzten Jahren seines Lebens doch noch ein wenig Glück gefunden hatte, so sicher war er auch, dass sein der Teil der Formel hier versteckt sein musste, falls er nicht vernichtet worden war. Aber auch für Heinrich Hegering musste die Formel eine Art Lebensversicherung bedeutet haben.

Er trat einen Schritt zurück und ließ den Blick durch das Innere der Kapelle schweifen. Wo würde er selber die Formel verstecken, wenn er an Hegerings Stelle gewesen wäre?

Alles sah sehr schlicht aus und nirgends entdeckte er eine Stelle, die ihm besonders ins Auge fiel. Aber es wäre auch nicht in Hegerings Sinne gewesen, wäre doch jedem sofort eine Besonderheit aufgefallen.

Er schritt langsam auf dem Mittelgang nach vorne und blickte dabei nach links und rechts.

Nichts, was sich dafür geeignet hätte, ein Blatt Papier zu verstecken. Koslowski stand nun vor dem Altar. Ein einfaches Gebilde aus schweren Holzbalken.

Er umrundete ihn mehrfach, legte sich sogar darunter, aber auch hier konnte er nirgends eine Schublade oder etwas Ähnliches entdecken.

Dann nahm er sich das Kreuz mit der Heilandsfigur vor. Auch hier schien alles massiv zu sein. Vom Altar aus ließ Koslowski den Blick schweifen.

Er war mit seinem Latein am Ende. Keine Schränke, keine Nischen, keine Heiligenfiguren, kein Beichtstuhl, kein Klingelbeutel und auch kein Becken für Weihwasser.

Was war das hier überhaupt für eine Kirche? Evangelisch? Katholisch? Irgendwas dazwischen?“

Von Kirchengeschichte hatte er nun überhaupt keine Ahnung.

Er lehnte sich rücklings an den Altar und dachte nach.
Als er zur Eingangstür hinübersah, bemerkte er, dass im hinteren Bereich eine Zwischendecke eingezogen war, die etwa zwei Meter in das Kirchenschiff ragte, bevor sie sich zur gewölbten und eigentlichen Decke hin öffnete. In dieser Zwischendecke konnte er direkt über der Eingangstür eine Klappe erkennen.

Koslowski wurde neugierig. Vermutlich war das die Klappe, die den Zugang zum Glockenturm ermöglichte. Er ging langsam vom Altar in Richtung Tür und ließ dabei die Klappe nicht aus den Augen.
In der Decke bemerkte er ein etwa zwei Finger breites Loch, dessen Ränder mit Blech beschlagen waren. Als er darunter stand, konnte er durch das Loch nichts weiter erkennen. Das Blech sah abgenutzt aus. Anscheinend hatte man hier immer wieder einen Gegenstand eingesteckt, um damit die Klappe zu öffnen.
Er sah sich um und suchte die Kirche nach einem solchen Gegenstand ab. An einem der Pfeiler sah Koslowski eine Art Stange aus Schmiedeeisen. Auch an dem Pfeiler auf der gegenüberliegenden Seite hing solch ein Teil.
Augenscheinlich waren sie als Dekoration gedacht. Koslowski sah nochmals zwischen beiden hin und her. Dabei bemerkte er den Unterschied, der ihm unterbewusst bereits aufgefallen war.
Eine der Stangen reichte von einer Ringwulst bis fast zum Boden, die andere endete kurz davor.
Koslowski ging zu der kürzeren Eisenstange. Sie hing oben, unten und in der Mitte in einer Art Ring. Erst als er zur Seite trat, sah er, dass diese drei Ringe nicht geschlossen, sondern vor der Wand offen waren. Er griff nach der Stange und konnte sie leicht bewegen. Mit etwas Geschick ließ sie sich aus den Ringen lösen. Nun hatte er eine Eisenstange in der Hand, die hochgehoben bis zur Decke reichte.

Ein Ende war ein wenig umgebogen. Er marschierte zurück zur Klappe und versuchte wiederholt diese Seite der Stange in die Öffnung zu bugsieren.

Endlich schaffte er es und konnte die Klappe zu sich herunterziehen. Dahinter verbarg sich genau das, was Koslowski erwartet hatte. Eine Bodentreppe zum Herausziehen.

Die Klappe kam in Reichweite seiner Arme, und er konnte sie mit der einen Hand festhalten. Mit der anderen Hand ließ sich die hochgeschobene Treppe lösen, und sie glitt herunter.

Mit einem leichten Ruck setzte sie auf dem Boden auf.

Koslowski rüttelte daran und befand sie für ausreichend stabil, um den Aufstieg in den kleinen Glockenturm zu wagen. Als er den Kopf über den Fußboden des Glockenturmes schob, sah er, dass der Glockenturm von der aufgehängten Glocke fast komplett ausgefüllt war. Durch schmale senkrechte Fensteröffnungen fiel etwas Licht herein.

Er setzte sich neben die Glocke auf den staubigen Boden.

Auch hier gab es augenscheinlich keinerlei Möglichkeit, etwas zu verstecken. Wenn Hegering seine Formel eingemauert oder eingebaut hatte, dann könnte er sie niemals finden.

Koslowski überlegte. Wenn es so wäre, dann hätte Hegering als Einziger der vier Personen so gehandelt.

Das konnte er sich kaum vorstellen. Er begann mit dem Abstieg und legte dabei die Hand auf die staubige Glocke. Deutlich spürte er plötzlich eine Ausbuchtung. Er sah genauer hin und stutzte. Beim Guss der Glocke hatte man eine Inschrift geformt, deren Buchstaben nun deutlich auf der Glocke zu lesen waren. Koslowski pustet gegen den Staub der Jahre an und half mit einem Papiertaschentuch nach.

Gegossen im Auftrage von Heinrich Hegering für seine Kapelle im Januar 19...

Die genaue Jahreszahl war nicht mehr zu erkennen, irgendwas oder jemand hatte die Buchstaben beschädigt.

Koslowski konnte sich gut vorstellen, dass dies durch Hegering selber geschehen war, möglicherweise beim Transport oder beim Einbau, als er, wie seine alte Liebe erzählt hatte, fast alles selber gemacht hatte.

Koslowski las unter der Inschrift noch den Namen *Werdener Glockenmanufaktur* und kannte nun auch den Hersteller der Glocke. Soweit so gut. Über Leben und Werk von Heinrich Hegering hatte er in den letzten Stunden eine Menge herausbekommen, doch wirklich weitergebracht hatte ihn das nicht.

Er kroch nun um die Glocke herum, in der Hoffnung, dahinter doch noch etwas zu finden.

Dabei stellte er zu seinem großen Erstaunen fest, dass sich auf der anderen Seite der Glocke eine zweite Inschrift befand.

Im ersten Moment konnte er mit der Inschrift nichts anfangen. Doch dann fiel es ihm wie Schuppen von den Augen. Die Inschrift war der Teil der Formel, den er suchte!

Hegering hatte seinen Teil der Formel auf die Glocke gießen lassen. Koslowski nickte anerkennend mit dem Kopf. Das war wirklich clever.

Nur wer danach suchte, konnte auf den Gedanken kommen, dass die Buchstaben und Zahlen auf der Glocke den Teil der Formel bildeten.

Der glückliche Finder kramte in seinen Taschen nach Papier und Stift und fand eine alte Rechnung und einen Kugelschreiber. Sorgfältig schrieb er den Teil der Formel ab und überprüfte ihn noch zweimal, bevor er alles wieder in der Tasche verstaute und sich auf den Rückweg nach unten machte.

Hier schob er die Treppe wieder nach oben und verschloss sorgfältig die Bodenklappe. Erst nachdem er auch die Stange wieder an ihren alten Platz gehängt hatte, verließ er die Kapelle des Heinrich Hegering und machte sich auf den Rückweg zu seinem Auto.

Er sah auf die Uhr und stellte fest, dass es schon auf 20.00 Uhr zuging.

Am Wagen angekommen, öffnete er die Fahrertür und schwang sich auf den Sitz.

Nun hatte er drei Teile der Formel, und es fehlte lediglich der Teil, der im Besitz der Erben des Generals sein musste.

Koslowski startete guter Dinge den Wagen. Er hatte sein Blatt hervorragend ausgereizt.

Koslowski kramte gerade in seiner Jacke, als er den Betontransporter passieren wollte, dessen Fahrer in dem Feldweg wohl eine Pause machte.

Doch dieser fuhr plötzlich an und rammte ihn seitlich mit voller Kraft.

Der Mercedes wurde durch den Aufprall quer in die Wiese geschleudert. Alle vorhandenen Airbags der Fahrerseite lösten aus, und sofort stank es in dem Geländewagen wie auf einem Bundeswehrschießtand nach Dauerfeuer.

Der schwere Mercedes hatte vom Gewicht her dem Betonmischer nichts entgegenzusetzen und überschlug sich sofort, als er mit den Rädern der Beifahrerseite voran in den Graben rutschte.

Koslowski verfluchte sich selber, weil er zuvor nicht die Sicherheitsgurte angelegt hatte. Jetzt wurde er durch den Wagen geworfen wie die Kugel in einem Flipper. Der Mercedes ging über das Dach und rollte nochmals weiter. Erst nachdem er kurz wieder auf die Reifen gekommen war, blieb er nach einer weiteren halben Drehung auf der Fahrerseite liegen.

Die Räder drehten sich weiter, der Motor jaulte, weil Koslowski mit einem Fuß zwischen Bremse und Gaspedal eingeklemmt war.

Mindestens fünfzig Prozent sämtlicher Knochen in seinem Körper schienen gebrochen zu sein.

Mit Mühe konnte er sich aufrappeln und den Fuß aus der Notlage befreien.

Sofort ging auch die Drehzahl des Motors in den Leerlauf, kurz darauf erstarb er ganz.

Koslowski lag auf der Tür und kam nur mit Mühe zwischen Sitz und Lenkrad in eine kniende Position.

Die schusssichere Windschutzscheibe war aus dem Rahmen gefallen, da sich das gesamte Chassis derbe verzogen hatte. Sicher wartete man draußen schon auf ihn. Deshalb versuchte er krampfhaft an das Handschuhfach zu gelangen, in dem er den Revolver deponiert hatte.

Mit Mühe brachte er es auf. Im dem Moment, als er die Waffe in die Hand nahm, sah er in den Lauf eines Vorderschaftrepetierers, landläufig auch als Pumpgun bezeichnet.

„Komm raus, du Schwein!", forderte ihn Kleine-Natrop junior auf, der vor dem Wagen stand und ihn mit der Waffe bedrohte.

„Den Colt wirf langsam aus dem Fenster, und beweg dich schön vorsichtig!"

Koslowski war durchaus willens dieser Aufforderung nachzukommen, doch beim ersten Versuch merkte er, dass er sich vermutlich ein paar Rippen gebrochen hatte. Das Atmen ging nur schwer und tat höllisch weh.

Gegen eine solche Schrotflinte hatte er keine Chance, deshalb warf er den Revolver wie gefordert aus dem Wagen und kroch ächzend hinterher.

Mühsam kam er vor dem Wagen auf die Beine und war Sekunden später wieder am Boden. Nachdem ihm Kleine-Natrop den Schaft der Flinte in den Magen gerammt hatte, kamen zu den gebrochenen Rippen vermutlich auch noch gewaltige Magenschmerzen.

Er war kurz davor sich zu übergeben. Zum einen wegen der satanischen Schmerzen, zum anderen aus Wut über sich selbst, weil er derart unbedarft in diese Falle gelaufen war.

Den Betontransporter hatte er unbewusst wahrgenommen, als er die Straße am Friedhof hochgefahren war.

Klar, dass seine Glückssträhne irgendwann zu Ende sein würde, aber hier auf diesem Acker? Aber auch hier mussten doch mal Leute vorbeikommen. Er reckte den Hals, um zur Straße sehen zu können.

Dieses Unterfangen hätte er sich sparen können, denn sofort schlug Kleine-Natrop mit dem Kolben wieder zu, und Koslowski ging erneut zu Boden.

„Mach dir keine Hoffnung! Meine Leute sperren gerade oben und unten die Straße. Es wird aussehen wie eine ganz normale Baustellenabsperrung, und dir wird keiner helfen kommen.

„Los steh auf!", forderte Kleine-Natrop ihn mit hasserfülltem Gesicht auf und trieb Koslowski vor sich her in Richtung Straße.

Mit dem Lauf der Pumpgun stieß er ihm dabei in den Rücken.

Koslowski hielt sich die Rippen und keuchte vor Schmerzen. Als er vorsichtig nach hinten blickte, sah er, dass Kleine-Natrop den Revolver aufgehoben und in seinen Hosenbund gesteckt hatte. Sollte sich da eine Möglichkeit ergeben, an ihn heranzukommen?

Als ob er es geahnt hätte, brachte Kleine-Natrop wieder den Lauf seiner Waffe zum Einsatz, und Koslowski beschäftigte sich wieder mit so elementaren Dingen wie Schmerzen. Er stolperte auf die Fahrbahn zurück und wurde in Richtung Feldweg dirigiert. Am Mast eines Verkehrszeichens musste er anhalten. Eine Anweisung, der er dankbar nachkam, da ihm der Mast erst einmal etwas Halt verlieh. Er lehnte sich dankbar dagegen, als ihn im selben Moment schon der Kolben der Flinte in den Kniekehlen traf.

Augenblicklich ging er stöhnend neben dem Mast zu Boden.

Als sich die Wellen der Übelkeit etwas gelegt hatten, stellte er fest, dass eine Handschelle seinen rechten Arm zierte.

Das Gegenstück befand sich am Verkehrsschild.

Koslowski kam mühsam auf die Knie und sah Kleine-Natrop satanisch grinsend vor sich stehen. Die Pumpgun hing locker in seiner Hand neben dem Bein. Breitbeinig stand er vor Koslowski und genoss seine überlegene Situation. „Jetzt werde ich dich ein für alle Mal aus dem Verkehr ziehen!" Kleine-Natrops Gesicht glich einer Fratze. Beim Sprechen geiferte er regelrecht. Der Hass schien ihn völlig im Griff zu haben. „Aber vorher wirst du mir sagen, wo die Teile der Formel sind!"

Koslowski hustete und sah, dass er Blut spuckte. Seine Diagnose mit dem Magengeschwür schien richtig gewesen zu sein. Er sah zu Kleine-Natrop auf und blickte ihn mit schmerzverzerrtem Gesicht an.

„Los, rede schon!"

Koslowski war in einem Zustand, von dem er annahm, dass es schlimmer kaum kommen konnte. War das nun eine optimistische oder eher pessimistische Einschätzung seiner Lage?

Er spuckte erneut aus und erntete dafür einen Tritt gegen die Brust, der ihn wieder von den Knien holte.

Kleine-Natrop war im selben Augenblick über ihm und durchsuchte seine Taschen.

Wenige Augenblicke später hatte er die alte Rechnung mit der Abschrift der Glockeninschrift gefunden. Zunächst grinste er hocherfreut, als er auch noch eine Abschrift des Teiles der Formel aus dem Besitz Rosebgergs fand. Doch als die weitere Durchsuchung nicht den anderen Teil der Formel zutage förderte, den Koslowski aus dem Besitz von Diethardt von Schlitz haben musste, wurde er ungehalten. Zusammen mit einem Tritt in die Seite kam dann auch die entsprechende Frage.

Koslowski schüttelte den Kopf. „Eher nehme ich sie mit ins Grab, als dass ich sie dir überlasse!"

Kleine-Natrop heulte auf und wollte erneut zutreten, hielt sich dann aber zurück.

Er lehnte die Pumpgun außerhalb von Koslowskis Reichweite an den Vorderreifen des Betonmischers, und kletterte ins Fahrerhaus.

Was er von dort mitbrachte, bereitete Koslowski doch erhebliche Sorgen.

Kleine-Natrop junior sprang vom Trittbrett zu Boden, in der Hand einen Benzinkanister. Langsam kam er auf Koslowski zu und grinste hämisch.

„Ich glaube schon, dass ich bald erfahren werde, wo die Teile der Formel sind." Er stellte den Kanister auf den Boden und kletterte erneut ins Führerhaus. Diesmal kam er mit dem Feuerlöscher zurück. „Du wirst dich erinnern, wie mein geliebter Vater gestorben ist, du miese Ratte?", fragte er Koslowski.

Dieser versuchte erneut, wieder auf die Knie zu kommen. Panik überkam ihn. Was sich hier anbahnte, erschien ihm grauenhaft.

Kleine-Natrop stellte den Feuerlöscher auf den Boden und schraubte dann genüsslich den Kanister auf. Er kam langsam näher, achtete aber darauf, dass er Koslowski nicht zu nahe kam.

Mit einem gekonnten Schwung goss er den ersten Schwall auf Koslowskis Beine.

Den zweiten bekam Koslowski schon über den Kopf.

Das Benzin brannte in seinen Augen und er konnte bloß mit einer Hand daran reiben.

Durch den Benzingeruch wurde ihm sofort schlecht.

Der dritte Schwall sorgte dafür, dass auch nicht ein Fetzen seiner Kleidung ungetränkt blieb, aber auch wenn das der Fall gewesen wäre, so wusste Koslowski doch, dass allein die aufsteigen Dämpfe ihn töten würden, wenn man sie entzündete.

Das Benzin lief ihm in den Kragen und den Rücken hinunter. Koslowski hoffte, dass er schnell ohnmächtig werden würde, bevor ihn die Schmerzen in den Wahnsinn trieben.

Der Feuerlöscher konnte überhaupt nichts ausrichten, das wusste er.

Kleine-Natrop stellte den Benzinkanister ab und griff in die Jacke. Als er die Hand herauszog, hatte er ein Paket Streichhölzer in der Hand. „Nun, was höre ich über den anderen Teil der Formel?“

Koslowski war sich sicher, dass der Anzündvorgang nicht davon abhängig war, ob er redete oder nicht. Kleine-Natrop würde ihn so oder so grillen. Da war er sich sicher.

Wegen des Benzins in seinen Augen konnte er Kleine-Natrop nur unscharf erkennen.

Die aufsteigenden Benzindämpfe umnebelten schon seine Sinne.

„Fahr zur Hölle, du Nazischwein!“, forderte er Kleine-Natrop auf.

Dieser spuckte ihm ins Gesicht und kramte ein Streichholz aus der Schachtel. Er setzte es an der Reibefläche an.

„Die Formel!?“, forderte Kleine-Natrop ihn auf.

Koslowski schüttelte den Kopf. „Eher krepiere ich, als mich vor dir Untermenschen zu beugen!“ Koslowski grinste Kleine-Natrop gehässig an und sah, wie dieser das Streichholz anriss. Er schloss die Augen und wartet auf die Verpuffung, die beim Anzünden entstehen würde.

„Schluss!“

Wie ein Peitschenknall zerriss eine Stimme hinter Koslowski die momentane Stille.

Kleine-Natrop zögerte mit dem langsam abbrennenden Streichholz in der Hand und sah auf eine Person, die plötzlich hinter Koslowski stand.

„Ausmachen!“, hörte Koslowski wieder die befehlsgewohnte Stimme hinter sich.

Kleine-Natrop sah nochmals zum Streichholz und schüttelte es dann aus.

„Ist das sein Revolver?“, fragte der Mann hinter Koslowski.

Dabei musste er auf die Waffe in Kleine-Natrops Hosenbund gedeutet haben, denn dieser zeigte nun seinerseits fragend darauf.

Als er nickte, kam der nächste Befehl. „Hergeben!“

Koslowski versuchte sich umzudrehen, doch auch er bekam einen Befehl.

„Nach vorne sehen!“

Kleine-Natrop zog die Waffe aus dem Hosenbund und reichte sie über Koslowski hinweg an den Mann hinter ihm. „Hier“, sagte er stolz, „diesen Zettel habe ich auch noch bei ihm gefunden!“ Er reichte die alte Rechnung ebenfalls an die Person weiter, die hinter Koslowski stand.

Koslowski konnte kaum noch klar denken. Erschießen statt Verbrennen? Oder erst Erschießen und dann Verbrennen?

Letzteres dürfte für ihn auf jeden Fall humaner werden. Er überlegte, wo er die Stimme des Mannes hinter sich schon mal gehört hatte. Und dass er sie gehört hatte, da war sich Koslowski sicher. Aber wo? Wer war der Typ?

Auf jeden Fall war der Mann gewohnt, Befehle zu geben, und außerdem gewohnt, dass man sie befolgte. Kleine-Natrop schien auf jeden Fall Angst vor ihm zu haben.

„Ich habe mir das Spiel lange genug angesehen“, äußerte der Mann hinter Koslowski.

„Genau“, schrie Kleine-Natrop und fummelte eine neues Streichholz aus der Schachtel. „Die Sau muss brennen! Allein schon als Rache für den Tod meines geliebten Vaters!“ Mehrmals versuchte er vergeblich das Streichholz anzureißen.

Koslowski hörte das charakteristische Geräusch, als der Hahn des Revolvers gespannt wurde, und sah wie Kleine-Natrop gehässig grinste.

Er schloss die Augen. Schon oft hatte er das Gefühl gehabt, dass sein Leben kurz vor dem Ende stand. Als Kind, als er in Österreich bei einem Sturm in einer Scheune durch das

Heuabwurfloch fiel oder sich auf dem Weg zur Polizeischule der Wagen mit einem geplatzten Reifen überschlug.

In diesen Momenten hatte er allerdings nie Angst empfunden.

Jetzt jedoch war er der Delinquent seiner eigenen Hinrichtung, und er hatte keinerlei Möglichkeit der Einflussnahme.

„Gleich weiß ich, ob es ein Leben nach dem Tode gibt", dachte Koslowski sarkastisch.

Im selben Augenblick fiel der Schuss. Koslowski wurde durch den Knall überrascht und spürte zunächst nichts. Er blickte auf und war erstaunt darüber, dass Kleine-Natrop nach hinten umgerissen wurde. Koslowski dachte in Zeitlupe: War die Kugel durch ihn hindurchgegangen? Aber er kniete und Kleine-Natrop hatte gestanden.

Ballistisch unmöglich, dachte er. Der Mann hatte Kleine-Natrop bewusst erschossen! Er schüttelte den Kopf um klarer denken zu können. Das war das Letzte, was er am Straßenrand oberhalb von Hornoldendorf tat.

Der Schlag mit dem Revolver auf seinen Hinterkopf schaltete seine Denkvorgänge augenblicklich komplett ab. Koslowski sah noch nicht mal die berühmten Sterne, sondern schlug bereits bewusstlos mit dem Kopf auf dem Boden auf.

Vierundzwanzig

Sonne?

Das konnte nicht sein, denn nach Koslowskis Zeitrechnung war es gefühlte 23.00 Uhr. Das helle Licht, dass ihn beim Aufwachen blendete, konnte somit nicht die Sonne sein. Er lag auf dem Rücken und stellte durch Tasten mit den Händen zwei Sachen fest: Er war nicht mehr gefesselt, und er lag auf einem Betonfußboden.

Sein Schädel dröhnte wie nach einem Saufgelage, und sein gesamter Körper fühlte sich an, als ob er von einem Dampfwalzenkorso überfahren worden wäre.

Aber all das trat in den Hintergrund, als er sich allmählich an die Vorgänge auf der Straße von Remmighausen nach Hornoldendorf erinnerte. Und daran, dass er dem Tod zweimal innerhalb weniger Minuten von der Schüppe gesprungen war. Er roch an seiner Kleidung, aber der Gestank des Benzins war verschwunden. Sie fühlte sich allerdings nass an. Vermutlich hatte man ihn mit Wasser übergossen um eine potentielle Brandgefahr zu bannen. Mühsam erhob sich Koslowski, beziehungsweise er versuchte es. Der Schmerz in seinem Schädel riet ihm allerdings dazu, liegen zu bleiben. Und seine lädierten Rippen bestätigen dies zusätzlich.

Langsam sank sein Kopf wieder zurück auf den Betonboden. Wer war der Mann, der Kleine-Natrop erschossen hatte? Und warum? Und warum war er jetzt hier und nicht auch tot? Hier standen momentan eindeutig zu viele „Warum“ im Raum, fand er.

Aber diese Stimme?!

Er war sich sicher, sie schon mal gehört zu haben.

Als Kind war er immer stolz gewesen, dass er die deutschen Stimmen der ausländischen Filmschauspieler so gut erkannte und sofort zuordnen konnte. Manchmal kam es vor, dass er ein Gesicht vergaß oder einen Namen. Doch eine Stimme? Nie!

Er drehte den Kopf langsam zur Seite und betrachtet sein weiteres Umfeld.

Zu sehen gab es allerdings wenig bis gar nichts. Es schien sich um einen Kellerraum zu handeln. Die Wände waren betoniert. Decke und Wände waren weiß gestrichen, und als einziges wohnliches Element hatte man eine Drahtkorblampe unter die Decke geschraubt.

Damit war dann auch geklärt, warum Koslowski beim Öffnen der Augen zunächst an die Sonne geglaubt hatte. Bei seinem weiteren schmerzenden Rundblick bemerkte er eine Eisentür mit abgeschraubter Klinke auf der Innenseite. Das Schlüsselloch hatte man zugeschweißt. Willkommen auf Monte Christo! Wo ist mein Löffel, dachte er sarkastisch und überlegte, wo sich dieses Verließ wohl befinde könnte. Aber auch dieser Gedanke brachte ihn auf keinen grünen Zweig.

Eine nicht zuzuordnende Stimme, ein vollkommen leerer Keller. Das war bislang die Bilanz seiner Überlegungen.

Koslowski schloss wieder die Augen. Was für eine Wohltat, dachte er und versuchte ganz entspannt zu liegen. Er war niedergeschlagen worden. Irgendwer hatte ihm den Teil der Formel abgenommen, die er in der Kapelle gefunden hatte und hatte dann verhindert, das Kleine-Natrop seine Wut an ihm auslassen konnte. Und dieser „Irgendwer“ hatte ihn anschließend hierher gebracht und eingesperrt. Wer hatte Interesse, das zu verhindern und ihn dennoch in seiner Gewalt zu behalten?

Koslowski war sich sicher, dass er, was die Nazi-Organisation anging, das Ende der Fahnenstange erreicht hatte. Er konnte davon ausgehen, dass die Typen den Teil der Formel aus Dänemark hatten, den sie Arthur Rosenberg abgenommen hatten. Dafür hatte der selige Dr. Fischer in Ringkøbing mit Sicherheit gesorgt. Nun waren sie auch noch im Besitz des Teiles, den Heinrich Hegering in seine Glocke hatte gießen lassen.

Rechnete man nun dazu, dass sie auch den Teil besaßen, der General Montanus gehört hatte, dann fehlte ihnen jetzt nur noch ein einziges Teilstück. Und das hatte Koslowski aus dem Hermann geborgen.

Der vierte Teil der Formel! Mit einem Schlag war Koslowski klar, warum er hier auf dem Fußboden eines Kellers lag und noch lebte.

Die Typen brauchten unbedingt das letzte Papier, und sein Tod durch einen hasszerfressenen Kleine-Natrop hätten all ihre Pläne zunichte gemacht.

Im Moment sah es tatsächlich so aus: Koslowski war sich bewusst, dass nur der kleine Fetzen Papier momentan sein Überleben sicherte. Die Formel, Peenemünde, der Krieg.

Koslowski ließ alle handelnden Personen in Gedanken noch einmal an sich vorbeiziehen.

Zunächst Tobergte, der etwas zu viel gewusst hatte. Tot! Erschossen in seinem Landrover.

Rosenberg. Tot! Erschossen in Dänemark von Cordt Kleine-Natrop, der wiederum auf einer Wiese in der lippischen Schweiz sein Leben ausgehaucht hatte.

Heinrich Hegering, der geläutert seine Kapelle gebaut hatte und nun auf dem Friedhof lag. Zumindest war der eines gewaltfreien Todes gestorben.

Diethardt von Schlitz, ebenfalls verstorben, der Mann, der den Hermann als größten Tresor für die Aufbewahrung seines Teiles der Formel benutzt hatte.

Kleine-Natrop junior, der seinem Vater bereits in die ewigen Jagdgründe gefolgt war, und Dr. Fischer, der seine letzte Heimstatt in Dänemarks Sandboden gefunden hatte.

Dazu die Handlanger Kleine-Natrops.

Für diese Papierfetzen waren bislang eine Menge Menschen gestorben, und es war Koslowski klar, dass auch sein Name in Kürze auf diese Liste stehen sollte.

Da nun drei der vier Personen, die einst die Formel geteilt hatten, tot waren, blieb nur noch einer übrig.

„Nein!“, verbesserte sich Koslowski und dachte wieder an die Information, nach der General Montanus in einem Internierungslager verstorben war. Ein einziger seiner Erben war übrig geblieben. Der Mörder von Kleine-Natrop junior war mit ziemlicher Sicherheit der Enkel des Generals.

Koslowski ließ den Kopf zur Seite sinken und genoss die Kühle des Betonbodens an seiner Wange. Langsam fügte sich alles zusammen: Die treibende Kraft war immer die Familie Montanus gewesen. Ihr Bild hatte in der Jagdhütte zwischen all den Militaria gestanden. Irgendwer hatte Vater und Sohn Kleine-Natrop ins Spiel gebracht und dieselbe Person wusste verdammt viel über seine Recherchen! Koslowski hustete vor sich hin. Es blieben nur noch wenige ungelöste Rätsel übrig.

Wer war der Enkel des Generals? Wie wollten sie die Formel umsetzen? Was konnte man damit genau anfangen? War sie wirklich so weltbewegend, dass man mit ihrem Ergebnis ein Viertes Reich würde aufbauen können?

Er richtet sich langsam auf und versuchte, den Schmerz in seinem Schädel zu ignorieren. Vorsichtig rutschte er nach hinten.

Als er die Wand an seinem Rücken spürte, schob er sich langsam daran hoch und lehnte sich dagegen. Er ließ den Kopf auf die Brust sinken, und trotz aller Grübeleien war er nach kurzer Zeit wieder eingeschlafen.

Wie lange er geschlafen hatte, wusste er nicht, doch als sich ein Schlüssel im Schloss der Tür drehte, schreckte er hoch und wusste erstaunlicherweise sofort, wo er sich befand.

Das konnte er nach manchem Abend im *Knispel* nicht immer von sich behaupten.

Er versuchte sich aufzurichten, doch das gelang ihm nur bis in den Vierfüßlerstand. Die Tür schwang auf und zwei ihm unbekannte Männer kamen herein.

Diese Russenschläger sehen alle gleich aus, dachte Koslowski.

Beide hätten Brüder des Angreifers auf dem Hermann sein können. Brutal zogen sie ihn hoch. Als er auf den Beinen stand, wurden ihm die Arme auf den Rücken gerissen, und er spürte, wie man ihm die Hände fesselte. An dem typischen Geräusch beim Zuziehen erkannte er, dass man dafür Kabelbinder benutzte. Als Nächstes stülpten sie ihm einen schwarzen Sack über den Kopf. Sofort bekam er Panik, merkte dann aber, dass er Luft bekam und beruhigte sich etwas.

Sie zerrten ihn aus dem Raum und durch einen Kellergang. Koslowski konnte kaum Schritt halten. Ab und zu schleiften seine Füße über den Boden. Dann hörte er, wie eine Tür geöffnet wurde, und ohne große Verzögerung schleiften ihn die beiden Männer weiter. Die Schritte hallten nun stärker, und der Geruch nach Benzin und Abgasen deute darauf hin, dass man in einer Garage angekommen war. Rücksichtslos wurde er in einen Wagen gewuchtet und knallte dabei schmerzhaft mit dem Schienbein gegen eine Metallkante.

Bestimmt ein Transporter oder Ähnliches, vermutete er.

Einer der Männer drückte ihn auf den Boden und zog einen weiteren Kabelbinder durch den, der bereits seine Hände fesselte. Mit einem heftigen „Ratsch“ zog er ihn an, und Koslowski war auf dem Boden fixiert. Das Garagentor öffnete sich quietschend, und der Motor des Wagens wurde gestartet. Dann rollte das Fahrzeug langsam aus der Garage und bog sofort nach rechts ab.

Ein paar Mal versuchte er, anhand irgendwelcher Geräusche von außen herauszubekommen, wo er sich befand. Aber Koslowski hatte doch mehr damit zu tun, drauf zu achten, sich an den Kabelbindern nicht die Handgelenke aufzuschneiden, als das Lipperland mit den Ohren zu erkunden. Der Wagen fuhr bergan und bergab, das immerhin spürte Koslowski sehr gut an seinen Handgelenken. Aber wie lange sie unterwegs waren, konnte er nicht sagen.

Wieder mal keine gute Ausgangsposition, in der ich mich gerade befinde, dachte er und versuchte, sich etwas bequemer hinzulegen.

Der Wagen fuhr nun etwas schneller. Zwischendurch bremste er ab und stoppte sogar, was Koslowski zu der Annahme verleitete, dass sie an einer Ampel standen. Wie viele Ampeln gab es in Lippe?

Ein paar Kurven. Bergab, und dann wurde der Wagen nach einiger Zeit wieder abgebremst. Nach links ging es nun von der befestigten Straße auf einem Feld-, Wald- oder Wiesenweg. Für den Fahrer schien das keinen Unterschied zu machen, denn das Tempo war für eine unbefestigte Straße nicht von schlechten Eltern.

Wieder ging es rauf und runter und durch etliche Kurven. Wenn der Wagen über besonders holprige Stellen rumpelte, hielt Koslowski den Atem an. Denn nun schmerzten zusätzlich zu den lädierten Handgelenken auch noch sämtliche Knochen.

Lange halte ich das nicht mehr aus, dachte er. Wenige Augenblicke später wurde sein Wunsch erhört, und der Wagen hielt. Die beiden vorderen Türen wurden geöffnet, und zwei Personen stiegen aus. Jemand zog die Schiebetür auf, eine Zange kniff den Kabelbinder durch, und zwei Männer zogen Koslowski aus dem Wagen. Hinter sich hörte er, wie die Schiebetür zugeschoben wurde, und er tippte darauf, dass insgesamt drei Leute an seiner Vergnügungsfahrt teilnahmen.

Wie ein nasser Sack zwischen den beiden Männern hängend wurde Koslowski über Waldboden gezogen. Der Fußmarsch wurde nach einigen Minuten unterbrochen, und man dirigierte ihn in eine Art Loch, denn er musste unter Hilfe der Männer irgendwo hinuntersteigen.

Mit dem Fuß versuchte er festzustellen, ob er hier auf festem Boden stand oder in einer frisch ausgehobenen Grube. An das Wort „Grab“ versuchte er lieber nicht zu denken.

Aber da die beiden Typen mit ihm hinuntergestiegen waren, schien es sich hier um etwas Größeres als ein Grab zu handeln. Es sei denn, die Typen hätten mit einem Bagger ein Massengrab ausgehoben.

Ihm wurde die Kapuze vom Kopf gezogen, dann stiegen die beiden Männer wieder aus dem Loch. Der Kabelbinder blieb dran.

Zunächst konnte er nur blinzeln. Es war dunkel, doch ein fast runder Mond schob sich durch die Wolken und erhellte einen Moment später die Umgebung. Allmählich sah Koslowski wieder etwas klarer.

Zwei Männer standen am Rande der Grube. Koslowski vermutete, dass es sich um seine beiden Reisebegleiter handelte.

Nur hielten sie keinen *Reiseführer Lipperland* in der Hand, sondern jeder eine Maschinenpistole.

Er schüttelte den Kopf und drückte seine Schultern durch, was sein Nacken mit einem Knacken beantwortete. Sollte er jetzt hier abgeknallt werden? Das hätte man doch schon zwischen Hornoldendorf und Remmighausen erledigen können. Nein! Da würde noch etwas kommen. Wieder dachte er an das fehlende Teil der Formel.

Im kalten Mondlicht sah Koslowski sich um und erkannte an Mauerresten, dass er in einer Art Ruine stand. Sie lag mitten im Wald und anscheinend auf einer Anhöhe. Koslowski dachte einen kurzen Moment nach, dann wurde ihm klar, wohin man ihn gebracht hatte.

Weidmannsheil!, dachte er und wusste sich in der Ruine des alten *Forsthauses Hartröhren*.

Hier war er vor einiger Zeit mal mit Friedrich Krameike gewesen.

Sie waren von Hiddesen heraufgelaufen, und Krameike hatte ihm erzählt, dass das alte Forsthaus nach Kriegsende von entflohenen Kriegsgefangenen angesteckt worden war, ebenso wie das Jagdschloss Lopshorn.

Er hörte, wie die beiden Männer am Rande der Grube von einer für ihn nicht sichtbaren Person angesprochen wurden. Bei der Sprache schien es sich um Russisch zu handeln, so jedenfalls vermutete er.

Dass er die dritte Person nicht sah und dass er nicht verstand, was gesprochen wurde, machte ihm weniger Sorgen als die Tatsache, dass die Mündungen zweier Maschinenpistolen auf ihn angelegt wurden. Koslowski fühlte plötzlich rege Darmtätigkeit und seinen Herzschlag in der Hose.

Dann ein erneuter Anruf an die beiden Männer.

Wieder diese befehlsgewohnte und bekannte Stimme!

Beide Männer drehten sich um.

In sehr kurzem Abstand fielen zwei Schüsse.

Koslowski musste zur Seite springen, als einer der MP-Schützen zum ihm ins Loch stürzte, wo er in unnatürlich verrenkter Haltung liegen blieb. Und das vermutlich für länger, denn er hatte ein hässliches Loch in seiner Brust.

Den zweiten Mann hatte es seitlich von den Beinen gerissen. Er lag am Rande der Grube, ein Arm hing dort hinein, wo Koslowski stand.

Dieser wurde an Bilder aus den gestürmten Schützengräben der beiden Kriege erinnert.

Dass eine der Maschinenpistolen nun fast zu seinem Füßen lag, brachte ihn auch nicht wirklich nach vorne, denn seine Hände waren immer noch auf dem Rücken gefesselt.

All das war sehr schnell passiert, und als er nach oben sah, nahm er am Rand der Grube zwei Beine wahr. Sie steckten in einer dunklen Hose.

Er legte den Kopf in den Nacken und blickte zur der Person hinauf. Beim Anblick des Gesichtes stutzte er, denn sofort hatte er den Mann erkannt.

„Bergius? Wie kommen Sie hierher?“

Bergius grinste und sah auf Koslowski hinab. In der Hand hielt er einen Revolver. „Ich werde Ihnen alles erklären“, versicherte der Kriminalbeamte der Mordkommission und bückte sich nach der Maschinenpistole des Toten, die am Rand des Loches lag. Koslowski sah, dass er elegante Lederhandschuhe trug. Bergius warf die Waffe weit weg in ein Gebüsch und deutete dann mit dem Revolver in die Grube. „Kommen Sie erst mal da raus!“

Koslowski hustete. Dann lachte er kurz auf und machte einen Gegenvorschlag.

„Wie wäre es, wenn Sie runterkommen und meine Hände befreien?“

Bergius lachte kurz und trocken.

„Dahinten können Sie auf dem Rest einer alten Treppe hoch kommen. Sie erwarten doch nicht, dass ich mir hier noch meine teuren Schuhe versaue, oder?“

Arschloch, dachte Koslowski und drehte sich um. Im Mondlicht erkannte er die Treppe und humpelte mehr recht als schlecht in diese Richtung.

Mühsam kämpfte er sich die stark beschädigten und glitschigen Stufen hinauf und versuchte dabei, nicht das Gleichgewicht zu verlieren.

Dabei handelte es sich mehr um das körperliche Gleichgewicht, denn sein seelisches war bereits vollkommen aus den Fugen. Was machte Bergius hier, und welche Rolle spielte er in dem Stück?

Er konnte kaum einen klaren Gedanken fassen. Irgendwie hatte er einen Filmriss. Auf welcher Seite stand der Kripobeamte?

Dabei torkelte er die Stufen hinauf. Oben kam ihm Bergius bereits entgegen.

Koslowski drehte sich um und streckte ihm rückwärts die Hände entgegen.

Sekunden später merkte er, wie der Kabelbinder durchtrennt wurde und er seine Hände wieder nach vorne bewegen konnte.

So schön diese Bewegung auch war, so sehr schmerzte sie. Er rieb seine Handgelenke und drehte sich langsam um.

Bergius war einige Schritte zurückgetreten. In einer Hand hielt er einen Revolver, in der anderen das große Jagdmesser, mit dem er den Kabelbinder durchtrennt hatte. „Finden Sie nicht, dass die Kripo da sein sollte, wo was los ist?"

Koslowski blickte zur Seite und bemerkte einen dicken, umgestürzten Baumstamm. Er ließ sich darauf nieder, stützte den Kopf in die Hände, fuhr sich durch die Haare und sah dann wieder zu Bergius auf. „Da haben Sie recht. Ich finde auch, dass die Polizei immer da sein sollte, wo was passiert."

Bergius zog belustigt eine Augenbraue hoch. „Aha?"

Koslowski nickte. In diesem Moment hätte er wieder mit dem Rauchen anfangen können.

„Es ist Ihre Stimme!", dämmerte es Koslowski plötzlich und er sah Bergius in die Augen. „Ich habe sie auch gehört, als Kleine-Natrop junior schossen wurde, und vermutlich verdanke ich Ihnen auch das gewaltige Hörnchen am Hinterkopf, oder?"

Bergius trat einen weiteren Schritt zurück und grinste. „Und die anderen haben Sie für einen Idioten gehalten!"

„Manchmal täuscht das Äußere über die inneren Werte hinweg", gab Koslowski zu bedenken.

„Ihre inneren Werte werden sicher bei der Obduktion zu Tage kommen", vermutete Bergius zynisch und wog den Revolver in der Hand. „Ein spanischer Astra-Revolver! Billig aber wirkungsvoll, wie am Beispiel Kleine-Natrop zu sehen war."

Koslowski sah Bergius von unten herauf an.

„Ach ja, die Familie Kleine-Natrop …" Bergius nickte langsam. „Wenn ich alle Fakten zusammenzähle, sind wir wohl jeder zu fünfzig Prozent an deren Tilgung aus dem Einwohnmeldeverzeichnis der Stadt Detmold verantwortlich, Herr Koslowski, oder?"

Dieser wehrte ab. „Da muss ich bescheiden zurückstehen. Bei dem Versuch, mich umzulegen, hat sich der Senior selber gebraten.“ Er wischte sich mit der Hand durchs Gesicht. „Aber das wird der Herr Kriminaler doch sicher schon wissen, oder?“

Bergius trat einen weiteren Schritt zurück. „Aber sicher, denn wenn nicht ich, wer dann? Aber da Sie schon beim Erzählen sind, was haben Sie denn noch so auf Ihrem Zettel?“

Koslowski streckte ein Bein aus und verzog dabei schmerzhaft das Gesicht. „Ich vermute mal, Sie heißen gar nicht Bergius. Genauer gesagt ist das vermutlich nicht ihr Geburtsname.“

Auf Bergius Gesicht trat der Hauch eines sardonischen Lächelns. „Und der wäre?“

Koslowski sah Bergius direkt in die Augen. „Ich vermute mal, Sie sind der Enkel des verstorbenen Nazi-Generals Montanus und müssten somit Montanus der Dritte sein.“

Bergius nickte amüsiert. „Soweit schon mal nicht schlecht, nur weiter!“

Tja“, seufzte Koslowski. „Ich weiß nicht, ob ich alles so ganz richtig zusammenkriege. Aber ich versuche es mal.“

Bergius wedelte aufmunternd mit der Waffe.

„Ich vermute, Sie waren hinter den restlichen drei Teilen der Formel her, die Ihr Vater sich mit drei Wissenschaftlern geteilt hatte, als sie alle merkten, wie Hitlers Plan den Bach runterging.“ Koslowski verlagerte sein Gewicht auf dem Baumstamm. „Ihren Vater habe ich auf einem Bild in einer Jagdhütte in Hörste gesehen, kurz bevor sie in die Luft flog.“

Bergius grinste grimmig bei Koslowskis Ausführungen. „Es war gar nicht nett von Ihnen, dass Sie diese ganzen herrlichen Dinge vernichtet haben.“

„Ach, wissen Sie, Bergius. Ich bin da einfach Egoist und liebe mein Leben zu sehr, als es für alten Krempel herzugeben. Und außerdem hatte ich die Hütte nicht mit Sprengstoff präpariert.“

Bergius Augen verengten sich zu Schlitzen. „Was Sie als alten Krempel ansehen, besser ansahen, waren viele Erinnerungsstücke an meinen Großvater, den General, und an meinen Vater, der fern seiner geliebten deutschen Heimat in Südamerika leben und sterben musste.“ Bergius schien für einen Augenblick in die Vergangenheit abzutauchen. Doch im selben Moment, als Koslowski das bemerkte und überlegte, wie er es ausnutzen könnte, war dieser Anflug auch schon wieder vorbei.

„Was ist aus Ihrem Vater geworden?“, wollte Koslowski wissen.

„Er starb völlig verbittert, weil er nicht in seine Heimat zurückkonnte. Die er allerdings auch kaum mehr wiedererkannt hätte.“

Koslowski seufzte.

„Ihr Vater war doch noch ein kleines Kind, als der Krieg verlorenging. Was wusste er überhaupt von Nazi-Deutschland?“

Bergius verlagerte sein Gewicht auf das andere Bein und zielte mit locker gehaltener Waffe auf Koslowskis Gesicht. „Er hat von seiner Mutter eine Menge erfahren und von Freunden seines Vaters.“

Koslowski war erleichtert, als Bergius die Waffe wieder senkte. Das hier war mit Abstand sein gefährlichster Gegner. So viel stand fest. „Und all das hat er Ihnen mit in die Wiege gelegt, oder?“

Bergius nickte sinnend.

„Die Keimzelle eines Großdeutschen Reiches liegt in uns allen, die wir echte Arier sind!“

„Jawohl!“, versuchte Koslowski im Sitzen zu salutieren.

„Lassen Sie die Faxen!“, herrschte Bergius ihn an und Koslowski erkannte, dass er da einen wunden Punkt berührt hatte.

„Woher kamen eigentlich die ganzen Sachen in der Jagdhütte?“

Bergius griff in die Jackentasche seiner Lederjacke und holte ein silbernes Zigarettenetui heraus. „Sehen Sie, dieses Etui hier ist das Einzige, was mir von meinem Vater geblieben ist. Er hat es wiederum von seinem Vater bekommen und der hat es vom Führer höchstpersönlich erhalten." Bergius ließ das Etui aufschnappen und fischte sich eine Zigarette heraus. Er stecke das Etui weg und brachte ein goldenes Feuerzeug zum Vorschein, mit dem er die Zigarette anzündete.

„Rauchen im Walde? Wenn das der zuständige Oberförster sieht, dann gibt es aber Ärger!", begehrte Koslowski auf.

„Das lassen Sie mal meine Sorge sein!" Bergius steckte das Feuerzeug wieder ein.

„Aber was ganz anderes interessiert mich. Wie konnte Dr. Fischers Tod in Ringkøbing so lange verheimlicht werden?", wollte Bergius wissen.

Koslowski veränderte seine Sitzposition erneut, bevor er antwortete. „Ihr dänischer Kripokollege traute seinen Kollegen in Deutschland nicht und hat es eine Zeit zurück gehalten. Wie haben Sie es letztendlich erfahren?"

Bergius zog an der Zigarette, und Koslowski war seinem Rückfall zum Raucher so nah wie nie.

„Wir haben noch mehr Leute in Dänemark, die uns wohlgesonnen sind. Es dauerte zwar, aber dann sickerten Informationen auch zu uns durch." Bergius tippte die Asche von der Zigarette. „Wir haben da so unsere Quellen, und man trickst uns nicht so leicht aus. Daher Hut ab vor dem Trick mit dem Handy im Postpaket."

Koslowski deute im Sitzen eine Verbeugung an. „Besten Dank, aber wie sind Sie mir doch noch auf die Fährte gekommen?", wollte er wissen.

„Sie haben schnell kapiert, dass es Ihr eigenes Handy war, das Sie verraten hat. Und Sie haben gut darauf reagiert. Aber dann haben Sie einen weiteren Fehler gemacht."

Koslowski reckte neugierig den Hals und legte fragend den Kopf schief.

„Sie haben sich mit meinem Kollegen Eugelink getroffen!“

Koslowski erblasste. „Eugelink ist einer von euch?“, wollte er erschreckt wissen.

Bergius winkte lässig ab.

„Quatsch, viel zu lasch, falsche politische Gesinnung, keine Führungsqualitäten! Aber ich wusste, dass sie sich gut kennen, und daher habe ich Eugelink rund um die Uhr beschatten lassen.“

Bergius zog erneut an der Zigarette. „Ich habe durchblicken lassen, dass er möglicherweise mit Ihnen unter einer Decke steckt, zumindest im Fall Tobergte. Sie sehen, das war sehr hilfreich und hat uns schließlich zusammengebracht.“

Koslowski schluckte. „Was ist mit Eugelink?“, wollte er wissen.

Bergius winkte wieder ab. „Der versieht vermutlich gerade Nachtdienst in Detmold!“

Koslowski atmete auf. „Wer ist eigentlich immer ‚*Wir*‘?“, wollte er wissen.

Bergius besah sich den Zigarettenrest, zog noch einmal daran und schnippte ihn dann weg.

„Wir? Wir sind die Nachfolger und Erben des Dritten Reiches. Und wir werden das fortsetzen, was unser Führer nicht vollenden konnte.“ Bergius‘ Augen bekamen einen besonderen Glanz

Irre!, dachte Koslowski. Total irre, aber brandgefährlich!

Bergius sah auf Koslowski hinunter. „Da es ja sowieso keinen Sinn mehr macht, Sie am Leben zu lassen, werde ich Ihnen das Geheimnis mit ins Grab geben.“ Bergius trat einen Schritt zurück und stemmte eine Hand in die Seite. „Nach dem Krieg hat sich im Osten eine Organisation ehemaliger Offiziere und Förderer des Dritten Reiches zusammengefunden. Hinter dem Schutz des eisernen Vorhangs konnte diese Organisation gut gedeihen. Sie arbeitete eng mit früheren russischen Geheimdienstoffizieren zusammen, die ebenfalls erkannt hatten, dass nur eine Diktatur die Welt beherrschen kann."

„Vermutlich haben Sie daher auch ihre Schergen bezogen, die der Familie Kleine-Natrop und Ihnen so hilfreich zur Seite gestanden haben, oder?"

„Abschreibungsfähiges Menschenmaterial!" Bergius verzog angewidert das Gesicht. „Ebenso wie diese Familie Kleine-Natrop! Die waren dem Ernst unserer Sache gar nicht gewachsen."

Bergius nahm den Revolver in die andere Hand, während Koslowskis Gehirn wieder auf Hochtouren arbeitete. Irgendeine Chance musste es doch geben, diese Sache zu überleben!

„Deshalb wurde es am Remmighauser Berg auch Zeit, diesen Spinner auszuschalten, der die persönliche Rache für seinen unfähigen Vater vor unser Endziel stellte."

Koslowski sah auf den Revolver in Bergius Hand. „Ich vermute, dass die Schusswaffe in Ihrer Hand aus meinem Besitz stammt, oder?"

Bergius grinste diabolisch.

„Aber ganz genau. Nicht registriert, so was hat die Polizei aber gar nicht gerne." Bergius sah auf den Revolver in seiner Hand. „Aber man wird ihn bei Ihrer Leiche finden! Die Tatwaffe, mit der Sie zwei Russen ermordet haben und mit der Sie Kleine-Natrop junior erschossen haben!"

„Den dürfte man inzwischen schon gefunden haben, oder?", vermutete Koslowski.

„Da wäre ich nicht so sicher! Oder glauben Sie, man hat Tobergte so einfach gefunden?"

Koslowski durchzuckte plötzlich der Schreck der Erkenntnis. „Sie haben ihn ...?"

Bergius winkte ab. „Auch dafür war Kleine-Natrop senior zuständig, nachdem er ja in Dänemark gestorben' war und auch Rosenberg liquidiert hatte." Bergius nickte nachdenklich. „Beides eigentlich eine sehr saubere Arbeit."

Koslowski schüttelte den Kopf. „Wirklich sehr sauber mit einer Schrotflinte in den Kopf! Sehr ordentliche Arbeit!"

Bergius bedeutete Koslowski mit der Waffe aufzustehen. „Lassen Sie uns ein Stück zu Ihrem Golgatha gehen!"

Dieser erhob sich mühsam, und Bergius ging im selben Moment einen Schritt zurück.

„Dass Sie mir nicht auf dumme Gedanken kommen! Ich würde Sie auf der Stelle auch hier erschießen, aber ich möchte das Urlaubsziel Teutoburger Wald nicht noch mehr in Misskredit bringen, nachdem Sie schon so viel Dreck auf und am Fuße des Hermanns zurückgelassen haben."

Koslowski schleppte sich in die Richtung, die ihm Bergius wies. Zurück auf den Hauptweg.

Bergius folgte ihm in gebührendem Abstand und Koslowski und hörte ihn hüsteln.

„Raten Sie mal, wer in allen Fällen die Ermittlungen geführt hat? Wer die Sache als interne Abrechnung der Russenmafia hingestellt hat? Wer die Sache an der Kapelle organisiert hat und wer dafür sorgen wird, dass Sie als Gesamtbeschuldigter dastehen werden?"

„Ich vermute mal, Ihrer Beförderung steht nichts mehr im Wege, oder?"

Er hörte Bergius leise lachen. „Beförderung? Wenn das hier abgeschlossen ist, dann werde ich ganz andere Wege gehen. In Russland warten meine echten Freunde auf mich, und mit der Formel werden wir die Möglichkeit haben, unser Ziel zu erreichen. Aber das werden Sie ja leider nicht mehr erleben. Die aktuelle Geschichtsschreibung wird für sie heute Nacht enden!"

Koslowski nickte. Die Formel! Die Wurzel allen Übels. Er stolperte im Dunklen über eine Wurzel und konnte nur mühsam das Gleichgewicht halten. „Wie weit sind Sie eigentlich mit ihrem Puzzle?", wollte er wissen.

Hinter ihm steckte Bergius sich eine neue Zigarette an und blies den Rauch aus. „Teil eins kam per Fax, unmittelbar nach Rosenbergs Tod. Wir hielten es für besser, das Original in Dr. Fischers Besitz zu lassen und damit nicht hier in Deutschland zu haben. Was sich leider als falsch herausgestellt hat, nachdem Tobergte Sie ins Spiel gebracht hatte." Bergius zog erneut an der Zigarette und Koslowski roch das Tabakaroma hinter sich.

„Teil zwei hatten wir selber, aus dem Besitz meines Großvaters. Den dritten Teil haben Sie freundlicherweise für uns gefunden aber den hat Ihnen ja der selige Kleine-Natrop abgenommen."

Koslowski verlangsamte seinen Schritt. „Teil vier haben Sie allerdings noch nicht, und ohne ihn dürfte die Formel nur äußerst schwer oder gar nicht zu entziffern sein, oder?"

Bergius stieß ihm den Revolverlauf in den Rücken und animierte ihn seine alte Geschwindigkeit wieder aufzunehmen.

„Mit dem letzten Teil ihrer Vermutung liegen Sie richtig. Mit einem fehlenden Teil ist die Formel wertlos." Bergius schob ihn weiter.

„Sie sind ein cleveres Kerlchen! Natürlich weiß ich auch, dass Sie den vierten Teil haben, so wie Sie schon mal ganz kurz im Besitz von drei Teilen waren."

Bergius schnippte die Zigarette in die Büsche und Koslowski wäre fast hinterhergesprungen, so übermächtig war der Wunsch nach Nikotin.

„Sehen Sie die Sache mal sportlich, Koslowski!" Bergius forderte ihn auf, nach links abzubiegen. An beiden Seiten des Weges waren Stämme aufgestapelt, die von der letzten großen Durchforstung stammten.

„Glauben Sie, ich mache den Firlefanz, den Kleine-Natrop mit Ihnen veranstaltet hat?" Er schüttelte energisch den Kopf.

„Auf keinen Fall. Sie werden mir sagen, wo die Formel steckt. Dazu haben Sie genau eine Möglichkeit, dann werde ich Sie töten, so oder so! Denn sind wir mal ehrlich, wer einmal dem Tod ins Auge geblickt hat, den schockiert man auch damit nicht mehr, oder?“

Koslowski wusste im nächsten Moment nicht genau, was ihn mehr überraschte, der Schuss, der hinter ihm loskrachte oder der Schmerz, der wie glühendes Eisen durch seinen rechten Oberschenkel raste.

Er sackte auf die Knie und griff nach seinem Bein. Blut sickerte durch seine Finger, und sofort begann die Wunde höllisch zu schmerzen.

Bergius war plötzlich ganz nah über ihm. „Also, Koslowski, hier endet Ihr Weg für Sie! Wo ist die Formel, ich finde Sie so oder so. Das gerade war nur ein Vorgeschmack! Denn sie können langsam und qaulvoll sterben oder schnell die Seiten wechseln. “ Koslowski keuchte vor Schmerzen. Zum Helden war er nicht geboren.

„Ich werde es Ihnen sagen“, schrie er auf, als Bergius den Lauf der Waffe in die Wunde drückte.

„Aber sagen Sie mir vorher noch eins, und dann machen Sie ein schnelles Ende!“

Bergius grinste diabolisch auf Koslowski herunter. „Also eine Art letzter Wunsch?“ Er zog das Zigarettenetui aus der Tasche und hielt es Koslowski hin.

Dieser winkte ab. „Ich werde sicher nicht mehr so kurz vor Schluss wieder mit dem Rauchen anfangen.

Bergius wurde ungeduldig und ließ das Etui wieder in der Jacke verschwinden.

Koslowski senkte den Kopf. Warum kam jetzt kein Jäger vom Nachtansitz oder ein Liebespärchen oder weiß Gott wer?

Bergius trat hinter ihn. „Ihre letzte Frage?“

Koslowski presste die Hände auf den verletzten Oberschenkel. „Was hat es genau mit der Formel auf sich?“

Bergius lachte schallend. „Das sollen Sie wissen, Sie armer Narr. Wenn Sie gewusst hätten, was es ist, und alle vier Teile in Besitz gehabt hätten, wären Sie der Herr der Welt geworden. Die Formel ermöglicht es, eine Maschine zu bauen, die in der Lage ist, die Schwerkraft in einem begrenzten Radius um diese Maschine erheblich zu vermindern." Koslowski husten mit schmerzverzerrtem Gesicht auf.

„Damit werden wir jeder Armee der Welt überlegen sein und die alte Weltordnung des Dritten Reiches wieder herstellen!" Mit diesen Worten trat Bergius an Koslowski heran und setzte ihm den Lauf des Revolvers auf den Nacken.

Koslowski spürte den kalten Stahl.

„Ersparen Sie uns weitere Beunruhigungen des Wildes durch die Knallerei. Wo ist die Formel?"

Koslowski schloss mit dem Leben ab. Er atmete noch einmal tief durch. Sein Oberschenkel brannte höllisch. Zu lange ging dieses Todesspiel nun schon, und er hatte keine Kraft und keine Hoffnung mehr, um weiterzumachen. „Sie befindet sich in der Kapelle auf dem Remmighauser Berg."

Bergius schien zunächst sprachlos. „Wo ist sie genau?", wollte er wissen.

Koslowski hörte, wie der Hahn des Revolvers gespannt wurde.

„Ich habe sie da gelassen, nachdem ich den anderen Teil gefunden hatte. Ich dachte, im Glockenturm würde sie niemand mehr suchen." Bergius lachte auf. „Nicht schlecht gemacht, das wäre eine schwierige Suche geworden. Aber ich hätte jeden Ort auf den Kopf gestellt, an dem Sie gewesen sind. Aber so haben Sie mir eine Menge Arbeit erspart!" Bergius trat leicht zurück, da er wohl nicht wollte, dass das Blut aus der Schusswunde in Koslowskis Nacken auf seine dunklen Hosen spritzte.

Koslowski wendete den Blick leicht zur Seite. Aus diesem Grund entging ihm ein grausiges Schauspiel.

Bergius' Kopf explodierte förmlich. Mehre Teilmantelgeschosse bohrten sich aus unterschiedlichen Richtungen in den Schädel des Kriminalbeamten und rissen ihn förmlich auseinander.

In diesem Moment hatte er sehr viel Ähnlichkeit mit Rosenberg und Tobergte nach deren Ableben.

Koslowski wusste im ersten Monet nicht, was geschah. Er hatte nur einen einzigen Knall gehört. Dass er selber noch lebte, registrierte er erst, als Bergius‘ kopfloser Leichnam neben ihm auf die Erde stürzte. Koslowski rollte sich vor Schreck zur Seite, aber seine Oberschenkelverletzung beendete diese Aktion sofort.

Fassungslos starrte er Bergius an, beziehungsweise das, was von ihm übrig war. Dann sah er, wie mehrere schwarz maskierte und gekleidete Männer über die Holzstapel kletterten.

Koslowski schloss die Augen. Einer der Männer erreichte ihn, kniete sich neben ihm nieder und fasste ihn unter den Nacken. Mit der anderen Hand zog er sich seine schwarze Sturmhaube vom Kopf. Koslowski sah in ein bekanntes Gesicht.

Der Mann nickte und grinste erleichtert, als er sah, dass Koslowski noch lebte. „Quitt?“, fragte er.

„Quitt, Geisler, quitt!“

Nach einem letzten Blick auf den Mond wurde er endgültig bewusstlos.

Fünfundzwanzig

Helles Licht, ein hell gekleideter Mensch und ein Zimmer, welches sehr klein war und sich bewegte, waren das Erste, was Koslowski wahrnahm, als er wieder zu sich kam.

Bei dem schaukelnden Zimmer handelte es sich um einen fahrenden Krankenwagen und neben ihm saß sein ehemaliger Polizeikollege Eddy Geisler. Der, mit dem er in Oberhausen Dienst gemacht und das Abenteuer in Spanien erlebt hatte.

„Das war knapp, Geisler. Verdammt knapp!“

Koslowski sah an sich herunter und stellte fest, dass die neue Jeans unbrauchbar geworden war. Neben den Blutflecken, die vermutlich nie wieder rausgehen würden, hatte man das Hosenbein über der Schusswunde kurzerhand abgeschnitten und die Wunde versorgt. Er hatte einen Tropf an einem Arm und die Manschette eines Blutdruckmessgerätes am anderen.

Geisler legte ihm die Hand auf die Brust. „Ich weiß, Koslowski! Aber wir mussten uns unbemerkt an euch ranarbeiten, und wir hatten bis dato keine stichfesten Beweise, dass Bergius hinter allem steckte, und wir wussten auch nicht, was er vorhatte.“

Der Rettungswagen schaukelte weiter durch den Wald.

„Als euer Wagen in den Waldweg eingebogen war, mussten wir zunächst ohne Licht fahren und euch dann noch eine große Strecke geräuschlos nachschleichen.“

„Indianerspiele? Nachts? Mitten im Teutoburger Wald? Wenigstens etwas Gerechtigkeit!“, presste Koslowski hervor.

„Als dann die Schüsse fielen, dachte ich schon, es wäre alles zu Ende.“

Geisler blies die Luft aus und runzelte die Stirn. „Mir ist ein Stein vom Herzen gefallen, als ich euch beide auf den Hauptweg kommen sah.“

Koslowski taste den Verband ab. „Wer ist denn ‚wir'? Für welchen Verein arbeitest du gerade?“, wollte er wissen.

„Wir, das sind meine Kollegen und ich vom MEK, dem mobilen Einsatzkommando der Polizei!“

Koslowski sah Geisler verdutzt an. „Du bist beim Mobilen Einsatzkommando gelandet?“

Geisler nickte zurückhaltend.„Ja, und nicht nur das, ich bin sogar der Leiter!“

Nun war es an Koslowski zu staunen.

Der Rettungswagen bog endlich auf die Lopshorner Allee ein und rollte zur Mordkuhle hinauf.

„Leiter? Kompliment!“ Er sah Geisler anerkennend an. „Aber was machst du hier in Detmold?“, wollte er wissen.

Geisler grinste ihn an. „Zunächst mal dein Leben retten. Aber in erster Linie sind wir hinter der Naziorganisation her, die Montanus alias Bergius hier auf die Beine gestellt hat.“

Koslowski staunte nicht schlecht.

„Wir hatten ihn schon lange im Visier. Aber wir konnten ihm nie was nachweisen, und Recherchen in den eigenen Reihen sind besonders schwierig.“

Koslowski nickte zustimmend und sah zu, wie der Rettungssanitäter den Blutdruck maß.

„Und plötzlich tauchtest du auf und stecktest auf einmal mitten drin.“ Geisler sah auf seine Uhr. „Und wir haben nie einen Fuß in die Tür bekommen, bis wir Montanus‘ Spur heute Abend wieder aufnehmen konnten.“

Koslowski war sprachlos, doch der Blutdruck schien in Ordnung. „Wie seid ihr ihm denn auf die Spur gekommen?“

„Wir hatten an einem seiner Wagen einen GPS-Sender installiert, aber der Wagen wurde in den letzen drei Tagen nicht mehr bewegt. Erst heute Abend fuhr er von Berlebeck hierher und bereits in Hiddesen hatten wir ihn dann.“

Koslowski nickte. „Der Wagen stand in einer Tiefgarage oder Ähnlichem, von da aus sind sie mit mir losgefahren, so hörte sich der Schall des Motors jedenfalls an.“

Geisler dachte nach und nickte. „Das wäre eine Möglichkeit!“

Der Rettungswagenfahrer hatte die Höhe an der Mordkuhle passiert, und Koslowski erinnerte sich daran, dass hier mit dem Mord an Tobergte alles angefangen hatte.

„Dann haben wir uns mit drei Teams drangehängt. Als er dich exekutieren wollte, haben wir zugeschlagen.“

„Ich hoffe, dass der Spuk jetzt vorbei ist!“

Geisler nickte.

„Geh mal davon aus. Krankenhaus, die üblichen Vernehmungen, und dann kannst du wieder deiner Wege gehen. Wenn ...“

„Wenn was?“ Koslowski richtete sich halb auf.

Geisler druckste herum. „Wenn also, wenn wir den vierten Teil der Formel haben. Also genauer gesagt, der Bundesnachrichtendienst!“

Koslowski legte sich zurück und schloss die Augen.

„Ich glaube, ich werde ohnmächtig“ stöhnte er und ließ innerlich grinsend den Kopf zur Seite fallen. Sofort stürzte sich der Sani wieder auf das Blutdruckmessgerät, klopfte heftig gegen die Scheibe. Augenblicke später raste der Rettungswagen mit Blaulicht und Martinshorn durch die Nacht.

Kurze Zeit später waren sie am Klinikum angekommen, und man rollte Koslowski in die Notfallambulanz.

Während der Arzt ihn behandelte, dachte er krampfhaft darüber nach, wie es zu verhindern war, dass irgendwer in den Besitz der Formel käme. Koslowski hatte bereits für sich beschlossen, dass es besser sei, keiner hätte diese Formel – auch nicht der BND.

Nach einer guten Stunde wurde er auf die Station verlegt, und Geisler stand kurz darauf wieder an seinem Bett. „Ich hoffe, es geht dir wieder besser?“

Koslowski nickte und griff nach Geislers Hand.

„Unsere Leben scheinen irgendwie verkabelt zu sein. Aber darüber bin ich nicht böse!"

Geisler grinste und nickte. „Hast recht, irgendwie wirkt es so." Er stellte eine Pappröhre auf Koslowskis Nachttisch.

„Morgen früh werden Beamte des BND hier sein, um mit dir über den vierten Teil der Formel zu reden. Vor deiner Tür wird heute Nacht ein Kollege von der Detmolder Wache aufpassen, dass du nicht geklaut oder von wilden Krankenschwestern entführt wirst."

Koslowski grinste. „Überflüssig! Mittlerweile müsste das ganze Nazipack ausradiert sein. Und nach der Gesundheitsreform dürfte hier höchstens noch eine einzige Schwester rumturnen, und die hat sicher Besseres zu tun, als mich zu entführen."

Geisler lachte auf. „Nur gut, dass du wenigstens deinen Humor schon mal wieder hast."

Koslowski schlug die Bettdecke zur Seite.

„Der Arzt sagte, alles wird wieder wie neu, glatter Durchschuss!" Geisler sah sich den Verband am Oberschenkel an und schien zufrieden. „Ein Glück. Ich komme morgen früh wieder her. Es bleibt noch eine Menge Papierkram zu erledigen."

Koslowski griff die angebotene Hand und schüttelte sie. „Ich bestehe drauf! Was ist eigentlich in der Pappröhre?", wollte er neugierig wissen und sah, dass sich auf dem Nachttisch unter der Röhre eine leichte Pfütze gebildet hatte.

Geisler hob die Röhre an, und zum Vorschein kam eine Flasche spanischen *San-Miguel*-Bieres.

„Für den wahren Mallorca-Fan", lachte Geisler und Koslowski stimmte ein.

„Wo hast du denn die hier in Detmold ergattert?"

Geisler rieb sich das Kinn. „Missbrauch fiskalischer Mittel. Während du verarztet wurdest, habe ich eines unserer Teams losgeschickt. Ich hatte von einem Kollegen der Polizeileitstelle einen Tipp bekommen, mal hier in Detmold im

Spieker mein Glück zu versuchen. In der Tapas Bar an der Ameide."

Koslowski musste grinsen. „Kenn ich, aber darauf wäre nicht mal ich gekommen!"

Geisler hob den Zeigefinger. „Vermutlich lag es daran, dass der Beamte auf der Leitstelle einen Doktortitel hatte."

„Da siehst du mal, was es hier in Lippe alles so gibt."

Geisler trat den Rückzug an. An der Tür blieb er noch mal kurz stehen. „Der Kollege vor der Tür ist unterrichtet und kennt seine Aufgabe. Falls du also Hilfe brauchst, dann ruf entweder nach der Schwester oder der Polizei!" Geisler winkte noch einmal und verließ den Raum.

Koslowski dachte kurz nach und suchte dann nach einem Gegenstand, mit dem er die Flasche öffnen konnte, denn er hatte einen mörderischen Durst.

Aber wie das in Krankenzimmern nun mal war: das Wichtigste fehlte!Die Schwester konnte er kaum rufen, die würde die Flasche sofort konfiszieren. Ob der Polizist vor der Tür Verständnis hatte?

Ich hätte es gehabt, dachte Koslowski in Rückbesinnung auf seine Tätigkeit bei der Polizei.

Er rief nach dem Beamten auf dem Flur und gleich darauf öffnete sich die Tür. Gleichzeitig hielt ein Arm in einem grünen Pullover zwei Flaschen *Reissdorf Kölsch* in den Raum.

Während Koslowski noch staunte, schob sich der restliche Körper durch die Tür. Einen anderen Körper hätte sich Koslowski in diesem Moment auch nicht gewünscht.

Frau Untermüller schloss schmunzelnd die Tür und kam näher. Koslowski rückte zur Seite, und die Polizistin folgte der Einladung, sich auf dem Bett niederzulassen. Sie stellte die beiden Flaschen auf den Nachttisch und streichelte Koslowski die Wange. „Tut es sehr weh?"

Koslowski setzte seine beste Leidensmiene auf und ließ sich stöhnend in das Kissen sinken. Er genoss die Hand an seiner Wange.

Aber die Polizistin ließ schon wieder von ihm ab. „Als ich hörte, dass Sie es sind, den ich bewachen soll, hab ich noch schnell zwei Flaschen Kölsch aus meiner Wohnung geholt."

Koslowski blickte auf die beiden Flaschen auf dem Nachttisch.

„Und wie kriegen wir sie auf?", wollte er wissen und staunte nicht schlecht, als die Polizistin auch noch zwei Kölschgläser aus der einen Jackentasche und einen Flaschenöffner aus der anderen zauberte.

Gekonnt füllte sie die Gläser und stieß mit Koslowski an. „Darauf, dass Sie dem Tod von der Schüppe gesprungen sind!" Beide tranken das lauwarme Kölsch, und Koslowski starrte begehrlich auf die noch kalte Flasche San Miguel auf seinem Nachttisch.

„Jetzt haben wir uns das dritte Mal getroffen und ..."

„... und ich habe pflichtgemäß einen ausgegeben", vollendete die Ordnungshüterin auf Koslowskis Bett den Satz.

Dann wollte die Polizistin ihre Neugier befriedigen. Treu und brav beantwortet Koslowski alle Fragen, die allerdings eher dienstlicher Natur waren. Frau Untermüller wollte alles sehr genau wissen.

Als Koslowski endete, fragte sie plötzlich: „Da fällt mir siedend heiß noch ein, müssen wir nicht noch jemanden davon benachrichtigen, dass Sie im Krankenhaus sind? Ihre Frau? Familie, Freundin?"

Koslowski winkte ab.

„Weder noch." Er schüttelte den Kopf. „Ich kenne ja, dank Ihnen, die Steigerung von Lebensgefährtin, und habe mich in dieser Hinsicht auch zurückgehalten. Und wie war es in Köln?"

Die Polizistin stellte das Kölschglas auf den Nachttisch und sah Koslowski an.

„Ach, ich hab da letztes Mal beim Feiern einen Typen kennen gelernt, und wir haben das ganze Wochenende miteinander verbracht."

Koslowski verspürte ein komisches Gefühl in seiner Magengegend. Irgendwie hatte er sich bei ihrem Anblick Hoffnungen gemacht. Nun ja, er hatte Glück, dass er überhaupt noch am Leben war, da sollte er so eine Enttäuschung schnell wegstecken können.

Frau Untermüller sah ihn an und dann zur Uhr über der Zimmertür. „Ich lasse mal besser die Flaschen verschwinden, gleich kommt schon die Ablösung."

Koslowski sah, wie sie die Flaschen in den Nachttisch schob und genoss ihre Rückansicht, als sie die Gläser am Waschbecken ausspülte.

Er seufzte leise. Frau Untermüller drehte sich um und lächelte ihn nachdenklich an. Der Angeschossene stützte sich auf die Ellenbogen.

„Sie müssen mir versprechen, dass ich mich mal revanchieren darf, was das Ausgeben angeht."

Frau Untermüller ließ die Kölschgläser wieder in der Jackentasche verschwinden und lächelte.

„Jederzeit, aber nicht nächstes Wochenende, da bin ich wieder in Köln", sagte sie.

Koslowskis hatte Mühe, sein Mienenspiel im Griff zu behalten.

Sie kam noch mal an sein Bett und beugte sich zu ihm herunter.

„Danach aber gerne!", schmunzelte sie und küsste ihn anschließend schnell auf den Mund.

Koslowski spürte noch den Druck ihrer Lippen, als sie schon in der Tür war.

„Tschöö!", rief sie, und schon war sie draußen.

Er ließ sich in die Kissen sinken, und während er fantasierte, was alles hätte passieren können, wenn er mit nach Köln hätte fahren können, schlief er schon ein.

Am nächsten Morgen erschien der angekündigte Besuch vom Bundesnachrichtendienst.

Die beiden Geheimagenten befragten Koslowski und nahmen seine Aussagen dabei auf ein Tonband auf.

Nachdem er fast all seine Kenntnisse preisgegeben hatte, war es an Koslowski, sich einige offenen Fragen beantworten zu lassen.

Die Männer wussten zu berichten, dass Montanus alias Bergius nicht nur für den Mord an Kleine-Natrop junior verantwortlich war, sondern auch für den Doppelmord an einem Ehepaar, welches mit den Militaria-Gegenständen gehandelt und auch Besitztümer der Familie Montanus in Besitz gehabt hatte. Statt die Sachen zurückzukaufen und so eine Spur in deren Geschäftsbüchern zu hinterlassen, hatte er das Ehepaar kaltblütig umbringen und die Sachen stehlen lassen. Schon längere Zeit war er im Visier der Fahnder gewesen, aber man hatte ihm nie etwas nachweisen können.

Das konspirative Haus in Berlebeck hatte man schnell entdeckt. Beim Eintreffen der Polizei war es leer gewesen. Man hatte darin allerlei Unterlagen der Organisation gefunden. Unter anderem auch Hinweise auf die Verbindungsleute in Russland, die für Nachschub an Handlangern gesorgt hatten. Unter anderem fiel den Ermittlern auch die Schrotflinte in die Hände, mit der Rosenberg und Tobergte erschossen worden waren.

Die Leiche Rosenbergs wollte man in Heiligenkirchen exhumieren. Nach einigen DNA-Tests sollte sie nach Schweden überführt und seiner der Tochter übergeben werden.

Der verbrannten Leiche im Kühlkeller der Pathologie konnte man schon jetzt die Identität Kleine-Natrops senior zuweisen, und die Leiche seines Sohne fanden Streifenwagen am frühen Morgen in einem Waldstück am Remmighauser Berg. Dort hatte Montanus sie hinschleppen lassen, und dort hatte man sie nach einem Tipp Koslowskis gesucht.

Montanus war bereits in jungen Jahren unerkannt nach Deutschland eingereist und hatte sich hier, dank der einflussreichen Familie Kleine-Natrop, eine vollkommen neue Existenz aufbauen können.

Als alle Fragen beantwortet waren, kamen die Agenten des BND auf den springenden Punkt.

Den vierten Teil der Formel!

Koslowski wiederholte das, was er zwischen den Holzstapeln auf Hartröhren seinem Henker gesagt hatte, und von dem er vermutete, dass Geisler und seine Männer es ebenfalls mitgehört hatten.

Die beiden Agenten fragten noch einmal genauer nach und sahen sich dann viel sagend an. Man hatte es tatsächlich mitgehört und bereits die gesamte Kapelle auf den Kopf gestellt. Die Glocke mit der Inschrift gefunden, aber der versteckte Teil der Formel, den Koslowski aus dem Umschlag im Hermann hatte, blieb verschollen.

Koslowski konnte sich keinen Reim darauf machen. Er versicherte den beiden Mitarbeitern des Nachrichtendienstes mehrfach, dass er die Formel dort sicherheitshalber zurückgelassen habe.

Irgendwer musste die Formel vor ihnen gefunden haben.

Präzise beschrieb er, wo er sie im kleinen Glockenturm zwischen die Balken gesteckt hatte. Fehlanzeige!

Als die beiden Nachrichtendienstler das Krankenzimmer verließen, war er erleichtert. Er hatte versprochen, sich sofort zu melden, falls ihm noch etwas einfallen würde.

Kaum hatte er etwas Luft geholt, als neuer Besuch in den Raum trat. Walfried Eugelink und Volkmar Strunte, der Betreiber seiner Stammkneipe *Knispel*, stiefelten grinsend in den Raum.

Beide hatten Umhängetaschen dabei, in denen es gefährlich klimperte. „Jungs“, wehrte Koslowski ab und öffnete den Nachttisch, in dem immer noch die leeren Kölsch und die San Miguel Flasche standen. „Lasst uns das verschieben, bis ich wieder auf den Beinen bin. Ich verspreche euch, dass ich dann ordentlich einen ausgeben werde.“

Beide Männer erklärten sich mit diesem Vorschlag seltsamerweise sofort einverstanden.

Eugelink machte sich Vorwürfe, weil er die Observation durch Montanus‘ Leute nicht bemerkt hatte und sie sich so an Koslowski hängen konnten.

„Meinst du denn, ich hätte was gemerkt?“, wollte Koslowski wissen.

„Du merkst ja nicht mal, wenn ihm einer auf dem Weg zum Klo hinterhergeht“, flachste der Hiddeser Kneipenwirt.

Alle drei lachten.

„Das liegt aber daran, dass er immer in der Küche nach Diana schielt.“

„Nur um zu sehen, ob die Frikadellen fertig sind!“, rechtfertigte sich Koslowski, „denn ich hätte da jemand ganz anderen im Auge.“

Beide Besucher wurden aufmerksam.

„Eine Kollegin vor dir, Walfried!“

Eugelink hob die Brauen. „Und wer soll das sein?“

Koslowski seufzte. „Eine Frau Untermüller vom Verkehrsdienst.“

Eugelink wehrte ab. „Die kannst du vergessen, die würden sofort drei Kollegen heiraten. Doch in dieser Beziehung bleibt sie eisern.“

„In welcher Beziehung?“, wollte Koslowski wissen.

„In der Beziehung, keine Beziehung einzugehen!“, klärte ihn Eugelink auf.

Wenn du von Köln wüsstest, dachte Koslowski und seufzte erneut.

„Mir scheint, wir sollten den Helden nicht zu lange von seiner Genesung abhalten. Je eher kommen wir an Freigetränke“, grinste der geschäftstüchtige Kneiper.

Als beide sich verabschieden wollten, hielt Koslowski Eugelink zurück. „Walfried, du musst mir einen Gefallen tun!“

Eugelink beugte sich verschwörerisch zu Koslowski hinab. „Jeden, mein Junge, jeden, den ich erfüllen kann.“

Koslowski schmunzelte. „Der ist gar nicht so schwer, du musst jemanden für mich suchen!“

Eugelink setzte sich auf die Bettkante, und Koslowski erklärte ihm den Zweck der Suche und wo er würde ansetzen müssen.

„Das kriege ich selbst als oller Hühnerdiebsachbearbeiter hin“, versprach Eugelink ihm selbstsicher in die Hand.

Sechsundzwanzig

Mittlerweile waren acht Tage vergangen und Koslowski konnte das Klinikum verlassen.

Sein Freund Walfried Eugelink holte ihn vor dem Eingang ab, und Koslowski warf seine Tasche auf den Rücksitz.

„Na, altes Haus? Wieder ganz fit?“, wollte der Kriminalbeamte wissen.

Koslowski ließ sich auf den Beifahrersitz fallen. „Du glaubst gar nicht, wie froh ich bin, hier endlich wieder rauszukommen.“ Er seufzte und strecke die Beine in den Fußraum.

„Waren die Schwestern so schlecht?“, wollte Eugelink wissen?

Koslowski winkte ab. „Kein Grund zur Klage, aber jeden Tag ging es zu wie auf der Achterbahn. Zuerst wollte die Presse mit mir reden. Dann kamen deine Chefs, und ich bekam einen Einlauf. Dann wieder Jubel durch Leute aus der Politik, von wegen brauner Sumpf trockengelegt, und zum Schluss noch ein Anschiss von der Staatsanwaltschaft.“ Koslowski kurbelte die Scheibe herunter und legte den Arm raus. „Manchmal dachte ich schon, ich sei selber der Täter gewesen.“

Eugelink bog auf die Lagesche Straße ab. „Was glaubst du, was für einen Knall die Sache mit Bergius oder Montanus oder wie auch immer der nun hieß, bei uns im Bau ausgelöst hat?“

„Das kann ich mir vorstellen.“

Koslowski grinste. Den Beamtenapparat kannte er immer noch zu gut.

„Haben die noch was zu dem Revolver gesagt?“, wollte Koslowski wissen.

Eugelink schüttelte den Kopf.

„Alle gehen davon aus, dass er Bergius gehört hat, und in diesem Glauben habe ich sie auch gelassen.“

Als sie an der Ampel warten mussten, betrachtet Koslowski die Taxen am Bahnhof. „Ich mache dir einen Vorschlag: Lass uns zu Ricardo ins *Ristorante Etna* fahren, ich gebe einen aus.“

Eugelink nickte zustimmend. „Hunger hätte ich schon, und so eine Steinofenpizza ...?“

Er lecke sich genüsslich die Lippen. Dann fuhr er durch die Innenstadt und den Berg hinauf Richtung Hiddesen. An der Oberen Straße bog er ab.

„Mensch!“ Eugelink schlug sich mit der Hand an den Kopf.

„Die haben ja seit Neuestem mittags geschlossen“, fiel ihm siedend heiß ein. „Ach, mal sehen, ob nicht doch einer da ist.“

Koslowski gab sich zuversichtlich.

Als sie vor dem Ristorante anhielten, stiegen zufällig auch gerade die Besitzer aus ihrem Wagen.

„Koslowski, wo hast du gesteckt?“, fragte Ricardo, „ich habe dich ja schon seit Wochen nicht mehr gesehen?“

Auch seine Frau Romina begrüßte ihn freundlich.

Eugelink nahm ihm die Last der Erklärung ab, und die beiden Italiener waren sichtlich erstaunt, was einem in Lippe so passieren konnte.

„Ist ja fast wie zu Hause in Sizilien mit der Mafia!“, scherzte Ricardo. „Aber was stehen wir auf der Straße? Koslowski, du musst total verhungert sein. Kommt rein, ihr beiden!“

„Habt ihr nicht geschlossen?“, wollte Eugelink wissen.

Ricardo schnappte sich noch ein paar Einkäufe aus seinem Wagen und drückte sie dem Kriminalbeamten in die Hand. „Normalerweise haben wir zu, aber wenn besondere Gesellschaften kommen, dann öffnen wir.“

Eugelink folgte dem Italiener zur Tür. „Besondere Gesellschaften?“

Ricardo schloss die Tür auf und ließ die anderen hinein.

Auch Koslowski und Romina schleppten Gemüsekisten und Schinken. Die Italienerin lachte. „Ihr seid eine besondere Gesellschaft! Also ist auch geöffnet!“

Lachend betraten die das Lokal, und die beiden Männer trugen die Sachen in die Küche, während Ricardo bereits den Pizzaofen anheizte.

Kurze Zeit später saßen alle vier am Tisch, und Koslowski verspeiste seine Lieblingspizza. Nachdem Romina ihnen beiden noch einen Espresso serviert hatte, verabschiedeten sich die beiden Italiener in die Küche.

Koslowski lehnte sich zurück und genoss die Ruhe des sonst immer gut besuchten Restaurants. „Du glaubst gar nicht, wie schön es ist, wenn mal nicht auf einen geschossen oder man verprügelt wird“, ließ er Eugelink wissen.

Verständnisvoll nippte der an seinem Espresso und stellte dann die Tasse ab. „Du hast mich um einen Gefallen gebeten, und ich habe versucht, ihn dir zu erfüllen. Ob mir das gelungen ist, weiß ich nicht. Aber sag mir jetzt doch bitte mal, warum ich eine alte Frau suchen sollte?“

Koslowski beugte sich vor und legte Eugelink die Hand auf die Schulter. „Hast du sie wirklich ausfindig gemacht?“, wollte er hoffnungsvoll wissen.

Eugelink nickte. „Wenn sie es ist, die du suchst, dann ja!“

Koslowski bekam glänzende Augen. „Das ist super, damit wird die Sache endlich rund.“

Eugelink sah ihn verständnislos an. „Würdest du mich nun bitte aufklären“, bat er seinen Freund.

Koslowski sah ihm ernst in die Augen. „Mein lieber Walfried, ich habe da eine Sache, die ich noch erledigen muss. Sie ist von ungeheurer Bedeutung und ich wünschte mir, du würdest verstehen, dass ich mit keinem Menschen darüber reden kann und darf.“

Eugelink sah ihn erstaunt an. „So wichtig?“, fragte er.

Koslowski nickte bestätigend.

Eugelink biss sich auf die Lippen. „Und ich werde es nie erfahren?“

Wieder nickte Koslowski und der Kriminale erkannte, dass es ihm damit durchaus ernst war.

„Okay, okay! Einverstanden. Du wirst schon einen Grund haben.“ Eugelink legte die Unterarme auf den Tisch.

Koslowski stützte den Kopf in die Hände.

„Walfried, falls ich es jemals doch noch erzählen werde, wirst du der Erste sein, der es erfährt.“

Eugelink sah ihn amüsiert an. „Schreib doch ein Buch darüber“, schlug er vor.

Koslowski legte ihm grinsend die Hand auf die Schulter.“

„So was liest doch kein Mensch“, vermutete er.

Ihr lautes Gelächter lockte Ricardo aus der Küche zurück.

Als sie zahlen wollten, lehnte er in seiner südländischen Art überschwänglich ab.

„Ihr seid meine Gäste. Es war mir eine Ehre, so berühmte Leute zu bewirten.“ Dabei legte er beiden Männern die Arme um die Schultern.

Koslowski bedankte sich und sah Eugelink an.

„Hast du die Adresse?“, wollte er wissen.

Der Kripobeamte kramte in seiner Jackentasche, holte einen Zettel heraus und warf einen kurzen Blick darauf.

„Das müsste die Dame sein!“, vermutete er und reichte ihn Koslowski rüber.

Dieser blickte ebenfalls kurz darauf, nickte und steckte ihn ein.

Ricardo schnalzte mit den Lippen.

„Amore? Ein neues Liebesabenteuer? Hast du mal wieder irgendwo eine Handynummer hinterlassen?“ Genießerisch rollte er mit den Augen.

„Ricardo, du bist und bleibst Italiener. Nicht alles hat mit Amore zu tun!“

Der Italiener schien enttäuscht. „Schade, eine neue Signorina an deiner Seite würde mal wieder Glanz in mein bescheidenes Ristorante bringen."

Koslowski winkte ab. „Nix Signorina. Sei froh, dass ich deinen Laden erhelle." Alle drei lachten, und die beiden Männer verfließen das Lokal.

Eugelink setzte Koslowski in Augustdorf bei der Autovermietung Stieger ab und fuhr zurück zur Dienstelle.

Jobst Stieger kam ihm auf dem Hof bereits entgegen und grinste über beide Backen. „Koslowski! Dass ich das noch erleben darf!"

Dieser war über den herzlichen Empfang doch ein wenig überrascht. Normalerweise reagieren Leute weniger begeistert, wenn man ihnen einen Mercedes Geländewagen zerlegt hatte.

Stieger hingegen klopfte Koslowski auf die Schulter. „Sauber hingekriegt, die Sache."

Koslowski verstand immer nur Bahnhof, und bald musste auch Jobst Stieger erkennen, dass Koslowski sich noch im falschen Film befand.

„Mensch, ich meine die Sache mir dem Wagen. Die olle Karre sind wir dank deines Stunts gut losgeworden. Die Versicherung des Betonmischers hat zunächst alles bezahlt. Sie wollen sich das Geld aus dem Nachlass der Kleine-Natrops zurückholen."

Koslowski atmete tief durch, als er an den Wagen dachte. „Mir hat er jedenfalls das Leben gerettet!"

„Na siehst du, besser hätte es gar nicht laufen können."

Koslowski ging mit Jobst Stieger über den Hof auf die Firmenräume zu.

Stieger hielt die Bürotür auf, und sie traten in die hellen, klimatisierten Räume. Jobst Stieger nahm hinter seinem Schreibtisch Platz und bot Koslowski den Besucherstuhl und Kaffee an.

Koslowski akzeptierte beides, kam aber gleich zur Sache. „Jobst, ich habe noch mal eine Bitte an dich.“

„Immer raus damit!“

Koslowski machte es sich in dem Designerstuhl bequem, so gut es ging.

„Ich brauche noch mal einen Wagen.“

Stieger drehte seinen Bürosessel um und sah nachdenklich aus dem Fenster auf den Hof, wo die Fahrzeuge standen. Wenige Augenblicke später drehte er sich wieder um. „Es wird mir eine Freude sein, dir zu helfen.“ Er öffnete die Schreibtischschublade und kramte in einem Haufen Schlüssel. „Na, dann komm mal mit.“

Koslowski folgte ihm auf den Hof der Firma.

Stieger ging an einer Reihe von neuwertigen Fahrzeugen vorbei.

Am Ende der Reihe angekommen drehte er sich um und breitete gönnerhaft die Arme aus.

„Nachdem du mich so wunderbar von der Last des gepanzerten ML erlöst hast, werde ich sogar noch einen drauflegen.“ Stieger drehte sich um und zeigte auf einen dunkelgrünen Unimog. Koslowski schluckte, als er das hohe alte Führerhaus sah. Der Autovermieter grinste ihn breit an.

„Steht hier schon seit zwei Jahren. Den will auch keiner haben. Wenn du dich darum mal kümmern könntest?“

Dann brach er in schallendes Gelächter aus. „Am besten fährst du ständig an den Kiesgruben in Müssen auf und ab. Da sind die Chancen, von einem Laster gerammt zu werden, am größten.“ Stieger wollte sich überhaupt nicht mehr einkriegen.

Koslowski wartete ab, bis der Heiterkeitsausbruch abflaute, und sah Steiger dann amüsiert an.

„Mir ist immer wieder ein Rätsel, wie jemand, der sich gerade in Lebensgefahr begeben hat, noch so eine große Klappe haben kann.“, meinte Koslowski und Stieger prustete erneut los.

„Na, dann komm mal mit!“

Er ging an dem Unimog vorbei und steuerte auf die Werkshalle zu.

Beide Männer traten durch die kleine Tür im großen Rolltor, und Steiger schaltete das Licht ein.

Koslowski blinzelte kurz, dann war er völlig fassungslos. Auf einer herabgelassenen Hebebühne stand ein Landrover.

Nein, nicht ein Landrover, sondern seiner.

Zumindest die Kennzeichen sagten das aus. Koslowski ging um den Wagen herum und warf einen Blick ins Innere. Von Tobergtes sterblichen Überresten war nichts mehr zu sehen.

Stieger kam hinzu und öffnete die Beifahrertür.

„Mach dir keine Gedanken, wir haben das Chassis ausgetauscht. Den alten Aufbau haben wir verschrottet. Nachdem der Wagen von der Staatsanwaltschaft freigegeben worden war, rief Walfried uns an, und wir haben in abgeholt. Wir hatten noch einen Landy mit Motorschaden hier rum stehen und unsere Jungs haben kurzerhand aus zweien einen gemacht.“

Koslowski trat an die Fahrertür und stieg ein. Nichts erinnerte an das Verbrechen, das in seinem Fahrzeug begangen worden war. Alles wirkte so wie vor dem Geschehen. Koslowski streichelte über das Lenkrad. „Das wird eine Stange Geld gekostet haben.“

Stieger nahm auf dem Beifahrersitz Platz und winkte ab. „Weißt du, ich mache bei dem Mercedes einen guten Schnitt. Der Landrover mit dem Motorsschaden war abgeschrieben und unsere Jungs hatten mal wieder richtig Spaß. Nimm es als Geschenk!“

Koslowski drückte Stieger die Hand. „Das kann ich doch nicht annehmen ...?“ Und nach einer Kunstpause fuhr Koslowski fort, „dass das alles gewesen sein soll, oder?“

Stieger stutzte und dann war es zur Abwechslung an Koslowski lauthals loszuprusten.

Der Landrover lief wie geschmiert. Jobst Stiegers Mannschaft hatte ganze Arbeit geleistet und augenscheinlich sogar noch den Motor überholt.

Koslowski schaltete das Radio ein und beim Klang von *All right now* der Gruppe Free, schaltete er einen Gang runter.

Auf dem Beifahrersitz lag der Zettel, den Walfried Eugelink ihm gegeben hatte.

Koslowski sah in die Lange Straße hinein und genoss den Anblick der jungen Mädchen, die dort unterwegs waren und ihre neue Sommerkollektion ausführten.

Der Landrover fuhr an der Leopoldstraße vorbei und folgte dem Straßenverlauf weiter in Richtung Horn und Bad Meinberg. An der Einmündung Remmighauser Straße bog er nicht wie bei seiner letzten Fahrt nach rechts ab, sondern fuhr weiter geradeaus. Ein wenig stellten sich ihm die Nackenhaare auf, als er an seine letzte Fahrt über den Remmighauser Berg dachte. Irgendwie schien sich auch die Beule am Hinterkopf an die Straße zu erinnern, denn sie meldete sich schmerzhaft zurück.

Er passierte den „Puff", bremste in der lang gezogenen Rechtskurve und bog dann nach rechts in einen Seitenweg ab. Der Landrover rumpelte auf einen Feldweg, in den die geteerte Straße übergegangen war.

Koslowski sah nochmals zu dem Zettel und erinnerte sich an die Wegbeschreibung, die ihm Walfried Eugelink gegeben hatte. Hier musste es sein, und nach der nächsten Biegung erreichte er tatsächlich einen kleinen Bauernhof. Gebaut in der typischen Form und mit den Baumaterialien, die man im Lipperland oft fand.

Er bremste den Wagen ab und hielt vor dem Haus. Wie viele alte Häuser in seiner neuen Heimat machte es einen gepflegten Eindruck.

Koslowski kletterte aus seinem Wagen. Einen Moment blieb er stehen und sah hinauf zum Giebel des Hauses.

Ist es richtig, was ich jetzt mache?, fragte er sich.

Dann stieß er sich von der Motorhaube ab und ging auf die Haustür zu.

Gerade als er die Hand hob, um anzuklopfen, öffnete sich die Haustür, und die ältere Frau, die er in der Kapelle am Remmighauser Berg zum ersten Mal getroffen hatte, trat heraus.

Sie sah zu ihm hoch und nickte verstehend. „Ich wusste, dass Sie kommen würden“

Sie deutete nach links auf eine hölzerne Gartenbank unter einem Rosenbogen. Die Frau ging geräuschlos hinüber, und Koslowski folgte ihr.

„Bitte nehmen Sie Platz.“ Sie setzte sich und legte ihre Hände in den Schoß.

Eine Zeitlang schwiegen und genossen sie die Ruhe.

Dann begann die ältere Frau zu sprechen. „Sehen Sie, ich habe davon gelesen, was Sie alles erlebt haben. Ich bekomme nämlich von meinen Nachbarn die Zeitung, wenn die sie ausgelesen haben.“

Koslowski seufzte.

„Und ich weiß jetzt auch, dass Sie damals nicht zufällig in der Kapelle waren.“

Er wollte etwas sagen, aber die ältere Frau legte ihm die Hand auf den Arm, was ihn verstummen ließ.

„Ich habe auch erfahren, dass Sie in der Kapelle nach etwas gesucht haben, und ich vermute, Sie haben es auch gefunden.“

Koslowski sah sie fragend an und als sie nickte, traute auch er sich zu sprechen.

„Es war mir damals schon nicht recht, dass ich Ihnen nicht alles sagen konnte. Aber ich wollte keine alten Wunden aufreißen.“ Er legte seine Hand auf die der Frau. „Ich wusste, wer die Kapelle gebaut hat, und ich habe auch vermutet, dass ich dort den Teil eines großen Geheimnisses finden würde.“

Die Frau nickte langsam und bedächtig. „Heinrich hat davon gesprochen, dass die Kapelle eine Abbitte für die Sünden sein soll, die er im Krieg begangen hat, aber auch seine Lebensversicherung. Denn er hat immer damit gerechnet, dass ihn seine Vergangenheit eines Tages einholen würde."

Koslowski wendete sich der Frau zu.

„Für ihn muss es schrecklich gewesen sein, immer mit dieser Angst zu leben, oder?"

Die alte Frau nickte. Sie kramte in ihrer Rocktasche nach einem Taschentuch und wischte sich die Augen. „Ja, vielleicht war das die Strafe Gottes für sein Tun."

„Wissen Sie, was er gemacht hat?"

Die alte Frau schüttelte langsam den Kopf. „Er hat nie darüber gesprochen, nur einmal, da hat er sich als Helfershelfer von Massenmördern bezeichnet. Das war kurz bevor er starb."

Koslowski sah wieder in Richtung Horn.

„Er war kein schlechter Mensch, und ich habe ihn wirklich geliebt."

Koslowski legte der alten Dame den Arm um die Schulter, und so gestützt, weinte sie einige Zeit leise vor sich hin.

Schweigend saßen die beiden Menschen auf der Bank, während die Sonne langsam unterging. „Wussten Sie, dass er noch eine Enkelin hat, die im Kalletal lebt?", wollte Koslowski wissen.

Die alte Frau nickte unmerklich. „Ja, er hat darüber gesprochen und wie viel Leid er auch ihr angetan hat." Sie schluchzte erneut und hielt sich dabei das Taschentuch vor den Mund.

„Ich glaube, Sie würde sich freuen, Sie kennen zu lernen." Die alte Frau sah zu Koslowski auf. „Und ich denke, Sie beide hätten sich viel zu erzählen und viel zu geben." Koslowski bot ihr ein neues Taschentuch an. „Ich glaube, Sie haben ihn beide geliebt, jede auf ihre Weise."

Die alte Dame schwieg lange, bevor sie zustimmend nickte.

„Wahrscheinlich", sagte sie. „Wahrscheinlich."

Koslowski drückte sie an seine Schulter. „Wenn sie möchten, dann rufe ich seine Enkelin an und frage, ob wir beide sie mal besuchen kommen dürfen."

Die alte Dame schluchzte, aber dann trat ein Lächeln auf ihre Züge.

„Meinen Sie wirklich, sie würde mich sehen wollen?"

Koslowski nickte. „Ich bin mir sogar ziemlich sicher."

Die alte Dame stand langsam auf und stellte sich vor Koslowski hin. „Sie sind ein netter Mensch", meinte sie. „Ich bin froh, das sich unsere Wege gekreuzt haben." Koslowski schmunzelte über das Kompliment und wollte gerade noch etwas sagen, als die alte Dame sich abwandte. „Bitte warten Sie einen Augenblick, ich komme sofort wieder."

Koslowski sah ihr nach, als sie zum Haus ging und im Eingang verschwand. Er genoss die milde Abendluft, bis die alte Frau zu ihm zurückkehrte. Als sie die Bank erreichte stand Koslowski auf.

Sie blickte zu ihm hoch und streckte ihre Hand aus.

Sie machte ein auffordernde Handbewegung. Koslowski folgte der Geste und sie gab ihm das, was sie aus dem Haus geholt hatte.

Es handelte sich um ein Stück Papier, und es kam ihm ziemlich bekannt vor.

„Ich habe in der Kappelle gar nicht bemerkt, wie Sie es mir in die Tasche gesteckt haben", sagte die alte Dame. „Erst als ich zu Hause nach meinem Schlüssel suchte, hielt ich es plötzlich in der Hand! Und als ich die Schrift darauf genauer ansah, bemerkte ich, dass es sich um ähnliche Zeichen handelte, wie sie Heinrich in seine Glocke hatte gießen lassen."

Koslowski blickte auf den Teil der Formel, den er aus dem Hermann geholt hatte und für den er fast gestorben war. Der vierte Teil der Formel, der einzige, der niemals im Besitz von Bergius und seinen Schergen gewesen war.

„Ich wusste, dass Sie eines Tages kommen würden, um ihn zu holen."

„Ich hatte in der Kapelle so ein seltsames Gefühl." Koslowski nahm beide Hände der alten Dame in seine. „Und Sie müssen mir verzeihen, dass ich Sie als Versteck missbraucht habe."

Die alte Dame blinzelt in die Abendsonne.

„In diesem Moment wusste ich nicht warum, aber ich hatte so eine Ahnung, dass ich dieses Papier lieber nicht mehr bei mir tragen sollte." Er trat von einem Bein auf das andere. „Wenn alles glatt gelaufen wäre, wäre ich schon viel früher gekommen."

Die alte Dame betrachtete ihn fragend. „Woher wussten Sie, wo ich wohne?"

Koslowski bat sie, wieder Platz zu nehmen.

„Sie erzählten mir, dass sie sich früher um den Friedhof gekümmert haben und dass sie sehr häufig an der Kapelle waren. Das ließ den Schluss zu, dass Sie in der Nähe wohnen würden."

Er sah auf das Papier in seinen Händen. „Und letzte Woche hat ein Bekannter von mir Sie gesehen, als Sie wieder an der Kapelle waren und ist Ihnen gefolgt. Ich hatte ihn darum gebeten, dass er Sie ausfindig macht."

Die alte Dame war erstaunt. „Davon habe ich nichts bemerkt", gab sie zu.

„Dann hätte er seine Aufgabe schlecht gemacht, der Mann ist nämlich bei der Kriminalpolizei."

Die alte Dame schaute ihn erstaunt an.

„Möchten Sie denn gar nicht wissen, was ich hier habe?", wollte Koslowski wissen.

Die alte Dame schüttelte energisch den Kopf.

„Nein, ich hoffe, dass nun sämtlicher Spuk vorbei ist, und ich will überhaupt nicht wissen, was es ist. Auf jeden Fall scheint es aber sehr wichtig oder gefährlich zu sein." Sie legte nun ihrerseits die Hand auf Koslowskis Arm. „Ich möchte Sie nur um eine Sache bitten."

Er sah sie an und nickte.

„Sorgen Sie dafür, dass damit niemals etwas Schlimmes geschehen kann.“ Koslowski schluckte und reichte ihr dann die Hand.

„Darauf können Sie sich verlassen!“, versprach er. Noch lange saßen die beiden nebeneinander schweigend auf der Bank neben dem kleinen, alten Haus.

Siebenundzwanzig

Im *Knispel* drängten sich etliche Leute an der Theke. Volkmar Strunte hatte alle Hände voll zu tun, um jeden Wunsch zu erfüllen.

Koslowski saß an seiner Lieblingsecke der sog. *Anklagebank* und beobachtete im Moment aufmerksam seine Gäste.

Strunte hatte ihm zuliebe sein *Geschlossene Gesellschaft*-Schild an die Eingangstür gehängt, und so hatten sie den ganzen Laden für sich alleine.

Einige Stammgäste waren durch die Hintertür gekommen und von Koslowski gleich mit eingeladen worden.

Und obwohl alles schon hundert Mal durchgekaut und in der Presse breitgetreten worden war, bildeten Koslowski Abenteuer immer noch das Thema Nummer eins.

Dieser freute sich über einige Besucher ganz besonders. Larsson war tatsächlich mit seiner Familie aus Dänemark angereist.

Heute Abend machten die Frau und die Kinder allerdings einen Besuch im lippischen Landestheater. Bezeichnenderweise wurde ein Kriminalstück gespielt.

Alle waren im *Hotel Hiddeser Hof* untergebracht, was den Heimweg vom *Knispel* auf etwa 25 Meter verkürzte, da das Hotel genau gegenüberlag.

Larsson war in ein Gespräch mit Walfried Eugelink und dem dänischen Bäcker *Ingwersen* von nebenan vertieft. Koslowski hoffte, dass dieses Gespräch Larssons Meinung über die deutsche Polizei verbessern würde.

Friedrich Krameike war da, ein weiteres außergewöhnliches Ereignis, denn der lippische „Aborigine“ hatte einst geschworen, nie einen Fuß in diese Kneipe zu setzen. Den Grund dafür hatte er niemals genannt. Umso mehr freute sich Koslowski, dass der alte Polier seiner Einladung gefolgt war.

Und wenn er so zusah, wie der alte Charmeur die Bedienung Diana mit seinem Charme becircte und wie sie mit strahlenden Augen den Spaß mitmachte, dann würde Koslowski keinen Cent darauf wetten, dass Krameike hier nicht wieder mal aufschlagen würde.

Auch ohne Einladung.

Strunte stand hinter der Theke in Höhe der *Anklagebank* und prostete Fontembleau mit einem Glas Rotwein zu. Der Journalist war sofort aus dem Ruhrgebiet angereist, als ihn Koslowski angerufen und eingeladen hatte.

Ein Grund war sicherlich die Aussicht auf einen schönen Abend, ein weiterer die versprochenen zwei Kisten Rotwein und sicherlich auch die Aussicht auf eine Exklusivstory.

Eddy Geisler diskutierte mit Jobst Stieger über alle möglichen Fahrzeugtypen und genoss es, endlich mal einen adäquaten Gesprächspartner in Sachen Auto gefunden zu haben.

Alle waren rundum zufrieden und genossen die lockere Atmosphäre, wie sie oft unter Leuten auftritt, die sich kaum oder gar nicht kennen.

Der Abend nahm seinen Lauf. Diana schleppte jede Menge Speisen aus der Küche und die Getränke flossen reichlich. Als Strunte die Musik lauter stellte, hielt es Krameike nicht mehr auf seinem Stuhl. Schon hatte er Diana das Handtuch aus der Hand genommen und legte mit ihr eine kesse Sohle aufs Parkett.

Der Gastgeber stand mit Strunte an der Ecke der Theke, und beide sahen dem altersmäßig ungleichen Paar zu, welches wie einst Karl-Heinz Böhm und Romy Schneider als Franz und Sissi durch den Ballsaal, genauer gesagt durch die Kneipe schwebten.

„Nein!“, rief Strunte und schüttelte abwehrend die Hand, um einem Gast an der Tür deutlich zu machen, dass heute eine private Feier lief.

Koslowski sah in Richtung der gläsernen Eingangstür und glaubte, seinen Augen nicht zu trauen. Noch während Strunte sein zweites „Nein“ aussprach, rannte er schon zur Tür und drehte den Schlüssel um.

„Wenn das keine Überraschung ist!“, rief er und zog den neuen Gast freudestrahlend in die Kneipe.

Strunte erschien, grinste und schloss hinter ihnen wieder ab.

„Darf ich dir die hübscheste Polizistin von Detmold vorstellen?“, wollte Koslowski von seinem Wirt wissen.

„Aber immer doch“, Strunte verbeugte sich galant. „Mit wem habe ich die Ehre?“

„Das, mein lieber Volkmar, ist besagte Frau Untermüller, von der ich dir ja bereits erzählt habe.“

Strunte grinste über alle Backen. „Und nur Gutes, gnädige Frau! Pils?“

Koslowski steuerte mit Frau Untermüller auf die Theke zu.

Einen Augenblick später waren sie umringt, und schon bald hatte Koslowski alle miteinander bekannt gemacht.

Nach dem dritten Pils, welches Strunte mit einem „so hübsch und trinkt auch noch Bier“ kommentiert hatte, bot Koslowski ihr das Du an.

„Svenja!“ nannte sie ihren Vornamen.

Koslowski wollte gerade ansetzen, seinen Vornamen zu nennen, als plötzlich Stille in der Gaststätte herrschte.

Alles wartete gespannt auf seine Antwort.

„Ach, sag einfach Koslowski und Du, das reicht!“, grinste er und enttäuschte alle Umstehenden.

Später am Abend verabschiedeten sich die Gäste nacheinander und machten sich auf den Heimweg. Für morgen war ein gemeinsames Frühstück in der *Bäckerei Ingwersen* geplant, zu dem der Inhaber sie alle abends noch spontan eingeladen hatte.

Koslowski stand mit Svenja Untermüller an der Theke, und sie sahen sich in die Augen.

„Zu dir oder zu mir?"

Hinterher wusste keiner mehr, wer die Frage gestellt hatte. Aber Koslowskis Vorschlag, zu ihm zu gehen wurde wegen des Alkoholpegels und der räumlichen Nähe seiner Behausung von beiden für gut befunden.

Nachdem Koslowski erfahren hatte, dass die Polizistin ihre Beziehung in Köln sehr schnell wieder beendet hatte, war er sich sicher, dass der heutige Abend so enden würde, wie er sich das doch schon einige Male sehnlichst vorgestellt hatte. Waldfried Eugelink hatte ihr gesteckt, wo die Feier stattfand. Und er hatte ihr versichert, dass sich keiner so sehr freuen würde wie Koslowski. Das wäre für ihn die schönste Überraschung. Und damit hatte er vollkommen recht gehabt.

In Koslowskis Wohnung angekommen tranken sie in der großen Wohnküche noch ein Glas Wein und küssten sich bereits nach wenigen Minuten.

„Und was nun?", fragte Koslowski scheinheilig.

Svenja lächelte verführerisch.

„Jetzt zeige ich dir mal, in welchem Fach ich in der Polizeischule am besten war!"

Sie zog ihn weiter in Richtung Schlafzimmer.

„Da bin ich mal gespannt", freute sich Koslowski und stellte im Vorbeigehen das Weinglas auf den Esstisch. „Welches Fach war es denn?".

An der Tür zum Schlafzimmer drehte die Polizistin sich um und knöpfte ihm das Hemd auf. „Leibesvisitation!", flüsterte sie ihm ins Ohr und zog ihn hinein.

* * *

Am Morgen erwachten beide in einem reichlich zerwühlten Bett.

Svenja räkelte sich und küsste Koslowski zärtlich auf die Wange.

„Daran könnte ich mich gewöhnen“, lächelte sie. Dieser sah zum Wecker auf dem Nachttisch.

„Herrlich, erst 8.00 Uhr, dann haben wir ja noch eine Menge Zeit.“ Die Polizistin drehte sich auf den Rücken und streckte sich. „Schön hast du es hier, aber irgendwie ist es hier kalt.“ Sie stieg aus dem Bett und wickelte sich in das Bettlaken ein.

In der Wohnküche bemerkte sie den Kaminofen und die vorbereitete Feuerstelle mit Holzscheiten.

Koslowski kam ihr nach und umarmte sie von hinten. „Wenn dir kalt ist, machen wir den Ofen an.“

Er reichte ihr eine Packung Streichhölzer.

„Wie wäre es mit Papier?“, fragte Svenja.

„Einen Moment!“

Koslowski verschwand aus dem Raum, und man hörte eine schwere Tür klappen. Kurze Zeit später stand er mit einem alten, vergilbten Stück Papier in der Hand wieder in der Wohnküche.

Nachdem er es zu einem Fidibus zusammengedreht hatte, hielt er es der Polizistin hin. Sie nahm es in die Hand, betrachtete es einen Moment fragend und hielt dann ein brennendes Streichholz daran.

Augenblicke später steckte sie es unter den Holzstoß. Nach wenigen Minuten war es vollständig verbrannt und hatte das Holz im Ofen entzündet.

„Das sah alt aus, was war das?“, wollte Svenja wissen.

Koslowski, der hinter ihr stand, sah einen Moment sinnend in die auflodernden Flammen. Dann legte er von hinten seine Arme um sie, was sie damit quittierte, dass sie ihren Kopf an seine Brust lehnte.

„Vermutlich hast du eben dafür gesorgt, dass die Erde sich weiter dreht und nicht ihre Schwerkraft verliert!“

Sie schüttelte verständnislos den Kopf, drehte sich um und sah Koslowski in die Augen. „Quatschkopf!“, sagte sie und küsste ihn.

ENDE

Nachwort

Was Sie gerade gelesen haben war ein Roman. Daher sind alle Personen und Handlungen frei erfunden und Ähnlichkeiten und Übereinstimmungen reiner Zufall und nicht beabsichtigt. Was es tatsächlich gibt, ist die schöne Landschaft des Lipperlandes, in der große Teile der Handlung spielten. Und was es auch gibt, sind die vielen netten Menschen hier, die mich freundlich aufgenommen und zu der Geschichte inspiriert haben.

Gewidmet ist dieses Buch all den Menschen, die mit demokratischen Mitteln gegen jede Form von Diktatur und Gewalt kämpfen. Ihnen gilt meine Hochachtung.

Ich möchte an dieser Stelle aber besonders meiner guten Freundin Inge Bilgic danken, die sich unermüdlich durch das Manuskript gewühlt hat. Mit Lob und Kritik hat sie mir geholfen, das zu schreiben, was Sie gerade gelesen haben. Weiterhin danke ich Jürgen Reitemeier, der mich dazu ermutigt hat, meine Ideen selber zu Papier zu bringen.